JÖRG HARLAN ROHLEDER

LOKALHELDEN

JÖRG HARLAN ROHLEDER

LOKALHELDEN

ROMAN

PIPER MÜNCHEN ZÜRICH

Mehr über unsere Autoren und Bücher:
www.piper.de

ISBN 978-3-492-05384-6

Satz: Kösel, Krugzell
Druck und Bindung: CPI – Clausen & Bosse, Leck
Printed in Germany

»If this is going to be that kind of party I'm gonna stick my dick in the mashed potatoes.«

Beastie Boys

Natürlich ist auch in diesem Buch alles erstunken und erlogen. Und dennoch musste ich widerwillig ein paar Namen ändern.

Wenn es Sie interessiert, wer ich bin, dann legen Sie dieses Buch gleich wieder weg. Ich bin jung, planlos und komme immer zu spät, will niemanden mit meiner Geschichte langweilen, bin auch nur ein Kind der dämlichen Neunziger Jahre. Meine Freunde nennen mich Schmall ['ʃmɔ:l] – und so sollten Sie es auch halten.

1.

Heimat ist immer etwas Verlorenes, hat irgendjemand mal behauptet. Schwachsinn, wenn man mich fragt. Dennoch ist das der Satz, der mir in den Kopf kommt, als der Kapitän über die Bordlautsprecher mitteilt, dass wir in wenigen Minuten landen. Ich trinke den letzten Schluck Wodka, der lustlos zwischen den Eiswürfeln schwimmt. Er schmeckt nach Wasser, typisch, denke ich und klappe das Tischchen vor mir nach oben.

Als wir schließlich durch die Wolkendecke stoßen, sehe ich nur Wald, Wald und noch mehr Wald. Ich kneife die Augen zusammen und versuche irgendetwas zu erkennen. Vielleicht ist das die alte B 27, die sich da unten durch das Siebenmühlental schlängelt? Vielleicht. Als der Pilot die Boeing 737 weiter runterdrückt, sehe ich die Spielwiese, die Schule, direkt daneben den Assiblock mit der Telefonzelle davor, die Enni eines Nachts aus Langeweile angezündet hat, schließlich das Haus meiner Eltern. Ich verrenke mir den Hals beim Versuch, das »Jackies« zu erspähen, sehe es aber nicht – dafür das geradezu obszöne Blau der Aral-Tankstelle.

Dann landet die Maschine auf dem Rollfeld des Echterdinger Flughafens. Ich stopfe den gelben Discman in meinen Rucksack. Als ich den Kopfhörer absetze, schreit Henry Rollins *I'm a liar*.

Ich bin auch ein Lügner, ein ausgesprochen begabter. Nicht, dass ich darauf stolz wäre. Früher habe ich immer behauptet, mein Vater wäre ein Spion. Dabei arbeitet der, wie die Väter aller meiner Freunde, beim Bosch.

Brownsen und Enni stehen schon da, als ich die Halle betrete, in der die Gepäckbänder Koffer um Koffer ausspucken. Ich beobachte sie durch die großen Glasscheiben, die den Gepäckbereich von der Ankunftshalle trennen. Brownson erzählt irgendwas. Enni hält eine Bierdose in der Hand. Beide lachen.

Natürlich, denke ich erleichtert. Brownsen und Enni. Brownsen heißt eigentlich Andreas Braun und sieht aus wie ein Gockel, weil er die Brust so merkwürdig rauspresst. Außerdem wackelt Brownsens Kopf immer ein wenig mehr als die Köpfe anderer Leute, vielleicht ist sein Hals ein Stück zu lang geraten. Dennoch ist der Kerl mein ältester Freund, wir kennen uns seit dem ersten Tag im Kindergarten. Allerdings konnten wir uns damals nicht besonders gut leiden. Das lag zugegebenermaßen an mir, weil ich neidisch auf Brownsens blaue Brotdose war. Meine war grün, noch schlimmer war, dass darauf Biene Maja abgebildet war.

Und Enni? In Ennis Reisepass steht der Name Enrico Diederich. Daran ist seine Mutter schuld, Erika. Aber von Erika erzähle ich Ihnen später. Enni ist Kickers-Fan, Wetterberichts-Fan, Beck'-Fan und hat die Statur und das Gemüt eines Landsknechts. Enni sah schon mit vierzehn aus wie zweiundzwanzig, seine Haut war blass, und schon damals brauchte Enni eine Rasur. Er würde immer eine Rasur brauchen. Selbst unserem Kunstlehrer fiel der enorme Bartwuchs des jungen Diederich auf. Da waren wir, wie gesagt, vierzehn, und Brownsen und ich hatten gerade mal vier Haare am Sack.

»Schau dir mal den Schmall an, der sieht aus wie ein Spast«, ist das Erste, was ich von Brownsen höre. Gefolgt von seinem kehligen Lachen.

»Wo ist denn deine Mütze?«, sagt Enni, als ich schließlich vor den beiden stehe.

Kein Hallo. Kein Wie geht's.

Ich fühl mich gleich wieder zu Hause. Heimat ist eben doch nur ein Haufen Vollidioten, die man Freunde nennt.

»Nur weil ich die Kappe nicht trage, sehe ich aus wie ein Spast?«

»Irgendwie erwachsener.«

»Was soll das bedeuten?«

»Weiß auch nicht, ist ja auch nicht so wichtig.«

»Er meint halt erwachsener«, sagt Enni, »du warst ja auch 'ne ganze Weile weg.«

»Zwei Monate sind nicht wirklich lang.«

»Zwei Monate sind acht Wochen.«

Langsam nerven mich die zwei.

»So lange waren wir noch nie getrennt.«

Ich sag gar nichts mehr.

»Und wie läuft's so in London?«, fragt Enni, als wir in Brownsens goldenen Passat steigen.

»Wie soll es schon laufen?«

»Gibt's da wenigstens geile Böckchen?«

»Böckchen?«, frage ich.

»Klar, Alter. Böckchen. Titten, Lippen, Arsch und Beine, Böckchen halt!«

Als wir am Kreisverkehr beim Friedhof ankommen, errichten ein paar Polizisten gerade eine Straßensperre. Er, Ende dreißig, leicht untersetzt, wässriger Blick, Backenbart, steht nur da und winkt Autos durch und starrt nebenbei ihr, einem Alpha-Böckchen, vollkommen ungeniert auf den strammen Hintern.

Die beiden tun gerade so, als erwarte man einen Staatsgast auf den Fildern. Dabei ist heute nur Krautfest, wie jedes Jahr. Das Krautfest ist »die größte Krauthocketse der Welt« und für uns Echterdinger ungefähr so identitätsstiftend wie für Bayern das Oktoberfest. Natürlich versuchen auch hier irgendwelche Lokalpatrioten, dem Ganzen einen kulturellen Anstrich zu verpassen, in Wirklichkeit geht es beim Krautfest wie bei jedem anderen Dorffest aber nur um eines: möglichst schnell möglichst besoffen zu sein.

Früher gab es beim Krautfest immer mächtig Ärger. GTI-Fahrer aus Steinenbronn boxten sich mit gelangweilten Schlägern aus Waldenbuch, um sich eine halbe Stunde später gegen die Lost Boys aus Stetten zu verbrüdern, ein widerliches Pack von Vorstadtproleten. Aber das werde ich ein anderes Mal erzählen. Vielleicht auch von dem Jahr, als der Schädler verreckt ist. Bomben-Schädler hieß der eigentlich. Er war es, der schon in der siebten Klasse seiner Lehrerin eine Pistole an den Kopf hielt, später glatzköpfig, gewaltbereit und übellaunig als härtester Schläger bis hinunter nach Stuttgart für die Schädler-Schelle bekannt wurde. Mann, hat der Kerl früher ausgeteilt! Nach den Kämpfen kamen die Drogen, und weil der Schädler immer der Härteste sein wollte, war er auch der Erste, der sich eine Nadel in die Armbeuge stechen musste. Das Ganze war ziemlich jämmerlich. »Aber verdient hat er es trotzdem«, würde Wolle jetzt zu Recht anmerken. Immerhin hat der Schädler ihm Anna ausgespannt, das schönste Mädchen auf den ganzen Fildern. Das ist zwar gefühlte hundert Jahre her, darüber hinweg ist Wolle heute noch nicht.

Wolle ist in jedem Fall der Freund, mit dem ich früher am meisten rumhing. Wenn wir nicht gerade Kickflips übten, schauten wir uns immer wieder diese vier Filme an, *Bones Brigade, Wheels of Fire, Propaganda* und *Hokus Pokus*, Mittag für Mittag, Trick für Trick. Jedenfalls kenne ich niemanden, der das Krautfest so hasst wie mein alter Nachbar. Er geht lieber raven. Das finde ich zwar genauso bescheuert, aber was soll man machen?

Gerade als DJ Shadows *Stem* beginnt, biegen wir von der Hauptstraße in die Hirschstraße ab. Brownsen sollte wirklich mal die Boxen richten, der Bass scheppert noch erbärmlicher, als ich ihn in Erinnerung habe. Oder wenigstens die Decke festtackern, die wie ein Schaumstoffpilz in den Innenraum des alten Passats quillt.

»Bis heute Abend dann«, sagt Brownsen, als er vor dem Tor unseres Hauses in der Hirschstraße hält.

»Ja«, murmle ich.

»Schön, dass du wieder da bist«, sagt Enni.

»Ja, ja«, sage ich und: »Finde ich auch.«

Bevor ich es durchs Tor schaffe, ruft mir Enni hinterher: »Schmall, kennst du eigentlich den schon?«

Ich tue ihm den Gefallen, bleibe stehen und warte.

Enni lacht schon, bevor der Witz überhaupt anfängt.

Ich zünde mir eine Zigarette an.

Dann platzt es aus ihm herum: »Alter, deine Mutter ist so fett, ihr Arsch hat eine eigene Postleitzahl.«

Gacker. Gacker.

Beide lachen, wie diese Gnome auf MTV, Beavis und Butt-Head. Es ist nicht auszuhalten. Ich hätte die beiden Knalltüten am Flughafen stehenlassen sollen. Einfach vorbeigehen, ignorieren, zurücklassen, abschütteln. Das wäre die Gelegenheit gewesen, ein für alle Mal die ganze Scheiße hier abzuschließen, den sozialen Müll meiner Jugend in die Tonne zu treten. Aber wie eigentlich immer ist auch diese Chance eine zu viel für mich. Typisch, denke ich und schnipse die Kippe verärgert in Richtung der Rotbuchenhecke, obwohl ich sie eben erst angezündet habe.

Brownsen: »Deine Mutter macht mehr Dreier als BMW.«

Gacker. Gacker.

Enni: »Und schluckt mehr als ein Siebener.«

Ich zucke mit der Schulter. Irgendwann muss Schluss sein. Obwohl ich zugeben muss, dass der von Brownsen ganz gut war. Bevor sie losfahren, frage ich Brownsen, ob er was vom Schelm gehört hat.

»Was soll mit dem Knacki sein?«

»Ach, nur so.«

Unser Ersatzschlüssel liegt, seit ich denken kann, in einem Bauarbeiterhandschuh in der Garage. Ich will nicht, dass die alte Holztüre knarzt, also hebe ich sie leicht an, als ich den Schlüssel im Schloss drehe. Da hängt er schon, der Vorhang, den meine Mutter immer aufhängt, wenn es Herbst wird. Ich trete ins Haus. Es ist kühl und riecht nach Heizöl. Das war schon immer so. Auf dem Sekretär liegt ein Zettel meiner Mutter: »Mein Lieber, bin in der Stadt, komme abends gegen sieben. Schön, dass Du da bist.«

Ich lege den Zettel beiseite und bin froh, dass niemand hier ist und ich niemandem irgendwas erzählen muss. Anke, meine Schwester, lebt mittlerweile in Kanada, und Helmut, mein Vater, arbeitet auch an diesem Samstag. Eigentlich arbeitet er immer.

Ich gehe zum Kühlschrank und beiße in den frischen Fleischkäse, obwohl ich weiß, wie sehr es meine Mutter ärgert, irgendeinen Gebissabdruck in ihrem Aufschnitt zu finden. Den Fleischkäse spüle ich mit einem großen, kalten Schluck Kakao runter.

Dann gehe ich nach oben, laufe die Treppe im alten Zickzack. Die ersten drei Stufen links außen, die vierte überspringe ich, bis zur vorletzten halte ich mich eher rechts. Oben.

Ich öffne die Türe, die ins Dachgeschoss führt. Jetzt riecht es nach Heimat. Sonnig, hölzern und staubig. Irgendwie auch nach dem morschen Alte-Damen-Parfüm meiner Oma, die früher immer das Zimmer belegt hat, als es noch das Gästezimmer war. Auf der linken Seite des Aufgangs hängt das alte Werner-Plakat. *Beinhart*. Irgendwie daneben, denke ich, aber irgendwie auch okay. Was soll's. Ich steige die Treppe hoch, nehme zwei Stufen auf einmal.

In London wohne ich auf acht Quadratmetern, so groß ist alleine der Vorraum, in dem ich jetzt meine Tasche fallen lasse.

Ich öffne die Türe behutsam, sie kratzt ein wenig am Teppich.

Nachmittagssonne fällt ins Zimmer, Staub tanzt.

In meinem Zimmer, das sich eher wie ein Baumhaus anfühlt, sieht es so aus wie immer. Alte Balken teilen das L-förmige Zimmer, die Wände sind weiß, der Teppich lindgrün, die Decken mit Fichtenholz verkleidet. In den Regalen stehen meine Bücher, an den Balken hängen fein säuberlich sortiert die Star-Wars-Figuren. Darth Vader mit abnehmbarem Helm, Luke Skywalker Brown Vest auf der orangefarbenen Power-Of-The-Force-Karte, darunter ein Java und ganz oben ein Half Circle Boba Fett, eine seltene Variation des Kopfgeldjägers. Ich gehe hin, um mich zu versichern, dass die Plastikblase, die die Figur auf der Karte fixiert, während meiner Abwesenheit unversehrt geblieben ist.

Ist sie.

Auf dem Schreibtisch liegen ein paar alte Ausgaben des Spiegel, darauf ein Zettel meines Vaters: »Willst Du die noch behalten?« Mein Blick fällt auf das Plakat, das hinter Glas neben dem Fenster hängt. Es ist ein Werbeposter für die erste

Platte von Nirvana, für *Nevermind*. Darauf sieht man ein Baby durch ein blaues Becken tauchen. Das Baby schwimmt direkt auf den Betrachter zu. Ich schaue auf den kleinen Schniedel und frage mich, wahrscheinlich schon zum hundertsten Mal, wie groß der Schniedel wohl geworden ist mittlerweile. Und wie das Baby eigentlich heißt. Hoffentlich hat der Kleine wenigstens ein paar Dollar dafür bekommen, dass eine ganze Generation ihm auf den Schwanz starrt, denke ich, während ich mit der linken Hand die Stereoanlage anschalte und mit der rechten die Bong dahinter hervorhole. Wenigstens dieses eine Mal habe ich daran gedacht, das siffige Bongwasser auszuleeren.

Ich drücke auf Play. Und gehe in den Vorraum, zum Waschbecken und fülle die Bong mit Wasser. Der Tabak und die grünen Grasbröckchen in der Mischungsschale sehen ziemlich trocken aus. Egal. Dann ziehe ich einen Kopf.

Ready or not, here I come.

Ich stelle die Bong hinter den Vorhang und huste. Das Wasser aus dem Hahn war wohl doch ein wenig zu warm. Idiot, denke ich, ziehe die Schuhe aus und lege mich aufs Bett.

Gonna find you and take it slowly.

Ich entscheide mich für einen Mittagsschlaf und gegen das Versprechen, mich sofort bei allen zu melden. Ich sehe sie heute Abend ohnehin, Wolle, die dicke Lizzy, Michi, Anna. Und natürlich Natja, meine Freundin, zumindest war sie das vor drei Monaten noch. Was es wohl Neues beim Schelm und Morti gibt, frage ich mich. Und ob sie das Geld in Sicherheit gebracht haben? Aber vielleicht war das auch nur eine Mär, das mit dem Geld.

Auf dem Digitalwecker, der auf meinem Nachttisch steht, blinkt die Datumsanzeige. Heute ist der 20. Oktober 1996.

Bevor ich einschlafe, fällt mir wieder die bescheuerte Bemerkung ein, die Brownsen vorhin am Flughafen gemacht hat: »irgendwie erwachsener.« Der Spruch hallt unangenehm lange in meinem Kopf wider. Erwachsener. Irgendwie. Was heißt das schon?

Erwachsener als wann?

Erwachsener als was?

Egal.

Nevermind.

2.

Der Tag, an dem meine Mutter lernen wird, dass ihr einziger Sohn kein Kind mehr ist, beginnt ziemlich schleppend. Es ist der 23. Dezember 1990. Den Morgen verbringe ich damit, Geschenke zu kaufen, was sich bei einem Budget von 20 Mark schwerer gestaltet als erwartet. Schon das Buch, das ich für meinen Vater kaufen will, kostet 14,90 Mark und für 5,10 Mark gibt es nicht einmal so kurz nach der Wende irgendetwas Anständiges. Nachdem ich drei Stunden die Stuttgarter Königsstraße rauf- und runtergelaufen bin, entscheide ich mich, die 20 Mark gar nicht auszugeben und am Nachmittag fünf Gutscheine anzufertigen. Wofür, das kann ich mir auch später noch überlegen, beschließe ich, als ich in die Straßenbahn am Charlottenplatz steige.

Am Nachmittag fängt es an zu schneien. Der Himmel über Echterdingen wirkt wie aus Blei gegossen, aus Blei, das zu dicht an der Kerzenflamme erhitzt wurde, dunkel und schmutzig. Selbst die Schneeflocken sehen schmutzig aus. Ich beobachte sie von meinem Dachfenster aus, sehe zu, wie sie die orangefarbene Lampe über der Kreuzung vor unserem Haus umfliegen. Schneeflocken tanzen nicht, sie fallen einfach langsamer als Regen, denke ich, als es an der Türe klingelt. Johnny Cash singt gerade: *I killed a man in Reno just to watch him die.* Ich würg ihn ab und gehe nach unten, um nachzusehen, wer da ist.

In der Eingangshalle stehen Brownsen und Enni. Meine Mutter bietet ihnen Vanillekipferl an. Ich weiß zwar nicht, was die beiden wollen, scheuche sie dennoch raus, bevor sie irgendetwas Dämliches anstellen können. Meine Mutter ruft mir nach, ob ich zum Abendessen zurück bin. Nein. Ich ziehe die Tür hinter mir zu.

»Was geht, Schmall?« In seiner neuen Daunenjacke sieht Brownsen aus, als hätte er einen Schlafsack über den Kopf gestülpt und oben ein Loch reingeschnitten.

»Alles, was Beine hat und laufen kann«, antworte ich und knöpfe meine Jacke zu. Eigentlich ist es viel zu kalt für die nur leicht gefütterte Jacke, sie ist eine amerikanische Collegejacke, dunkelblau mit elfenbeinfarbenen Armen aus speckigem Kunstleder. Meine Telefonfreundin Anna hat gesagt, ich sehe darin aus wie James Dean. Aber Anna ist nicht gerade die Hellste. Hübsch ist sie trotzdem.

Mittlerweile sind gut zwanzig Zentimeter Schnee gefallen. Und da es vorher geregnet hat, ist alles total vereist. Als ich durch das Gartentor trete, nimmt Brownsen gerade Anlauf und rutscht mitten auf die verschneite Hirschstraße. Enni versucht, sich beim Rutschen zu drehen und knallt voll auf die Seite. Etwas knackt in seiner Manteltasche, als er wie ein gefällter Baum zu Boden geht. »Scheiße, das Bier läuft aus.«

Bier?

Er zieht die verbeulte Dose aus der Tasche, es zischt und spritzt. Enni setzt die aufgesprungene Dose an und leert sie in einem Zug.

Wir schlittern weiter bis vor zur Hauptstraße. Auch hier war noch kein Räumdienst im Einsatz, und auch sonst liegt die Straße da, als wäre hier seit Tagen kein Wagen mehr gefahren. Brownsen fragt, ob ich ein Bier will, und hält mir eine Dose hin. Ich habe noch nie Bier getrunken, will aber nicht wie der Depp vom Dienst dastehen, also nehme ich die Dose. Das Blech fühlt sich an wie Eis, kalt und heiß zugleich. Ich fummle ungeschickt am Verschluss rum, bis Brownsen sie mir abnimmt und mit einem Zisch öffnet.

Der erste Schluck schmeckt bitter, bitter und widerlich. Das Bier ist so kalt, dass mir die Zähne wehtun. Bier ist nicht dein Getränk, denke ich. Der zweite Schluck schmeckt noch beschissener. Beim nächsten Rutscher nehme ich mir vor, einen Großteil des Biers zu verschütten, damit das Elend bald ein Ende findet. Erst als die Dose alle ist, entspanne ich mich. Langsam wird mir wärmer, eine eigenartige Hitze steigt aus meinem Magen auf. Ich öffne die beiden oberen Knöpfe der Jacke.

Brownsen und Enni beschließen, dass es nun an der Zeit sei, mich in die Welt des »Jackies« einzuweihen. Das »Jackies« ist eine Rockerkneipe im Industriegebiet von Echterdingen. Als ich klein war, erzählte mein Vater immer, dass dort nur die übelsten Gestalten rumhängen, Rocker, Totschläger, Streuner. Immer wenn wir mit dem Auto vorbeifuhren, verrenkte ich mir den Hals beim Versuch, etwas von dem angeblich so verruchten Treiben dort zu erspähen. Doch mehr als ein paar Motorräder und einen mattschwarzen Trans Am gab es nie zu sehen.

»Sollen wir da wirklich rein?«, frage ich Brownsen, als wir vor der Tür stehen.

»Wieso denn nicht?«

»Weil wir grade mal vierzehn sind.«

»Quatsch nicht rum«, entscheidet Enni und stiefelt in den Eingangsbereich, in dem Fotos von Bodybuildern in Schaukästen hängen, »ich gehe hier oft hin.« Brownsen knöpft seinen Schlafmantel auf, klopft sich den Schnee von den Schuhen.

Wer anläuft, muss auch springen, denke ich und folge den

beiden. Der erste Mensch, den ich sehe, nachdem wir durch die Schwingtüre die Bar betreten, ist ein Riese. Das muss Hubi sein, er sieht genauso aus, wie ich ihn mir immer vorgestellt habe: zwei Meter groß, Schultern so breit, dass er kaum durch eine Türe passt, die Jack-Daniel's-Mütze auf dem mickrig wirkenden Kopf und Baggerschaufeln da, wo andere Menschen Hände haben. Der schmeißt uns sofort raus, durchfährt es mich, zermalmt uns und schleudert unsere Biomasse zurück über die Hauptstraße. Und zwar mit Recht! Was für eine bescheuerte Idee hierherzukommen. Ausgerechnet in diese Spelunke. Ein Zwerg, ein Gockel und ein Landsknecht. Hubi muss doch sehen, dass wir nicht einmal zu Hause ein Bier bekommen. »Na, Jungs, einen Jackie gegen die Kälte?«

»Was muss, das muss«, antwortet Enni. Hubi scheint es egal zu sein, dass Brownsen und ich aussehen wie zwölf. Wir setzen uns in die Nische gegenüber des Flippers und warten auf unsere Getränke. Aus den Boxen kreischt Axl Rose, er klingt wie ein Schwein, das gelernt hat, *Paradise City* zu singen. Hier sitze ich nun, stelle ich ein wenig verwundert und nicht weniger stolz fest, das erste Mal im »Jackies«.

Hubi ist eine Legende. Eigentlich heißt Hubi ja Ronald. Ronald Huber, um genau zu sein. Wann aus Ronald Hubi wurde, kann ich nicht sagen. Hubi war schon Hubi, als ich geboren wurde. 1976 war das, damals, als Hubi irgendwo in Kalifornien Gewichte stemmte, um gegen einen Polizistensohn aus Österreich, gegen Arnold, im Eingeölt-lächerliche-Posen-Machen anzutreten. Arnie wurde 1977 wieder Mister Olympia und Hubi Zweiter. Es mag zwar stimmen, dass Arnie danach eine Hollywood-Granate wurde, die mit einer Kennedy schläft und später sogar noch Kalifornien regieren würde, dafür heiratete unser Hubi die blonde Claudi, fuhr einen mattschwarzen Trans Am und eröffnete seine eigene Muckibude mit angeschlossener Rockerkneipe.

Über dem Terminator-2-Flipper hängt, eingerahmt wie ein Marienbildchen, das Beweisfoto von Hubis und Arnies glorreicher gemeinsamer Vergangenheit. Siegessicher lächeln die beiden Muskelbrüder in die Kamera – Brownsen und ich kriegen uns gar nicht mehr ein, wie lächerlich der Inhalt des Bikinihöschens wirkt im Vergleich zu all den Beulen und Muskeln an ihren Körpern.

Gerade als ich so richtig in Fahrt komme und ein paar Gänge hochschalte, bringt Hubi den dritten Whisky. Enni hält mir eine Zigarette hin. »Komm schon, Schmall, jetzt kannst du auch eine rauchen.« Irgendwie hat er recht. Ich ziehe vorsichtig, als Brownsen mir Feuer gibt, und versuche, den Rauch möglichst lange im Mund zu behalten, ohne zu husten.

Klappt ganz gut. Beim zweiten Zug inhaliere ich schon tiefer, Enni lächelt.

Leider hält das Hoch nicht lange an. Mein Körper scheint plötzlich aus Gummi zu sein. Bier und Whisky schießen schneller aus meinem Magen, als sie hinabgeflossen sind. Ich schaffe es gerade noch, mir Brownsens Baseballmütze vor den Mund zu pressen, bevor der erste gelbrote Schwall durch die Finger meiner Hand spritzt.

Gut gemacht, Schmall, denke ich, keine zwei Wochen vierzehn, und schon hängst du kotzend über der Kloschüssel. Voll wie eine Natter. Hubi und seine Rockerfreunde sitzen sicher draußen und lachen über mich. Am liebsten würde ich mich zur Seite rollen und sterben. Kurz bevor ich zwischen Kotzkrämpfen und Selbstmitleid zu heulen beginne, betritt jemand die Toilette. Da ich vor der Porzellanschüssel knie, kann ich nicht sehen, wer da kommt. Der Schatten wird immer länger – und vor allem breiter. Es kann nur Hubi sein.

Ich versuche, etwas wie ›tut mir wirklich leid‹ zu stammeln, aber meine Zunge gehorcht nicht. Da packt mich Hubi am Kragen der Collegejacke, stellt mich auf die Füße und hält mir ein Küchentuch hin. »Wisch dir erst mal den Mund ab, Junge, wird schon wieder.«

Auf dem Heimweg kotze ich noch zweimal, Enni und Brownsen finden es wahnsinnig komisch, mich in die verschneiten Büsche am Wegesrand zu stoßen. Irgendwie hatte ich mir Betrunkensein lustiger vorgestellt. Als wir nach einer gefühlten Ewigkeit vor meiner Haustür stehen, klingel ich. Es hat eh keinen Zweck, irgendetwas zu verheimlichen. Meine Mutter öffnet.

Frohe Weihnachten!

Beim Frühstück am nächsten Morgen ist mir hundeelend. Meine Zunge klebt am Gaumen, ich bekomm nichts runter, nicht einmal ein Aspirin.

Mein Vater sagt gar nichts, als ich kurz vor der Bescherung in die Küche schleiche und versuche, mir einen Laugenwecken zu schmieren. Er schaut mich nur vorwurfsvoll an. Ich frage ihn, wo Eva ist.

»In der Messe. Das erste Mal seit fünfzehn Jahren.«

»Wieso das denn?«

»Deinetwegen.«

Später, als alle andächtig vorm Baum sitzen, entschuldige ich mich bei meiner Mutter. Nicht für den Vollrausch, sondern dafür, dass ihr nichtsnutziger Sohn die Geschenkgutscheine vergessen hat.

3.

Eva hat sich irgendwann daran gewöhnt. Nicht an die Messe, aber daran, dass ihr Sohn hin und wieder kotzend vor der Kloschüssel liegt. Das erste Weihnachtssaufen liegt schon Jahre zurück, Brownsen, Enni und ich sind mittlerweile in der zehnten Klasse und trinken regelmäßig im »Jackies«. Hier, eingepfercht zwischen einer Fender Stratocaster auf der angeblich Slash, der Gittarist von Guns N' Roses, unterschrieben haben soll, den leeren Jack-Daniel's-Flaschen, die die Bar einrahmen, und einem Stapel abgefahrener Formel-1-Reifen. Da auf beiden Seiten des »Jackies« nur Schwingtüren die Kneipe von den Trainingshallen des Fitnessstudios trennen, stinkt es derart nach kaltem Schweiß, dass man sich selbst beim Trinken sportlich vorkommt. Und sportlich nehmen wir es. Vor allem dienstags, wenn es immer heißt: Double Time, zwei Getränke zum Preis von einem. Allerdings nur von acht bis zehn.

Das »Jackies« kennen Sie jetzt. Nicht minder wichtig für mich und meine Jungs ist neben der Aral-Tankstelle, der Eisdiele Venezia, dem Skatepark beim Jugendhaus Areal aber vor allem ein Ort, das »Zeus«. Wie in jeder anständigen westdeutschen Kreisstadt gibt es nämlich auch bei uns einen Griechen. Und wie ich finde, den besten.

Das »Zeus« ist ein typischer Grieche mit kitschigen Ölbildern, auf denen die Mühlen von Mykonos und die Akropolis im Sonnenuntergang zu sehen sind. Auf den Raumteilern stehen kleine, speckige Weinfässer, blau-weiße Teller, staubige Muscheln, Seesterne aus Plastik und diverse Statuen von Zeus und seiner holden Gemahlin. Über der Bar hängt ein Fischernetz. Selbst ein kleiner Eris hat sich hinunter in den Keller mit den Bullaugen und schweren, dunklen Holzbalken verlaufen.

Enni, Brownsen und mich stört es nicht, dass das »Zeus« eine Kellerkneipe ist. Solange der Wirt und seine Söhne uns jedes Mal eine Flasche Ouzo auf den Tisch stellen, wenn wir uns hinsetzen. Im »Zeus« steht der Chef noch selber in der Küche. »Ist doch Ehrensache, Junks«, sagt er immer, weil er es auch nach zwanzig Jahren im Keller nicht schafft, ein G nicht wie ein K auszusprechen. Seine Söhne sind echte Kellerkinder. Wenn der ältere Sohn keine schwarze Hose zum weißen Oberhemd tragen würde, wäre er vor einer weißen Wand unsichtbar, so bleich ist er. Und in den wenigen Sommermonaten, in denen das »Zeus« oben auf dem Parkplatz vor dem »Edeka« ein paar Tische mit klebrig grünen Gummidecken in Fischgrätmuster aufstellt, bedient ausschließlich der Jüngere dort oben im Tageslicht. Der Jüngere ist nämlich beliebter bei den Gästen als sein bleicher, mürrischer Bruder.

Das Angenehme am »Zeus«, neben dem kostenlosen Ouzo, vorzüglichem Suzukakia und der speckigen, nach links abfallenden Kegelbahn, sind die geradezu lächerlichen Kosten für einen anständigen Rausch. Das liegt nicht an den moderaten Preisen des Griechen, sondern an Enni: Der ist eines Abends auf die Idee gekommen, immer ein Dutzend Dosen von der Shell-Tankstelle gegenüber mit in das Restaurant zu schmuggeln, mit dem er die Halben immer dann auffüllt, wenn die Kellerkinder außer Sichtweite sind. Die Dosen wirft er in die große Vase hinter unserem Stammtisch, der vorne links in der dunkelsten Ecke des ganzen Ladens steht.

Als ich heimkomme, lege ich Public Enemy auf, *Fear Of A Black Planet*. Ich spüre die vier Biere im Magen, bin aber nicht betrunken genug, um einfach schlafen zu gehen. Also setze ich mich an meinen Schreibtisch und kritzle den Mann im Fadenkreuz auf mein Matheheft. Enni und Brownsen zeichnen immer das Fanta-4-Logo auf ihre Ordner, aber irgendwie finde ich Thomas D mit seiner Plastikuhr um den Hals lächerlich.

In was für einer Welt leben wir eigentlich, hat uns gestern der Geschichtslehrer gefragt. Wir sollen einen Essay darüber schreiben. Nicht, dass ich wirklich verstehe, was ein Essay sein soll. »Deutschland ist wiedervereinigt«, lautet mein erster Satz. Und dann: »Helmut Kohl regiert jetzt auch die Ossis. Der Kalte Krieg ist vorüber, die Russen sind abgezogen. Deutschland ist Weltmeister. Statt einer Mauer gibt es in Berlin jetzt die Love-Parade. Computerspiele erobern die dritte Dimension. Anstatt Musik zu hören, schaut man heute Musik. Zumindest all die glücklichen Menschen, denn meine Familie besitzt keinen Fernseher.«

4.

Das mit dem Fernseher ist leider wahr. Meine Eltern glauben, das Fernsehen sei des Teufels. Meine Mutter hat irgendwo gelesen, dass Fernsehen aus dem Kreis der Familie einen Halbkreis macht. Persönlich fände ich das nicht schlimm, aber dazu soll es bei uns nicht kommen. Deshalb bemühe ich mich redlich, mein Defizit nachmittags bei den Diederichs auszugleichen.

Enni wohnt im einzigen sechsstöckigen Haus der ganzen Stadt, im Erdgeschoss des Assiblocks. Mehr scheint nicht drin zu sein, da seine Mutter Erika das wenige Geld, das sie als Sekretärin verdient, in rote Fingernägel, Minipli und Zigaretten der Marke Magnum investiert. Zu Ennis Leidwesen wohnt in der dunkelsten Vierzimmerwohnung Süddeutschlands auch die hässliche Lizzy. Daran lässt sich nichts ändern, sie ist nun mal seine Schwester. Dass Lizzy viel schlauer ist als er, treibt Enni regelmäßig die Wände hoch. Die Hälfte von dem, was seine Schwester den ganzen Tag von sich gibt, versteht Enni nicht, die andere Hälfte erst recht nicht.

Es ist seltsam, wie Menschen mit den gleichen Erbanlagen so unterschiedlich ausfallen können: Lizzy, 1,55 Meter klein, sieht aus wie Miss Piggy, das einzige Magere an ihrem Körper sind die stumpfen, mittelblonden Haare, die sie alle drei Monate aufzuhellen versucht. Enni hingegen war schon mit vierzehn über 1,85 Meter groß, sportlich und, abgesehen vom wirklich wuchernden Bartwuchs, ein überaus hübscher Kerl.

Eigentlich ist die Lizzy gar nicht mehr so hässlich, seit sie ihre Zahnspange und damit auch die rote Verwahrungsbox, die sie ständig wie einen Glücksbringer um den Hals trug, losgeworden ist. Eigentlich ist sie das vor allem, wenn sie besoffen ist und ihr die Gesichtszüge entgleiten. Leider passiert das ziemlich oft. Wahrscheinlich trinkt Ellinor – ein Name, den nicht einmal mehr die Lehrer verwenden – um sich auf unser Niveau runterzusaufen. Lizzy, behauptet Enni nur zu gerne, sei kein Name, sondern eine Diagnose.

Nach der Schule sitzt die Lizzy meistens alleine in ihrem Zimmer, Tag für Tag, liest kluge Bücher für kluge Menschen und lacht über uns, weil sie genau weiß, dass sie es im Leben viel weiter bringen wird als wir. Aber das bringt ihr jetzt auch nichts. Bevor sie nicht ihr Abiturzeugnis in der Hand hält, kommt sie hier nicht weg. Vielleicht geht die Lizzy deshalb jeden Abend ins »Jackies« und trinkt Bier. Oder Tequila, ohne Salz, ohne Zitrone. Flaschenweise.

Lizzy leide an Alzheimer-Bulimie, behauptet Enni: »Sie frisst und vergisst zu kotzen.«

Irgendwie tut mir Lizzy leid. Aber Berggorillas, die *Knoff-Hoff-Show* und irgendwelche Dokumentationen über den aussichtslosen Guerillakrieg der Frente Polisario sind nun mal nicht so spannend wie *Star Wars, Bloodsports, Cheech und Chong* oder *Clockwork Orange*. Obwohl selbst ich diese Filme schon mehr als ein Dutzend Mal gesehen habe.

Im Großen und Ganzen finde ich es gar nicht so schlimm, dass ich montags in der großen Pause der einzige Depp bin, der nicht weiß, wer bei *Wetten dass..?* am Samstagabend auf der Couch sitzt und an Buntstiften leckt. Wirklich neidisch auf die Fernsehkinder bin ich nicht. Das heißt, ich war es nicht. Zumindest nicht bis zu jenem Nachmittag, an dem Brownsen und Enni MTV bekamen, ein herber Rückschlag. Bis dahin waren wir alle auf die *Wilden 20*, die Hitparade des Südfunks, moderiert von Matze Holtmann, angewiesen, doch nun, nun hatten sie endlich etwas, was mich auf dem Pausenhof zur Weißglut treibt. MTV ist Fernsehen nach meinem Geschmack: Man muss nicht mehr umschalten, weil alle zweieinhalb Minuten ohnehin etwas Neues über den Bildschirm flimmert. Selbst die Moderatoren und die Werbung sind einfach nur cool: Alle sprechen Englisch. MTV ist die kulturelle Krönung des Marshallplans. Ich könnte stundenlang bei Enni und Lizzy sitzen, sitzen und darauf hoffen, dass auf das ekelige *Nothing Compares To You* endlich mal ein Video der Beastie Boys folgt. Als ich das erste Mal *Time For Livin* sehen durfte, brach ich beinahe in Tränen aus.

Enni: »Habt ihr gestern Ray Cokes gesehen? Also alle Anwesenden abgesehen von dir, Schmall.«

Brownsen: »Klar, ich hätte mich fast angepisst.«

Michi: »Schmall, da hast du wirklich was verpasst.«

Enni: »Die Beasties haben ihre neue Single vorgespielt.«

Brownsen: »Ja, und die läuft erst in zwei Wochen an.«

Enni: »Voll der Hammer.«

Ich: »Erstens heißen die nicht die Beasties, und zweitens findest du die Beastie Boys doch scheiße.«

Enni: »Ja, aber die neue Single hat was. Echt jetzt.«

Brownsen: »Und dann lief *Like a Prayer.*«
Enni: »Und du hast dir wieder einen gekeult, stimmt's?«
Brownsen: »Jedes Mal, Mann. Ich steh total drauf.«

Ich hatte genug gehört. In der nächsten Deutschstunde beschließe ich, auch zu Madonna zu wichsen. Es gibt lediglich ein Problem: Dafür muss ich rüber zu Ahne, zu meiner Oma. Denn die hat einen Fernseher.

Nach dem Abendessen begleite ich meinen Vater rüber. Die Tagesschau ist lustiger als erwartet: Der Waffenstillstand zwischen Serbien und Kroatien interessiert mich herzlich wenig. Bosnien und Herzegowina sind bereits eine Republik, warum zicken die beiden anderen so rum, überlege ich. Doch dann kommt eine Meldung, die Gold wert ist: Bei einem Konzert von New Kids On The Block in Seoul ist eine Massenpanik ausgebrochen, Hunderte Besucher hatten versucht, die Bühne zu stürmen, und wurden zu Boden getrampelt. Fünfzig Menschen mussten in Krankenhäusern behandelt werden. Joey und der Rest der Band hatten von oben zugesehen und daraufhin das Konzert abgebrochen. Doch das Lustigste kommt noch: Im Hotel informierten die Behörden die Gruppe, sie dürfe erst das Land verlassen, wenn sie die Show zu Ende spielen. So stünde es im Vertrag. Südkoreanische Streitkräfte besetzten sämtliche Durchgänge und Reihen des Olympiaparks von Seoul, und die Band kam zurück auf die Bühne und spielte unter Polizeischutz *Hangin' Tough.*

Ein guter Tag, beschließe ich und rufe sofort Anna an, die, wie alle Mädchen aus meiner Klasse, absolut besessen ist von NKOTB.

Eineinhalb Stunden später, nachdem ich Anna vierzig Minuten lang damit aufgezogen habe, dass ihr geliebter Joey jetzt vor der Wahl steht, entweder für immer nach Nordkorea verbannt oder gleich in Texas auf den elektrischen Stuhl geschnallt zu werden, sitzt mein Vater längst wieder bei uns in der Hirschstraße in seinem Lesesessel. Und die Ahne macht sich bettfertig.

Ich gebe der Ahne einen Gutenachtkuss und mache mich im Wohnzimmer bereit. Vorsorglich verschließe ich schon mal die Tür von innen.

Mein Hosenstall steht weit offen, als Ray Cokes unter falschem Applaus sein Studio betritt. Der Engländer reißt ein paar Kalauer, dann verarscht er die Pet Shop Boys, von Madonna keine Spur. Ich warte und warte und warte.

Es ist längst nach Mitternacht. Ich habe bereits zweimal *Killing In The Name Of* gesehen, eigentlich toll, jedoch zum Wichsen absolut unbrauchbar. Und *Everybody's Free* geht gar nicht, wer holt sich schon einen runter auf eine Frau, die Rozalla heißt?

Dann, um Viertel nach zwei, kommt sie endlich, Madonna, die geile Heilige. Ich gebe alles, bin jedoch viel zu müde. Und als sich endlich etwas regt, springen längst zwei Idioten in umgedrehten Hosen über den Bildschirm und rufen »Jump«. Es ist zum Heulen.

5.

Das mit dem Wichsen hat schon mal nicht so gut geklappt. Am nächsten Tag, als wir in der großen Pause vor dem Kabuff des Hausmeisters anstehen, um Brezeln und Kakao zu kaufen, berichte ich Enni von meinem nächtlichen Debakel.

»Wie schaffst du es, in zwei Minuten zu kommen?«

Enni wartet mit seiner Antwort so lange, bis die beiden Mädchen aus der Stufe über uns nahe genug stehen, um ihn zu hören: »Ich stecke ihn in eine Gurke, da kommt selbst ein Siebzigjähriger in neunzig Sekunden.«

Ein echter Enni. Das Schlimme ist, dass ich ihm glaube

und das Bild von Enni, der, den Schwanz in einer ausgehöhlten Gurke, vor seinem Fernseher sitzt, den gesamten Vormittag nicht mehr aus meinem Kopf bekomme. Es hat de facto bis heute dort einen Ehrenplatz.

Nach der sechsten Stunde gehen wir zu Enni, wie eigentlich jeden Mittag. Die Wohnung der Diederichs ist ein guter Ort für schlechte Gewohnheiten. Als ich in der Küche nachsehe, ob noch Gurken da sind, finde ich stattdessen eine noch ungeöffnete Schachtel Sahnepatronen.

Enni sitzt vor seinem Amiga, spielt »Bundesligamanager« und isst Pizza Hawaii aus dem Tiefkühlfach. Das heißt, er faltet die Pizza in der Mitte, rollt sie dann auf und saugt sie in einem Stück ein.

Während ich zuschaue, wie die Dortmunder ein ums andere Pixeltor gegen Ennis VfB schießen, spähe ich in den Papierkorb, der neben dem Bett steht. Verklebte Taschentücher, zerknüllte Magnum-Schachteln und, Sie können es sich ja denken, zwei Gurkenhälften.

Der VfB verliert drei zu eins. Enni schickt die Jungs ins digitale Trainingslager und lässt Standardsituationen, vor allem Eckbälle, trainieren.

Der Verbrauch von Sahnepatronen im Hause Diederichs ist mit Sicherheit höher als der von ganz Russland, denke ich, als Enni den Nagel in die erste Patrone schlägt und der Ballon sich zischend mit Gas füllt.

Sahnepatronen sind ein wunderbarer Zeitvertreib – ein absolut unterschätzter zudem. Man nehme eine Patrone, einen Nagel und einen Ballon, fülle das Gas in den Ballon, atme aus und inhaliere dann tief. Profis blasen das Gas nach dem ersten Zug wieder zurück und inhalieren ein zweites, ein drittes, ein viertes Mal. Wie eine wiederkäuende Kuh, denke ich, als ich nach dem dritten Zug den letzten Rest in meine Lungen presse, den Ballon fallen lasse, die Augen schließe und der Schwerkraft nachgebe, die mich tief in die Couch drückt.

Abflug.

In meinen Ohren dröhnt, pocht, donnert es. Ich sehe Sterne blitzen, das Distickstoffoxid hat das letzte bisschen Sauerstoff aus meinem Kopf vertrieben. Gesund kann das nicht sein. Dafür scheppert es gewaltig. Scheppert und schallert. So muss es sich anfühlen, wenn man von Außerirdischen geholt wird oder einen Boba Fett in flüssiges Karbonit einfriert. Uiuiui.

Nach fünfundzwanzig Sekunden ist der Spuk vorüber. Ich öffne die Augen und lache bescheuert los, wie ein japanisches Schulmädchen. Einfach nur so, ohne Grund. Was für ein Schwachsinn, aber wenigstens ein lustiger, denke ich und fahre mir die nächste Dröhnung ein.

Als mich die Aliens nach dem fünften Flash zurück aufs Sofa der Diederichs beamen, steht Lizzy vor uns und fragt Enni, ob er wisse, wo die Gurken abgeblieben seien. Sie will sich einen Gurkensalat anrichten, höre ich, bevor ich mir noch einen Ballon reinziehe. Die Pixies singen *Where is my mind?*

Gute Frage.

6.

Am nächsten Morgen bereue ich bitterlich, den Nachmittag bei Enni abgehangen zu haben. Irgendetwas habe ich vergessen, nur was? Es ist zehn vor acht und schon jetzt ahne ich, dass die erste Stunde kein gutes Ende nehmen wird. Vor uns steht der Mathe-Geier, er ist stinksauer. Eigentlich ist er das immer. Wenigstens brüllt er gerade Michi an. Wo die Unterschrift eines Erziehungsberechtigten bleibe, will der Geier wissen. Michi reißt die Augen auf wie ein Fisch, fehlt nur noch, dass er »Ommm« macht und nach Luft schnappt. Stell dich tot, Michi, denke ich gerade noch, als ein Heft auf meinen Tisch knallt. Verdammt, jetzt fällt es mir wieder ein. Da fehlt die Unterschrift. »Wenn sie morgen nicht da ist, können Sie beide den Nachmittag im Zimmer des Direktors verbringen.«

Eigentlich will ich Sie ja nicht mit Details aus meinem Schulalltag langweilen, aber so läuft das hier nun mal. Jedes Mal, wenn man eine Fünf oder Sechs schreibt, müssen die Eltern ran und unterschreiben. Der Mathe-Geier ist ein Tier. Die Haut des Geiers ist ledern, die Frisur auf den Schädel betoniert, nur die Augen, die die Farbe von Hahnenwasser haben, lassen auf einen Herzschlag deuten. Der Mann ist so kalt wie Hähnchen in Aspik.

Killern wie dem Geier verdankt unsere Schule den Beinamen »Filder-KZ«. Obwohl ich persönlich dafür eigentlich die graue Betonbausünde aus den sechziger Jahren verantwortlich mache. Und feines Graffiti, das eines Morgens über dem Durchgang zur Sporthalle den Namen für alle Zeiten auf Beton verewigte. Dennoch, der Geier ist fürwahr ein zäher Hund. Welcher Ossi dient sich schon hoch in die Nationalmannschaft von Ulbricht und macht dann nach einem Freundschaftsspiel rüber? Nur der Geier.

Leider versteht unser Mathelehrer die Freiheit im goldenen Westen nur bedingt: Der Mann hat keinen einzigen Fehltag in fast fünfundzwanzig Jahren Schuldienst. Bei Schulfesten bringt er sich alkoholfreies Bier mit, um den Kollegen des Lehrkörpers auch nach dem letzten Gong des Jahres überlegen zu sein. Das Schlimmste ist jedoch, dass sich der Mann selbst nach dreißig Jahren im Land des Wirtschaftswunders weigert, Deo zu benutzen.

Und so steht er nun vor mir, mit untertassengroßen Schweißflecken unter den Achseln, und brüllt. »Welche Ausrede haben Sie heute? So kommen wir hier nicht weiter!« Was will der Ossi eigentlich, denke ich. Langsam reicht's. Als ob sich meine Mutter wirklich Sorgen machen würde, nur weil ich eine Fünf in Mathe heimbringe. Lächerlich. Eva weiß auch, was für ein Arschloch der Geier ist. Bevor ich jedoch den Satz sage, der mir auf den Lippen liegt, erspäht Geiers Killerblick Enni, der zwei Plätze weiter sitzt und feixt. »Diederich, hätten Sie vielleicht die Güte, uns zu verraten, was es hier zu lachen gibt? Wir wollen doch mal sehen, wer den längeren Atem hat. Im Lehrerzimmer laufen schon die Wetten, ob Sie es dieses Jahr schaffen, endlich wieder durchzufallen.«

Leider hat Geier da einen wunden Punkt getroffen: Enni wird wohl eine Ehrenrunde einlegen. Nicht, dass Enni dumm wäre. Dumm wird man geboren. Enni stellt sich nur ein wenig blöder an als wir.

Beim Mittagessen schiebe ich Eva die Mathearbeit unter. Gott sei Dank kann ich die Fünf mit einer Zwei in Englisch abfedern. Begeistert ist Eva dennoch nicht. Um guten Willen zu demonstrieren, verziehe ich mich in mein Zimmer und tue so, als würde ich eifrig in meinem Algebrabuch lesen. In Wirklichkeit lese ich das neueste Thrasher Magazine, das heute mit der Post gekommen ist.

Was »harassment« bedeutet, steht nicht in unserem Englischbuch. In dem geht es immer nur um Peter, Linda und Shannon. Linda hat rote Haare, Peter lispelt, zumindest sieht er danach aus, und Shannon reitet gerne. Die drei Spacken wohnen in Wales und gehen jedes Wochenende campen. Ich muss hoffentlich nie nach Wales.

7.

Das Thrasher Magazine ist die Bibel des Skateboardings und der eigentliche Grund, warum ich in Englisch aufpasse. Ich skate jetzt seit drei Jahren, und zwar jeden Tag. Skaten ist die radikalste Sportart überhaupt: Mensch gegen Schwerkraft, Beton gegen Mensch. Meine Schienbeine, Ellenbogen und Knie sehen dementsprechend aus: blau, grün, lila, blutig und verschorft. Als würden mich Helmut und Eva in einem Kellerverlies anketten und von Zwergen auspeitschen lassen.

Nachdem ich den Bericht über Mark »Gator« Ragowski im Thrasher zu Ende gelesen habe, rufe ich Wolle an. Wolle ist mein Nachbar und irgendwie auch mein bester Freund. Wolle geht in die Klasse über mir und ist ein echter Held bei uns auf der Schule: Als der Geier ihn vor einem Jahr anschrie, weil ihm Wolles »Deutschland muss sterben, damit wir leben können«-T-Shirt nicht passte, ist Wolle im Stechschritt aus dem Klassenzimmer stolziert, nicht ohne vorher »Heil Geier!« zu brüllen. Peter, Wolles übellauniger Vater, musste höchstpersönlich antanzen und sich für das Verhalten seines Jungen entschuldigen, der Rektor suspendierte Wolle für drei Tage vom Unterricht. Und Wolle? Wolle fand es geil, rasierte sich einen Iro und ging morgens um elf in der Miniramp vom Grüb skaten. Mann, war ich neidisch.

Wir beschließen, auch heute Nachmittag in die »Skatebox« zu fahren. Der Laden liegt versteckt in einem Hinterhof in der Silberburgstraße im Stuttgarter Westen, und genau genommen ist es nicht einmal ein Laden, sondern eine umgebaute Garage. Der Eigentümer heißt Grüb, und Grüb ist all das, was Titus Dittmann nicht ist. Während Titus generalstabsmäßig den Ausverkauf der Skateboardkultur vorantreibt und in lächerlichen Ford Mustangs für die Fotografen der Wirtschaftswoche posiert, fährt Grüb weiterhin einen schrottigen VW-Bus und steckt sein Geld in die kleine Miniramp im Keller des Nebenhauses. Dafür lieben wir ihn. Es riecht zwar nach Scheiße dort unten, und die Transitions der Rampe sind unterschiedlich hoch, dafür verlangt Grüb auch keinen Eintritt. Und manchmal, wenn man kein Geld mehr für Griptape oder neue Kugellager hat, schenkt er uns den Stuff einfach.

Heute kauft Wolle ein neues Board. Sein altes Rob Rosskopf ist an zwei Stellen angebrochen und hat eigentlich kein Tail mehr. Außerdem sieht das Rosskopf einfach scheiße aus: Auf dem Deck ist unten eine Horrorfratze mit riesigen Glupschaugen abgebildet, ich verstehe wirklich nicht, warum Wolle das Brett überhaupt kaufen wollte.

Ich fahr derzeit das Natas Kaupas. Das ist alleine schon deswegen cool, weil Natas rückwärts gelesen Satan heißt. Außerdem ist Natas Kaupas der erste wirkliche Streetskater und nicht so ein Wirrkopf mit Knieschonern und hochgezogenen weißen Sportsocken wie Rodney Mullen. Obwohl ich zugeben muss, dass Mullen eigentlich eine richtig coole Sau ist. Der Kerl hat so ziemlich jeden Trick erfunden, den wir gerade üben: Nollie Kickflip, 360 Shove-It, Ollie Varial und natürlich auch den Impossible. Trotzdem sieht Mullen aus wie ein Honk. Aber immer noch besser als Hawk. Tony Hawk ist die größte Pussy des Skateboardings. Er hat schlichtweg einen beschissenen Stil.

Trotzdem kaufte Wolle das neue Deck von Hawk, das mit dem Totenkopf im Eisernen Kreuz drauf. Er will das Brett nur, weil er genau weiß, wie sein Vater toben wird, wenn er das Design sieht.

Nach dem Abendbrot skaten Wolle und ich noch ein wenig am Goldie. Der Goldie ist der Schulhof unserer ehemaligen Grundschule. Hier kennen wir jeden Riss im Beton, jede Stufe, Ecke und Kante, die es zu sliden und grinden lohnt, jede Welle im Boden.

Wenn es nach mir ginge, könnten die Politiker die ganze Welt einbetonieren, dann könnte man wenigstens überall skaten. Deshalb liebe ich es auch, neue Städte zu erkunden: Während mein Vater nach Museen schaut, Anke nach Kirchen und Eva nach netten kleinen Restaurants, scanne ich die Peripherie nach guten Skatespots: die acht Stufen vor dem Centre Pompidou, die South Bank gegenüber von St. Paul's Cathedral, die Bänke vor dem Kölner Dom.

Vitali, Timo und Mouse sind schon dort, als wir am Goldie ankommen, und üben Tailslides an den zwei Treppen, die den oberen mit dem unteren Teil des Schulhofs verbinden. Timo und Vitali sind die besten Skater unserer Gegend. Die beiden sind allerdings auch schon ein paar Jahre älter als wir.

Irgendwann werden die beiden Treppenstufen langweilig, also fangen wir an, über ineinandergesteckte Bretter zu springen. Mehr als drei schaffe ich nicht, weswegen ich mich irgendwann von dem Wettspringen verabschiede. Die Geschichte von »Gator«, die ich vorhin im Thrasher gelesen habe, will mir nicht aus dem Kopf gehen. Mark Ragowski ist der erste wirkliche Superstar des Skateboardings, der Erste, der Treppengeländer mit dem Brett runterrutschte, ein Skater, der nicht Surfer sein wollte, der kein Dude war, sondern ein Rockstar. Einer, der einen feuchten Dreck gibt.

Laut Thrasher hatte »Gator« beim Mastership, der Weltmeisterschaft unseres Sports, die ganze Nacht gekifft und gesoffen und war dann aus seinem Hotelzimmer im zweiten Stock gesprungen. Dummerweise landete Mark zuerst mit dem Rücken in einem Eisenzaun und dann schwer verletzt im Krankenhaus. Alleine das war schon eine Meldung wert. Doch es sollte noch schlimmer kommen: Als »Gator« aus dem Krankenhaus entlassen wurde, war sein Körper wiederhergestellt, doch Mark hatte in den Monaten im Krankenbett zu Gott gefunden und stellte daraufhin seine bisherige

Lebensweise infrage. Anstatt seine bildhübsche Freundin Brandi McCain wie früher mehrfach am Tag zu bespringen, belästigte er Kids im Skatepark mit Bibelversen und verkündete, er halte nichts von Sex vor der Ehe. Brandi schaute sich das Ganze ein paar Wochen an und entschied, dass der neue Mark nicht der »Gator« war, mit dem sie die Welt erobern wollte. Das Model verließ den Skater, der daraufhin vollkommen austickte.

Einige Monate später, in denen »Gator« sich immer mehr in die Rolle des wiedergeborenen Christen zurückzog, rief Jessica, eine alte Freundin von Brandi, bei ihm an, mit der Bitte, er solle ihr Kalifornien zeigen, da sie Brandi gerade nicht erreiche. Offenkundig wusste Jessica Bergsten nichts von Marks neuer Bibelfestigkeit. Als sie kurz darauf bei Ragowski vor der Tür stand, drehte »Gator« durch. Angeblich, zumindest stand es so im Thrasher, schlug Mark das Model mit einer Eisenstange nieder, vergewaltigte sie, steckte sie anschließend in eine Surftasche und erdrosselte sie. Die Leiche schleppte Mark zu seinem Wagen, um sie dann, eineinhalb Stunden östlich von San Diego, in der Wüste zu vergraben.

Der gläubige Christ konnte jedoch mit seiner Tat nicht leben und stellte sich später der Polizei. Er habe Bergsten aus Rache an Brandi McCain ermordet, gab er zu Protokoll.

»Und weiter?«, will Wolle wissen. »Was ist dann passiert?« Jetzt skatet niemand mehr.

»Gator wurde zu einunddreißig Jahren Haft verurteilt«, antworte ich und schnappe mein Brett, um noch ein paar Varials die Stufen hinunterzuziehen. Aber nichts geht mehr.

Wir haben einen Helden verloren.

Kurz darauf rollen Wolle und ich nach Hause. »Schöne Scheiße, das mit dem Mark«, sagt Wolle, als wir uns verabschieden.

»Total bescheuert.«

An wem kann man sich heute überhaupt noch orientieren? Eigentlich bleiben jetzt, wo »Gator« ausscheidet, nur noch Kurt Cobain – und natürlich Han Solo.

Ich skate weiter ins »Zeus«, Ouzo trinken mit Enni. Enni hat nach der Schule versucht, Frau Sach zu bequatschen, unsere Kunstlehrerin. Frau Sach ist eine wirklich nette alte Dame. Und irgendwie steht Frau Sach auf Enni. »Ich musste ihr versprechen, dass ich nächstes Jahr beim Theaterprojekt mitmache«, sagt Enni.

Eigentlich müsste ich ihn jetzt auslachen. Stattdessen antworte ich: »Das finde ich schön.«

Enni zündet sich eine Magnum an. »Was findest du schön?«, will er wissen.

»Na, die Sache mit dem Theater«, sage ich. Enni schaut mich entsetzt an. »Letztendlich ist es doch egal«, wiegle ich ab. »Hauptsache, du musst das Jahr nicht wiederholen.«

»Das wäre echt 'ne Katastrophe. Noch ein Jahr länger im »Filder-KZ«? Niemals! Vorher zünde ich die Schule an.«

Um Enni zu beruhigen, bestell ich die nächste Runde Ouzo. Und dazu noch zwei »Chalbe«. Der Wirt des »Zeus« sagt nämlich nicht nur »Junks« und »Challo«, sondern auch »Chalbe«. Er erzählt uns, dass Erich Chonecker aus seinem Exil in der chilenischen Botschaft in Moskau zurückgekommen sei und am Flukhafen Tekel verchaftet wurde. Gut so, denke ich. Schade, dass niemand auf die Idee kommt, die Akten des Geiers durchzusehen. Gerüchteweise soll der nämlich die Fluchtpläne der eigenen Schwester bei den Kollegen der Staatssicherheit verraten haben.

8.

Als ich die Wohnung der Diederichs ein paar Tage später betrete, herrscht große Aufregung, Lizzy hat morgen Geburtstag, und nun steht sie vor dem großen Spiegel in Erikas Schlafzimmer und probiert Outfits durch. Sie streift ein enges Oberteil nach dem nächsten über ihren drallen Sitzsackkörper und kommt dann ins Wohnzimmer, um es vorzuführen.

Mutter Erika findet alles »scharrrf«, was Lizzy anzieht. Man muss wissen, dass Erika aus Oberbayern stammt und deshalb das R immer so schön rrrollt. Abgesehen davon, dass Oberbayrisch klingt, als hätten die Bayern eine Lautverschiebung verpasst, hört es sich bei Erika noch amüsanter an: Ennis Mutter raucht Kette, weswegen sie, wenn sie »scharrrf« sagt, klingt wie Kermit der Frosch nach einer Heliumkur.

Während Lizzy das nächste Oberteil anprobiert, diskutiert die Familie, was man ihr eigentlich schenken soll. Enni schlägt eine Jahrespackung Slim Fast vor, Erika einen Minirock. Ich enthalte mich.

Drei Beck's später können wir los. Lizzy feiert ihren siebzehnten Geburtstag im »Jackies«.

Brownsen sitzt schon an der Bar, als wir im »Jackies« ankommen. Ich setze mich zu ihm und bestelle Jackie-Cola. Brownsen ist schlecht drauf, was man immer daran erkennen kann, dass er raucht. Anna habe ihm nicht einmal Hallo gesagt, beschwert er sich. Und die zwölf Rosen, die er ihr vergangene Woche nachts vor die Türe gestellt hat, haben nicht die gewünschte Wirkung erzielt. Dummerweise hatte Brownsen sich nicht getraut, eine Karte dazuzulegen, weswegen Anna dachte, die Rosen seien von Wolle. Und den findet sie seither toll. Ich kann sehr gut verstehen, warum Brownsen in Anna verschossen ist: weiße Elfenbeinhaut, die so hell ist, dass ihre Lippen rot leuchten, selbst wenn sie keinen Lippenstift aufträgt, schimmerndes schwarzes Haar. Dazu dunkle, tiefe Augen, eine echte Elfe.

Früher fand ich Anna auch total toll – und sie, zumindest bilde ich mir das ein, fand mich irgendwie auch ganz gut. Doch sosehr wir uns auch bemühten, wir verliebten uns einfach nicht ineinander. Mehr als einmal Knutschen auf der Spielwiese war uns nicht vergönnt.

»Warum bestraft das Leben eigentlich immer die netten Typen?«, will Brownsen von mir wissen und bestellt zwei doppelte Jackies.

»Wen meinst du denn damit?«

»Manchmal kannst du ein echter Wichser sein, Schmall.«

»Jetzt komm schon.«

»Ich mein es halt ernst.«

»Was? Das mit Anna?«

»Darum geht's nicht. Ich sagte, dass immer die netten Typen vom Leben verarscht werden. Und das macht mich wahnsinnig.«

»Du bist auch nicht immer nett.«

»Ich bin dir echt scheißegal, oder?«

»Was denkst du denn?«

Jetzt sagt Brownsen gar nichts mehr. Je länger wir uns anschweigen, desto unangenehmer wird die Situation. Also erzähl ich von den Geburtstagsvorbereitungen bei den Diederichs. Fehlanzeige. Brownsen verzieht keine Miene. Glücklicherweise läuft just in diesem Moment Michi vorbei, eine Steilvorlage. In jedem sozialen Gefüge gibt es jemanden, der besonders gut geeignet ist, Hohn und Spott anzuziehen. Bei uns übernimmt das der Michi. Er verträgt so wenig Alkohol wie ein koreanisches Schulmädchen. Nach drei Bier ist die arme Sau so breit, wie ich es war in jener Nacht vor Weihnachten. Erschwerend kommt hinzu, dass Michi der größte lebende Nirvana-Fan ist, den ich kenne. Natürlich finden auch Brownsen, Enni und ich Nirvana irgendwie cool, aber

Michi teilt mit seinem Helden Kurt Cobain nicht nur den Hang zu aufgedunsenen Frauen, sondern auch den Wunsch, sich möglichst früh aus dem Jammertal in das wir hineingeboren wurden, zu verabschieden. Jedes Mal, wenn er blau ist, redet er davon, wie er sich umbringen wird. Mittlerweile nimmt ihn niemand mehr richtig ernst. Selbst Lizzy lacht über Michi.

Eigentlich sollte Michi uns leidtun: Der arme Trottel muss sich das Zimmer mit seinem Bruder Siggi teilen, ein echter Albtraum.

Ich frage Brownsen, ob er wirklich in Anna verliebt ist. Brownsen schaut mich an: »Woher soll ich das denn wissen? Wie fühlt sich Verliebtsein an?«

Darauf fällt mir jetzt leider auch nichts Schlaues ein.

Gerade als ich aufgebe, spüre ich eine Hand auf meiner Schulter. Sie fühlt sich warm an, warm und gut. Ich drehe mich um, um zu sehen, zu wem die Hand gehört.

Zu einem Lächeln. Und einer Zahnspange.

Nina steht vor mir, in ihrer grünen Green Bay-Packers-Regenjacke, einem weißen Rolli und schwarzen, engen Jeans. Sie lächelt. Ihre Zahnspange funkelt. Wie soll ich das nur Brownsen erklären, fährt es mir durch den Kopf, da spüre ich Ninas warme Zunge in meinem Mund.

Wolle und Enni fragen schon, ob Nina meine Freundin ist, ob wir miteinander gehen. Ehrlich gesagt, wüsste ich das auch ganz gerne. Gefragt habe ich sie nicht. Bisher war es immer Nina, die entschieden hat, was und vor allem dass etwas zwischen uns passiert.

Nina wohnt in derselben Straße wie Anna, und Anna behandelt Nina wie eine kleine Schwester. Ursprünglich war es Annas Idee, uns zu verkuppeln. Nina hat sich um den Rest gekümmert. Das heißt, sie hat meine Hand genommen, mich vom Tischkicker im Jugendhaus weggezogen und zu einer Treppe im Parkhaus unter dem Einkaufszentrum am Neuen

Markt in Leinfelden geführt. Gesagt hat Nina auch dort nichts. Dafür hat sie meine Hand noch fester gedrückt und mich irgendwann geküsst. Ich war ganz schön überrumpelt. Der erste Kuss, gleich mit Zunge und so. Ich fand das ganz schön ekelhaft. Für einen kurzen Moment dachte ich: Das mit dem Küssen lassen wir gleich wieder. Ich war mir ganz sicher, dass ich ein No-Kiss-Mann bin. Dann ist mir aber wieder eingefallen, dass ich schon ein No-Dance-Mann bin. Und zwei Nos sind schwer durchzuhalten.

Wäre Brownsen geschickter, hätte er mich vorhin gefragt, ob ich eigentlich verliebt bin. Ich hätte genauso rumgestammelt wie er. Einerseits finde ich es schick, mit Nina Hand in Hand durch Stuttgart zu laufen. Immerhin ist Nina ein hübsches Mädchen. Trotzdem stört es mich, dass sie immer eine Strähne ihrer blonden Haare um die Nase kringeln muss. Außerdem ist Nina locker einen Kopf größer als ich, und das sieht irgendwie bescheuert aus.

Als wir eine Woche nach unserem ersten Kuss im Kino saßen, beugte sich Nina mitten im Film zu mir rüber und hauchte: »Ich liebe dich« in mein Ohr. Ich war total baff, bin es immer noch. Eine Antwort fiel mir partout nicht ein. Was würde Han Solo sagen, schoss es mir durch den Kopf. Mir fiel nur *Das Imperium schlägt zurück* ein. An die Szene, kurz bevor der Kopfgeldjäger Boba Fett den Weltraumschreiner Han Solo in Karbonit einfriert. Also antwortete ich: »Ich weiß.« Genau wie Han, als Prinzessin Leia ihm ihre Liebe gesteht. Nina fing an zu heulen, und ich fühlte mich wie der Depp, der ich war.

Bisher habe ich noch niemandem von der peinlichen Geschichte im Kino erzählt, nur meiner Mutter, und die war fast so entsetzt wie Nina. Aber was hätte ich sonst sagen sollen? »Ich dich vielleicht« wäre auch nicht besser gewesen, oder?

Was ich für Nina empfinde, weiß ich immer noch nicht.

Doch seit jenem Abend im Kino spüre ich, wie sie darauf wartet, dass ich »Ich liebe dich« zurücksage. Muss ich sie lieben, nur weil sie mich liebt? Und was heißt ›Lieben‹ schon? Auch heute im »Jackies« drängt sie mich immer wieder ab und will mich für sich haben. Langsam wird das ganz schön anstrengend, Brownsen schaut schon angewidert zu uns rüber. Mann, bin ich froh, als es halb elf ist, und Nina zur Bushaltestelle aufbrechen muss. Ich begleite sie und warte mit ihr an der Haltestelle gegenüber der Sparkasse. Der Bus kommt nicht. Die Dinger kommen nie, wenn man sie braucht.

9.

Mittwochmorgen treffe ich Brownsen auf dem Weg zur Schule. Wir müssen erst zur dritten Stunde hin. Heute ist der Tag der Wahrheit, es gibt Zeugnisse. Brownsen und mir kann das ziemlich egal sein, wir werden wie jedes Jahr ein paar Vierer und viele Dreier bekommen. Es ist Enni, um den man sich Sorgen machen muss.

»Wie schätzt du seine Chancen ein?«, fragt Brownsen.

»Schlecht wie immer.«

»Vielleicht hat ja sein Geschleime bei Frau Sach was gebracht.«

»Was soll das schon bringen?«

»Die anderen Lehrer hören auf sie.«

Enni sitzt auf den Treppen vor der Raucherecke und zündet sich eine Magnum an, als wir um die Ecke kommen. Er sieht furchtbar aus, ungeduscht, bleich, müde. Und unrasiert. Ich will Enni gerade fragen, was gestern Nacht passiert ist, da kommt Michi an. »Morgen, Jungs, was geht?«, sagt er und schaut in die Runde.

»Am besten du«, antwortet Enni und spuckt auf den Boden. Als er wieder hochschaut, legt er nach: »Alter, dein Stammbaum ist ein Kreis.«

»Ich hab gerade den Geier auf dem Parkplatz getroffen«, sagt Michi, anscheinend stört ihn Ennis Beleidigung kein bisschen.

»Das ist toll, Michi, hau trotzdem ab«, sagt Enni und wartet darauf, dass Michi irgendeine Reaktion zeigt. Nichts.

Unsere Klassenlehrerin hat erstaunlich gute Laune, als sie das Zimmer betritt. Wie jeden Tag trägt Frau Knitter einen langen Faltenrock mit Feldblumenmuster. Es ist mir echt ein Rätsel, wo die alte Schachtel diese Röcke auftreibt. Vielleicht bei irgendwelchen Altnazis in Argentinien, denke ich, das würde zu ihr passen. Vor allem zu ihrem Dutt, der laut Enni ein wesentlich größeres Geheimnis birgt als nur ein paar graue Strähnen: Frau Knitter vermehrt sich nicht wie normale Menschen, so Enni, sie brütet Klone aus in ihrem Dutt. Enni: »Immer wenn sie eine Sechs unter meine Englischklausur schreiben kann, platzt der Knoten, und heraus springt ein neues Knitterwesen.« Fair ist sie trotzdem. Außerdem ist Frau Knitter hoch anzurechnen, dass sie ihre Arbeitsblätter nie lieblos kopiert wie all die anderen Lehrer, Frau Knitter benutzt noch heute, am Vorabend des dritten Jahrtausends, den guten alten Hektographen, um ihre Ausdrucke zu vervielfältigen. Und dafür liebe ich sie: Der Geruch von frischem Spiritus auf jungfräulichen Matrizen, herrlich.

Leider werden die Zeugnisse heute maschinell ausgedruckt, geruchlos und unpersönlich. Brownsen bekommt seine Jahresabrechnung als Erster, schließlich heißt er Andreas Braun. Keine Überraschungen, außer vielleicht die Eins in Sport. Wenige Sekunden später jedoch baut sich Frau Knitter schon vor Enni auf.

»Enni, o Enni«, sagt sie.

So ruhig wie jetzt war es das ganze Schuljahr nicht im Klassenzimmer, gespenstisch.

»Mit Ruhm bekleckert hast du dich nicht.«

Enni schaut zu Boden.

Ich würde zu gerne wissen, ob die Knitter seine Fahne riechen kann, schließlich saß Enni bis um fünf hinter der Aral und hat Faxe gestochen. Alleine.

»Nächstes Jahr musst du dich mehr anstrengen. Deine Schwester schafft das doch auch mit Leichtigkeit. Lizzy kann dir helfen, wenn du den Stoff nicht verstehst.«

Aua, das saß. Ich bilde mir ein, gesehen zu haben, wie Enni zusammenzuckte.

»Aber jetzt sind erst einmal Ferien, Enni. Du kannst ja noch einmal in die Bücher schauen und ein wenig nacharbeiten. Mathematik scheint ja nicht gerade deine Stärke zu sein.«

Dann überreicht sie Enni das Zeugnis. Ich beuge mich über den Mittelgang, der unsere Tische trennt, und versuche etwas zu erkennen. Enni ist schneller. »Wird versetzt!«, schreit er und haut auf die Tischplatte, so laut, dass Frau Knitter beinahe die kleine goldene Brille von der Falkennase fällt.

Ennis Hände zittern, als er sich nach der Stunde eine Magnum ansteckt. Neun Vierer, eine Fünf und eine Drei. So knapp war es noch nie. Eine glatte Vier im Schnitt.

Mein Wecker klingelt um kurz vor sechs am Abend, der Mittagsschlaf war dringend nötig. Aus den Boxen klingt *It Was A Good Day*, ist es wirklich. Ich warte, bis Ice Cube zu Ende gerappt hat, und öffne erst dann die Augen. Es ist unerträglich heiß in meinem Zimmer. Ich gehe noch einmal duschen und rasiere anschließend das bisschen Flaum von meinen Wangen, das ich stolz Bart nenne.

Mein Gesicht sieht zerknittert aus.

Auf dem Weg in die Küche treffe ich meinen Vater, der sich wundert, warum ich in Boxershorts durchs Haus laufe. Er hält mein Zeugnis in der Hand und schaut ganz zufrieden. »Wer hätte gedacht, dass du eine Zwei in Betragen bekommen würdest«, ist der einzige Spruch, der ihm dazu einfällt. Ich laufe einfach weiter und ignoriere ihn.

Nachdem ich einen halben Liter Kakao getrunken habe, suche ich den Kühlschrank nach Würstchen ab. Heute Abend ist Party auf der Spielwiese.

Die Spielwiese bedeutet stechwütige Mücken, Menschen, die grillen, Idioten mit Fußbällen, schlechte Musik und eigentlich immer Ärger. Außerdem liegt die Spielwiese mitten im Wald, das heißt, der Parkplatz ist gut dreihundert Meter entfernt, und der Weg zu Echterdingens Grillwiese ist ein Schotterweg. Ich beschließe dennoch, das Skateboard mitzunehmen.

Ich gehe zurück in mein Zimmer und ziehe mich an: Thrasher-Pulli, beigefarbene Baggys, Baseballmütze, fertig ist die Ritterrüstung.

Eva steckt mir zwanzig Mark zu, als ich mich verabschiede. Meine Schwester hat fünfzig bekommen, ihr Zeugnis sieht auch dementsprechend aus. Egal, denke ich, Anke ist eine Heilige.

Sie wundern sich sicher, warum ich so wenig von meiner Schwester erzähle. Anke ist eben Anke. Nicht, dass ich sie nicht lieben würde. Aber Anke lebt in einer anderen Welt. Anke leitet die Jungschar, fährt zum Kirchentag oder mit irgendwelchen armen Mongo-Kindern in die Ferien. Was soll ich da sagen. Meine Schwester ist eben anders. Und das ist okay so.

Wolle skatet schon in der Hirschstraße, als ich aus dem Haus komme. Kickflip den Randstein rauf, Klack, Varial runter, Klack. Dazwischen ein kurzer Nose-Wheelie, hübsch. Er sollte echt mal zum Friseur gehen, denke ich, während ich ihm zusehe und eine Kippe anzünde. Seine Mähne wippt unbändig hin und her, wie in einem Comic. Wolle sieht jetzt noch schlacksiger aus, als er eigentlich ist. Er macht einen leicht vernachlässigten, unterernährten Eindruck. Eigentlich heißt Wolle ja Wolfram. Aber aus diesem Wolle wäre auch ein Wolle geworden, wenn er Christian heißen würde. Der Kerl sieht aus wie der weiße Sohn von Jimi Hendrix, sein Kopf lodert voller kleiner, gekringelter, mausbrauner Locken. Ich weiß schon, warum Anna ihn süß findet. Wolle hasst seine Haare. Er hat alles versucht, sie loszuwerden. Glatze, Gel, Farbe und natürlich den Iro, aber der sah mit Abstand am lächerlichsten aus.

Wir skaten noch ein wenig am Goldie, fahren dann zur Tanke, kaufen Bier, Cola und Jim Beam und laufen die Weidacher Höhe rauf zur Spielwiese.

Enni hat Sahnepatronen dabei, wenigstens etwas, denke ich, als ich mir den ersten Ballon fülle. Es schallert und scheppert.

Die Party ist ein Gelage, wie schon befürchtet. Michi macht sich zum Depp. Das DJ-Team, die Gössel aus der Schülermitverantwortung, die sonst keine Freunde haben, sind froh, dass sie wechselweise ihre Kassetten mit Haddaways *What Is Love* in den Kassettenrekorder stopfen können, ohne dass sich jemand beschwert. Für das einzig Berichtenswerte des Abends sorgt Wolle, der es tatsächlich schafft, mit Anna rumzuknutschen. Brownsens Rosen haben ihre Wirkung nicht verfehlt, Wolle sollte sich wirklich mal beim Gockel bedanken.

Plötzlich röhrt es im Wald. Motoren drehen auf, Schotter spritzt, Autotüren schlagen – die Stettener sind da. Ich ärgere mich, dass wir schon alle Sahnepatronen platt gemacht haben, denn sonst wäre es mir egal, ob die Stettener oder Außerirdische anrollen.

Wolle kommt angelaufen, er zieht Anna hinter sich her wie einen lästigen Hund. Anna schaut total verliebt. Wolle gräbt seine Finger so fest in meinen Unterarm, dass es wehtut. Er ballt seine Hand zu einer Faust, öffnet sie wieder und starrt auf seine Finger. Sie zittern. »Ich hasse dieses Pack«, stößt er hervor.

Die Stettener sind ein Haufen Hauptschüler in aufgemotzten GTIs, deren Ruf als Schläger sich bis weit über den Kesselrand Stuttgarts herumgesprochen hat. Sie nennen sich die »Lost Boys« und werden angeführt von einem Kerl namens Schädler, Björn Schädler. Der Schädler fährt natürlich auch GTI, trägt schwere Stiefel oder Adidas Torsion und ist peinlicherweise stolz darauf, dass seine Oma ihm den blauen Wagen mit dem Kennzeichen ES – BS 69 geschenkt hat – was unschwer zu erkennen ist, da neben dem GTI-Schildchen ein Aufkleber prangt, auf dem »Sponsored by Omi« zu lesen steht. Omas Liebe hielt ihn jedoch nicht davon ab, zum größten Psycho des ganzen Landkreises aufzusteigen.

Anna muss um Mitternacht zu Hause sein, weswegen Wolle und ich beschließen, auch abzuhauen. Gott sei Dank ist Nina gestern schon zum Balaton gefahren, ihr Vater, der auch beim Bosch arbeitet, wollte den Ferienstau umgehen.

Wolle und ich begleiten Anna nach Hause, und ich muss mitansehen, wie mein bester Freund meine beste Freundin abschleckt.

10.

Die nächsten zwei Tage passiert gar nichts. Ich langweile mich, lese zum dritten Mal *Das Restaurant am Ende des Universums*, onaniere und nehme Kassetten für den Urlaub auf. Nirvanas *Heart Shaped Box*, *Nuthin' But A G Thang* von Snoop Doggy Dogg, KRS One und *I Love You, Mary Jane*, Cypress Hill.

Am Nachmittag geht's endlich los: Erika fährt Enni,

Brownsen und mich zum Flughafen. Unterwegs halten wir bei der Aral, Enni kauft seine Reiselektüre, das Bundesliga-Vorschau-Heft des Kicker – und eine Flasche Jack Daniel's. Der erste Urlaub ohne Eltern, ohne Anke, ohne Wohnwagen, ohne Kathedralen. Langsam werde ich aufgeregt. Kermit der Frosch winkt uns am Gate noch hinterher, dann sind wir alleine. Alleine mit 250 anderen Jugendlichen, die ebenfalls nach Githion, Griechenland, fliegen. Wir, zwei Wochen am ausgestreckten Mittelfinger der Peloponnes, veranstaltet vom evangelischen Reisedienst ERD, bewacht von jungen Christen, ein Hit. Brownsen und ich können unser Glück kaum fassen. Wo genau dieses Githion liegt, ist uns egal.

Griechenland.

Ouzo.

Eskalation.

Wie sich nach drei Flugstunden und sechs weiteren im rumpeligen Reisebus herausstellt, gestaltet sich das mit der Eskalation schon mal schwierig: Githion ist eine nette, also sterbenslangweilige Hafenstadt, deren Stadtbild von alten Damen und Schuhgeschäften geprägt wird. Wir beschließen, keine Postkarten zu kaufen.

Was uns wirklich fertigmacht, ist die traurige Wahrheit, dass unser Hotel nicht »in der Nähe der Hafenstadt Githion« liegt, wie es der ERD-Prospekt vollmundig verkündet, nein, der Betonkasten, vor dem uns der Bus nach einem kurzen Stopp bei den alten Damen und den Schuhgeschäften ausspuckt, ist vierzig Kilometer entfernt von Githion – und könnte gut die Peloponnes-Außenstelle von Stammheim sein, ein schmutziges Bollwerk unter dem Fuckfingernagel der Ägäis. Die Drei-Sterne-Doppelzimmer sehen aus, als hätte seit Spartakus und den vier riesigen Hornissen, die uns zur Begrüßung feindselig umkreisen, niemand mehr darin gehaust. Anstelle von Duschen tröpfelt lauwarmes Wasser aus Löchern in der Decke.

»Dann duschen wir halt nicht«, sagt Enni, als wir uns durch eine strauchlose, ausgedörrte Savanne auf den Weg zum Strand machen. Dort liegen sie schon bereit, die Surfbretter, die uns in vierzehn Tagen zu unerschrockenen Herren über Wind und Wellen machen werden.

Hinter der »Beach Bar« sind die zwei Tennisplätze für die andere Hälfte der Teilnehmer, die sich gegen Surfen entschieden haben. Wenn es auf der Welt etwas gibt, über das sich Brownsen, Enni und ich wirklich einig sind, dann darüber, dass Tennis das Letzte ist. Nein, das Allerletzte. Wäre Hannover eine Sportart, es wäre Tennis, ohne Zweifel. Nur weil Boris und Steffi sich von überambitionierten Eltern von frühester Kindheit an haben zwingen lassen, einer Filzkugel hinterherzuhechten und Schweißbänder zu tragen, müssen wir das noch lange nicht. Es reicht schon, wenn Volker, Michi, Anna und die anderen Streber sich zu Deppen machen, weil sich die Eltern wünschen, dass aus ihnen erst Kreismeister, dann Zahnärzte werden. Noch untotere Erwachsene also, als sie es selber sind.

Mittags geht das Programm los: zwei Stunden Surfunterricht bei einem ERDler namens Jens, einem Alpha-Grinser mit blonden Strähnchen, Quicksilver-Shorts und derart großen Segelohren, dass ich mich während den ersten Trockenübungen an Land ernsthaft frage, wofür der Grinser überhaupt ein Segel braucht. Dann, nachdem wir gelernt haben, wie man den Mast am Brett befestigt, das Segel hochzieht, den Gabelbaum hält, die Füße richtig stellt und das Segel am Wind ausrichtet, dürfen wir endlich ins Wasser.

Dort riggen, zerren, greifen und schwitzen wir und achten auf Fußstellung, Mast, Finne, Gleichgewicht und Segel. Nichts passiert.

Wir warten, warten und warten.

Ich schau rüber zu Brownsen, um zu sehen, ob bei ihm mehr geht. Fehlanzeige. Er steht genauso still da, im pisswarmen Wasser. Irgendetwas fehlt, irgendwas. »Hey, Jens«, ruft Enni von der anderen Seite herüber, »schalt mal den Wind an!«

Mich beschleicht ein ungutes Gefühl, als ich missmutig den Mastbaum vom Mastfuß löse und das Brett zurück auf den Kies zerre. War dem Gott des Windes die Puste ausgegangen – hätten wir womöglich mit den Katholiken in den Urlaub fahren sollen? Jens versucht, uns aufzumuntern. »Das wird schon, Sportsfreunde«, sagt er immer wieder. Doch am dritten Tag gibt selbst der Grinser auf und schlägt vor, in das Tennisprogramm zu wechseln.

Wir entscheiden uns gegen Filzbälle, Stirnbänder, die strahlende Zukunft als Zahnärzte. Ohne uns. Wir entscheiden uns für Ouzo und ärgern uns, dass der griechische Supermarkt keine Sahnepatronen im Sortiment führt. Unser letzter Trumpf bleibt die Vorfreude auf das griechische Buffet, das immer sonntags stattfinden soll. Suzukakia, Bifteki, Gyros, Schafskäse, Oliven, Pommes, ein Traum. Was die Griechen im »Zeus« auftischen, das müssen doch alle Griechen können, so unsere Rechnung.

Leider geht die gar nicht auf: Die Teller sind schmutzig, in den Töpfen siechen Kartoffeln, Auberginen, eingefallene Tomaten und blockweise Feta vor sich hin. Doch anstatt sich Brownsens Beschwerden ernsthaft anzuhören, schlägt der alte Grieche mit der Brille aus Panzerglas auf der Nase immer wieder mit seiner Zange gegen die Metallwannen und brüllt: »Bumm, Bumm, Kartoffel, Kartoffel!«

Enni findet all das gar nicht schlimm. Er sitzt da, isst ölige Kartoffeln, lässt Vierauge ein Bier nach dem anderen bringen und zwinkert einem dicken blonden Mädchen am Nachbartisch zu. Sie lächelt zurück.

Meine Laune ist auf historischem Tiefststand. Ich setze mich an einen ruhigen Tisch in der Lobby und schreibe Nina einen Brief: »Liebe Nina, ich hoffe, es geht Dir besser als mir.

Griechenland ist die Hölle.« Mehr fällt mir nicht ein. Vielleicht versuche ich es morgen mit einer Postkarte, denke ich, als ich das Papier missmutig zusammenknülle und die anderen suchen gehe.

Die Christen haben mittlerweile die Tische im Speisesaal zur Seite gerückt und geben sich alle Mühe, gute Miene zum bösen Spiel zu machen. Der Grinser, seine Segelohren und die restlichen Betreuer streiten darüber, ob man zu *Red Red Wine* oder noch einmal den *Time Warp* tanzen soll. Mit rosa Gummihandschuhen, Reis, Wasserpistolen, Partyhütchen und so. Sie entscheiden sich für den *Time Warp:*

It's just a jump to the left,
and then a step to the right,
with your hands on your hips,
you bring your knees in tight!
But it's the pelvic thrust
that really drives you insane!
Let's do the time warp again!
Let's do the time warp again!

Mir ist zum Heulen zumute. Was für eine traurige Generation sind wir, frage ich mich, als ich mitansehen muss, wie zweihundert meiner Altersgenossen Konfetti und Reis werfen, die Hände in die Hüften stemmen und wie Lemminge von rechts nach links springen. Uns liegt die Welt zu Füßen, und was machen wir? Tanzen *Time Warp* und denken, wir wären totally crazy. Ich verstehe bis heute nicht, was an diesem Transenkitsch so unfassbar komisch sein soll.

Zwei Stunden und eine dreiviertel Flasche Ouzo später finden Brownsen und Enni mich zusammengekauert auf einem Sofa in der Lobby liegen. Die beiden haben neue Freunde gefunden, wie es scheint: Es sind die zwei langhaarigen Heavy-Metall-Vögel, die im Zimmer neben uns wohnen. Einer der beiden hat Hasch dabei, raunt Enni mir zu, als wir uns auf dem Weg ins Zimmer der Hoschis machen. Eigentlich hatte ich mir geschworen, niemals zu kiffen, weil ich die meisten Kiffer ziemlich bescheuert finde. Aber da hatte ich ja nicht ahnen können, dass ich irgendwann in Githion stranden würde, also nehme ich den Joint, dankbar an und ziehe daran.

Am nächsten Morgen wache ich neben Enni auf, der es nicht mehr in sein Zimmer geschafft hat und jetzt zwischen Brownsen und mir in der Spalte liegt und auf mein Kissen sabbert.

Mir ist speiübel. Ich gehe ins Bad und kotze erst einmal in den Abfluss der Dusche. Mein ganzer Körper tut weh, mein Kopf pocht, als hätte mir jemand die ganze Nacht lang über Stromschläge verpasst.

Trotzdem sage ich nicht Nein, als Enni mir eine halbe Stunde später ein lauwarmes Bier hinhält. Was bleibt dir anderes übrig, denke ich mir und würge den ersten Schluck runter.

Die nächsten zehn Tage verbringen wir damit, Ouzo zu trinken, den öligen Kartoffel-Auberginen-Matsch zu verdauen und die Stunden zu zählen, bis wir endlich wieder in den Bus nach Hause dürfen.

Am letzten Abend sind wir derart verzweifelt, dass wir beschließen, Aspirin zu rauchen. »Das knallt schon«, murmeln wir wie ein Mantra. Irgendwann bilde auch ich mir ein, dass ich etwas spüre. Brownsen traut sich nicht, Aspirin zu rauchen, ist schließlich Medizin. Stattdessen beschwert er sich lauthals darüber, dass Enni mit der dicken Kathrin abgeschoben ist. »Die könnte die Schwester von Lizzy sein, so fett ist die«, regt er sich auf, »ihre Mundwinkel hängen so tief runter, dass sie am Kiefer festwachsen.« Kurz bevor ich es endlich geschafft habe einzuschlafen, rüttelt Brownsen mich noch einmal wach. Er will gesehen haben, wie Jens, der Surf-Schlumpf mit den Segelohren, ebenfalls in Kathrins Zimmer geschlichen kam.

Am nächsten Morgen ist Abfahrt. Enni schmeißt zum Abschied sein Bett vom Balkon. Eigentlich wollte er es anzünden, aber es wollte partout nicht brennen.

»Und?«, fragt Brownsen, als wir im Bus Richtung Athen sitzen.

»Flotter Dreier mit der Betonbraut und dem Grinser?«

»Wovon redest du?«

Kurz bevor wir in Athen ankommen, schwören wir uns, kein Wort darüber zu verlieren, wie schlimm der Urlaub war. Insgeheim wünsche ich mir, ich wäre mit Helmut, Eva, Anke und dem Wohnwagen in die Bretagne gefahren.

Die letzten Drachmen investieren wir in die Taverne am Flughafen. Enni kippt Ouzo um Ouzo, dann bricht es aus ihm heraus:

»Ihr seid doch meine besten Freunde.«

Brownsen und ich nicken.

»Was ich euch jetzt erzähl, muss unter uns bleiben.«

Wir nicken wieder.

»Das mit Kathrin war total okay. Bis Jens ankam und ausgepackt hat.«

»Was ausgepackt?«, fragt Brownsen.

»Die Fleischpeitsche. Der Kerl hat einen Schwanz wie ein Pferd.«

»Und was hast du gemacht?«

»Ich hab versucht, nicht hinzuschauen.«

»Und sie?«

»Kathrin hat nur noch gewimmert vor Schmerz.«

»Und warum bist du nicht einfach aufgestanden und gegangen?«

»Ich konnte nicht«, sagt Enni und macht eine eigenartige Handbewegung. Es sieht aus, als wische er sich eine Träne aus dem Augenwinkel.

»Ich war von dem Schwanz so fasziniert wie von einem Autounfall, ich konnte einfach nicht wegschauen.«

Als wir am Gate ankommen, ist Enni derart blau, dass ich befürchte, sie könnten ihn nicht in den Flieger lassen. Kaugummis und Sonnenbrille, Sonnenbrille und Kaugummis, seine einzige Chance. Eine ganze Packung Kaugummis, fordert Brownsen und schiebt Enni zehn Streifen Wrigley's auf einmal rein. Wenn er jetzt nicht kotzt, dann nie, denke ich. Als wir als Letzte ausgerufen werden, nehmen wir Enni in die Mitte und versuchen ihn zu stützen. Man bedenke: Enni ist 1,85 Meter groß, Brownsen und ich sind das Team Lilliput. Wir stolpern Meter um Meter Richtung Flugzeug, schwitzen und bangen. Der griechische Steward sieht uns jedoch nicht einmal an, als er die Tickets abreißt. Er ist damit beschäftigt, zu rauchen und gut auszusehen.

Brownsen sitzt ein paar Reihen vor uns. Zwischen Enni und mir sitzt dafür eine kleine Asiatin, die, als sie Enni sieht, noch ein paar Zentimeter kleiner wird. Netterweise lässt sie uns nebeneinandersitzen. Also hieve ich Enni in die Mitte, schnalle ihn fest und ziehe ihm die Schuhe aus. Der Kerl hat eine Fahne wie zwei russische Tanklastfahrer. Wenigstens schläft er sofort ein.

Eine aufmerksame Stewardess kommt, riecht und fragt, ob ich eventuell ein paar Reihen weiter vorne Platz nehmen möchte. »Sehr gerne«, antworte ich und folge ihr.

Als Brownsen und ich uns nach dem Essen bei den Toiletten treffen, sehen wir Enni, wie er, den Kopf hat er mittlerweile auf die Schulter der kleinen Asiatin gebettet, betrunken und glücklich sabbernd vor sich hin schnarcht.

Drei Stunden und zwei Bier später landen wir in Echterdingen. Brownsen und ich versprechen Enni, dass wir nie ein Wort über sein Erlebnis mit dem Grinser verlieren.

Niemals.

Zu viel des Schlechten.

Erika steht in der Wartehalle und winkt, als wir den Zoll passieren. Keiner sagt etwas auf dem Nachhauseweg. Als wir in der Hirschstraße ankommen, muss ich mich zusammenreißen, um ein »Wir sehen uns« hervorzupressen.

Ich schließe die alte Tür auf, heute ist es mir egal, ob sie knarzt. Der Geruch von Heizöl in der Eingangshalle riecht nach Veilchen. Ich kann nicht anders und fange an zu weinen.

Endlich wieder zu Hause.

11.

Da Helmut, Eva und Anke noch drei Wochen in der Bretagne sind, liegt Haushaltsgeld auf der Durchreiche zwischen Küche und Esszimmer. Ich gehe direkt nach dem Aufstehen einkaufen, abends sind mir die Läden zu voll.

Eva hat für jede Woche 100 Mark dagelassen. Der Aldi-Markt in Echterdingen ist der mieseste Supermarkt, den man sich vorstellen kann. Der Boden des alten Sechziger-Jahre-Baus bekommt selbst ein mit Kärchern bewaffneter Trupp schwäbischer Hausfrauen nicht mehr sauber, das Eis der Gefriertruhen hat eine bräunliche Färbung, an den Wänden stapeln sich Pappe und Paletten. Eigentlich wie in der DDR, nur in Farbe.

Während ich durch die Gänge laufe und in den Pappkartons schaue, ob etwas Brauchbares zu finden ist, fällt mir auf, dass Eva nie zu Aldi geht. Mich stören die Pappkartons nicht. Das Gute an Aldi ist, dass man hier die frischeste Nougatschokolade überhaupt bekommt. Und für frischen Nougat bücke ich mich gerne.

Außer Nougat kaufe ich noch acht Packungen Camembert, zwei Kilo Spaghetti, Olivenöl, Knoblauch, Chili, Butter, Wodka und Milch. Macht knapp 30 Mark. 50 Mark hebe ich auf für Notfälle, die restlichen 20 investiere ich in Sahnepatronen, in die guten, die von iSi. Leider gibt es die nicht bei Aldi.

Nach all dem Stress setze ich mich in den Garten und rauche erst einmal eine. Seit Griechenland bin ich überzeugter Raucher. Eigentlich wollte ich surfen, jetzt rauche ich. Auch okay, auch cool. Und weil ich keine Lust habe, rote Gauloises zu rauchen wie all die Mädchen und Luschen, die während des Schüleraustauschs in Frankreich damit anfangen, bin ich direkt mit den starken, mit den blauen eingestiegen. Die sehen besser aus. Wenn schon, denn schon, denke ich mir, als ich den Rest Zigarette betrachte, der zwischen meinen Fingern glüht.

Am Abend treffe ich mich mit Nina. Sie hat mir vierzehn Karten vom Balaton geschrieben, jeden Tag eine. Auf jeder stand irgendwo »Ich liebe Dich«. Ich hab natürlich vergessen, ihr ein Geschenk mitzubringen. Aber was auch? Eine ölige Kartoffel von Vierauge? Eine Locke vom Grinser? Eine Zweiliterflasche Ouzo?

Um sie nicht ganz zu enttäuschen, verspreche ich ihr, dass wir uns *Robin Hood* im Kino anschauen. Sie freut sich. Dabei hat sie den Film schon zweimal gesehen.

Wir liegen auf dem Bett in Ninas Zimmer und knutschen rum. Mittlerweile finde ich es gar nicht mehr schlimm, wenn mir jemand die Zunge in den Hals steckt. Und Ninas kleine Brüste, die nur von einem weißen Leibchen verdeckt werden, machen mich ganz wuschig. Nachdem wir *Kuschelrock 4* zum zweiten Mal von Anfang bis Ende gehört haben, darf ich ihr das Oberteil ausziehen. Ich küsse ihre Brüste ein wenig, weiß aber nicht so genau, ob ihr das gefällt. Meine Hand streichelt ihren Bauch, die dünne, unfassbar weiche Haut über ihren Hüftknochen. Ich schaue ihr dabei zu und wundere mich ein wenig über die Hand, die einen eigenen Willen zu besitzen scheint. Nina anscheinend auch, denn auf einmal schiebt sie mich und die aufdringliche Hand zärtlich, aber bestimmt zur Seite und rollt sich weg.

Ich frage, was ich falsch gemacht habe. »Nichts«, antwortet Nina. Sie wolle nur nicht, dass unsere Beziehung eine rein körperliche wird. Ich zucke mit den Schultern und frage, was sie stattdessen machen will. »Wir könnten uns über unsere Zukunft unterhalten«, sagt sie und zieht mich wieder zu sich. »Wie stellst du dir denn deine vor? Was willst du später machen?«

Jetzt bin ich es, der sich wegdreht. »Woher soll ich das wissen?«, blaffe ich sie an und bereue es sofort. Schließlich hat Nina ja recht, irgendwie.

Trotzdem reicht es mir für heute. Auf einmal fühlt sich das kleine, mit Postern zugepflasterte Mädchenzimmer von Nina noch stickiger, noch enger, noch erdrückender an. Ich richte mich auf, streife mein T-Shirt über und suche meine Schuhe.

»Sei doch nicht so kindisch. Ich wollte dir keinen Druck machen«, sagt Nina, während ich mein Board nehme und mich zu ihr runterbeuge, um ihr einen Abschiedskuss zu geben.

Anstatt den Bus nach Hause zu nehmen, fahre ich das Totenwegle mit dem Brett runter. Der Weg heißt wirklich so. Totenwegle. Früher gab es in Stetten keinen Friedhof, weswegen die Stettener ihre Toten immer über den steilen Feldweg, der sich durch die Obstwiesen von Stetten runter nach Echterdingen schlängelt, zum Friedhof karren mussten. Wolle und ich lieben das Totenwegle. Hier haben wir skaten gelernt. Wenn man sich traut, braucht man für eine Abfahrt weniger als eine Minute. Am Ende hat man gut sechzig Stundenkilometer drauf, was auf einem Skateboard recht ordentlich ist – »lebensmüde«, nennt es Helmut.

Ungefähr auf der Hälfte des Weges steht eine alte Bank, von der aus man den Echterdinger Flughafen sehen kann, den Fernsehturm, bei gutem Wetter die Schornsteine des Heizkraftwerks in Esslingen, manchmal die Ausläufer der Schwäbischen Alb.

Da zu Hause niemand auf mich wartet, schaue ich am Goldie vorbei. Wolle und Timo sind da und diskutieren, ob H Street oder Plan B cooler ist. Ich persönlich finde *What If?*, das neue Video von Plan B, besser, mag aber H Street als Marke lieber. Meine Meinung interessiert die beiden jedoch herzlich wenig. Erst als ich erzähle, was bei Nina ab-, also nicht ging, hören sie mir zu. Wolle und Timo sind älter als ich und tun gerne so, als hätten sie schon mehr Jungfrauen gehabt als Rolf Eden. Dem widerspricht jedoch, dass ich kein einziges Mädchen kenne, das zugeben würde, mit Wolle oder Timo geschlafen zu haben.

Ich erzähle, wie Nina meine Hand weggeschoben hat und erklärte, sie wünsche sich mehr als nur eine körperliche Beziehung. Timo kriegt sich kaum ein. So witzig finde ich es eigentlich nicht, lache aber trotzdem mit. Wie sie auf diese bescheuerte Idee gekommen sei, fragt er mich. Ich zucke mit den Schultern, zünde mir umständlich eine an. Woher soll ich das denn wissen? Wahrscheinlich stand es in der Bravo.

Irgendwann gehe ich heim, dusche, höre *Bonita Applebum* und nehme mir vor, über Ninas Ansage nachzudenken. Ich liege still da, minutenlang, wie eine zusammengerollte Schlange. Mir fällt nichts dazu ein.

12.

Vielleicht hätte ich heute Morgen nicht gleich das Gras rauchen sollen, das Enni mir besorgt hat. Eigentlich habe ich den Joint nur aus Langeweile gebaut. Dann sah er zu schön aus, um einfach nur dazuliegen. Also habe ich ihn angezündet, und jetzt, jetzt laufe ich die Hauptstraße entlang, stecke das Wochenblatt in die Briefkästen der Häuser und drehe mich alle zwanzig Sekunden um, weil ich das Gefühl nicht loswerde, dass mir jemand folgt. Normalerweise trage ich gerne Zeitungen aus, es ist schön meditativ: Zeitung falten, Klappe auf, Zeitung rein, Klappe zu.

Ich kenne jeden Namen an jeder Klingel, weiß, wie viele Exemplare in jedes Haus gehören, wo die Spitzel sitzen, die einen anschwärzen, wenn das Wochenblatt nicht pünktlich im Briefkasten liegt, und in welchem Container man die restlichen Zeitungen risikofrei entsorgen kann. In Wirklichkeit reichen 280 Ausgaben für mein Gebiet, da wir aber pro Exemplar bezahlt werden, erhöhe ich sukzessive. Mittlerweile liefert der Grossist jeden Mittwoch 590-mal das Wochenblatt in die Hirschstraße. Heute brauche ich 83 Minuten für die Runde. Keine schlechte Zeit, wie ich finde.

Das Geld vom Austragen spare ich für gewöhnlich, obwohl ich nicht weiß, wofür. Eigentlich habe ich alles, was ich brauche. Eigentlich gebe ich mein Geld nur für Schuhe und Skatedecks aus. Was Klamotten angeht, spiele ich nicht mit in der Replay-Marken-Fascho-Liga. Genau genommen stimmt das natürlich so auch nicht: Ich trage schon Marken, aber Marken, die Zombies nicht kennen. Vans, Powell, Stüssy, Thrasher. Und dass die niemand über fünfundzwanzig kennt, fühlt sich gut an – auch wenn meine Mutter nicht versteht, warum das Powell-T-Shirt mit dem Caballero-Drachen darauf 40 Mark kosten soll. Für gewöhnlich halten wir es so:

Sie gibt mir einen Zehner, ich kaufe das Shirt. Die restlichen 30 Mark lege ich selber drauf.

Derzeit tragen alle in der Klasse Diesel Jeans, weil sie den Indianer mit dem Iro so cool finden. Wolle findet das peinlich, weil niemand sich traut, sich einen Iro zu schneiden, aber alle den Punk cool finden. Mir ist das egal. Meine erste Diesel Jeans habe ich in der Kinderabteilung gekauft, für 90 statt 140 Mark. Eva musste ich anlügen und behaupten, sie habe 60 gekostet, so viel wie die Jeans bei H&M. Eva würde nicht verstehen, warum man so viel Geld für eine Jeans ausgeben sollte, nur weil auf der Lederlasche hinten rechts ein anderer Name eingestanzt steht.

Ansonsten geht gerade ziemlich wenig. Nina ist nach wie vor enttäuscht, weil ich keine Initiative ergreife und lieber skate, als zu ihr zu kommen. Der Punkt ist aber, ich hänge lieber mit Wolle und den anderen in der »Skatebox« ab, als in den 38er-Bus zu steigen, den ich an sich schon verabscheue, um dann doch wieder nur stundenlang in Ninas stickigem Zimmer rumzuliegen und *Kuschelrock* zu hören. Reden kann ich mit ihr nicht, über was auch? Star Wars interessiert sie nicht, Bücher schon gar nicht, und von der Musik, die sie mag, wird mir speiübel. Skater findet sie zwar cool, Skaten aber nicht. Und von den Überfällen der Nazis auf Asylbewerber in Rostock-Lichtenhagen, die seit drei Nächten andauern, hat Nina noch nichts gehört. Irgendwie macht das alles keinen Sinn.

Auf dem Heimweg höre ich Sex Pistols:

Where there is no future, how can there be sin?
We're the flowers in the dustbin.

Abends treffe ich Wolle an unserer Bank am Totenwegle. Er will wissen, was bei Nina lief. Ich winke ab und zünde mir eine Zigarette an, die furchtbar überflüssig schmeckt. Also werfe ich sie nach nur drei Zügen ins Gras. Wolle fängt an zu schwärmen. Von Anna, mit der er mittlerweile zusammen ist. Es fühle sich so gut an zwischen ihnen, so besonders, so einmalig. Ich tue so, als würde ich mich für ihn freuen, in Wirklichkeit nervt mich seine Verliebtheit, weil verliebt sein erstens nicht zu Wolle passt, zweitens Anna meine Telefonfreundin ist, und ich sie viel besser kenne als er.

Je mehr Wolle von Anna schwärmt, desto gelangweilter werde ich. Was soll ich davon halten, dass Anna nächste Woche einen Termin beim Frauenarzt hat? Ich wechsle das Thema.

Obwohl ich Nina dafür verfluche, geht mir seit Tagen die Frage nicht aus dem Kopf, was aus mir eigentlich werden soll. Ich werde sie nicht los, wie einen ekelhaften Ohrwurm. Wie dieses verdammt Lied der Pixies, wie *Where Is My Mind?* Was soll ich groß vom Leben erwarten? Wo kann ich schon hinwollen? All diese dämlichen Fragen, die Erwachsenen wichtig sind und deren Antworten sie dann doch nur enttäuschen.

Wolle hat zu all dem einen einfachen Standpunkt: Er will so weitermachen wie bisher. Operation Ivy und *Tanz den Mussolini* hören, Bier trinken und möglichst wenig, am besten nie arbeiten.

»Wenn man wenig erwartet, wird man auch weniger enttäuscht.«

»Aber so falsch ist es doch nicht, etwas vom Leben zu erwarten«, werfe ich ein.

»Du glaubst wohl, du wärst etwas Besonderes, aber das denken all die anderen Deppen auch. Und am Ende hockst du nur in einer Eckkneipe und belästigst deine Mitmenschen mit langweiligen Anekdoten darüber, wie du es beinahe geschafft hättest, Künstler, Literat oder Popstar zu werden. Aber eben nur beinahe, so wie all die anderen Spacken auch.«

»Wie sieht denn dein Plan aus?«

»Ich mache es mir am Rande der Gesellschaft gemütlich.«

»Und was soll das bedeuten?«

»Vielleicht werde ich einfach Hausmeister, da dreh ich jeden Tag drei Glühbirnen rein, rauche in meinem Kabuff Bong und mache jeden Tag eine Stunde früher Feierabend. Wichtig ist nur, dass man machen kann, was man will.«

»Und was willst du machen?«

»Wichtiger ist zu wissen, was man nicht will: kein Trottel werden, nicht mitspielen, sich nicht anpassen, kein Haus bauen, kein elektrisches Brotmesser benutzen. Kurz: kein Arschloch werden, nicht in Schwabylon versauern, die Spielregeln brechen, sich ausklinken, sein eigenes Ding machen. Das Leben ist ein Spiel, bei dem alle verlieren: Am Ende sitzen wir sabbernd im Altersheim, können uns außer an Kohl an nichts erinnern und scheißen Windeln voll. Egal, ob du Präsident, Papst oder Punker bist.«

»Das klingt irgendwie nach Penner«, sage ich zögernd.

»Ist es aber nicht«, wirft Wolle ein, weniger cool als eben.

»Dann eben Schnorrer.«

»Du klingst ja, als sei dir Geld plötzlich wichtig.«

»Nein, aber immerhin kann man sich mit Geld das Elend aussuchen, in dem man lebt.«

»Geld ist total scheißegal!«

»Und was ist dann wichtig?«

»Wichtig ist die Frage, ob man mitmacht oder nicht. Die Entscheidung, vor der wir stehen, ist, ob man nach oben will oder es sich unten gemütlich macht.«

»Wäre es nicht schlauer, die Linie zwischen uns und ihnen zu ziehen?«

»Ihnen?«

»Den anderen halt.«

»Ich will jedenfalls keiner dieser Wohlstandszombies werden, in Scheißanzügen, die immer zu laut reden, aus Angst, man könnte sie übersehen.«

»So einer will ich doch nie werden, auf gar keinen Fall, das habe ich vorhin auch gar nicht gemeint.«

»Deshalb ja, Schmall.«

Um nicht wie der totale Spießer dazustehen, nicke ich. Vielleicht war es tatsächlich so. Vielleicht hatte Wolle recht: Wer nicht träumt, kann nicht enttäuscht werden.

13.

Wolle schlägt vor, eine Punkband zu gründen und uns RAF zu nennen: Seit dem Anschlag der Roten Armee Fraktion auf die JVA Weiterstadt im März liest er alles über die RAF. Ich frage Wolle, wie er eigentlich auf die Idee komme, er kann ja nicht einmal drei Akkorde auf der Gitarre spielen. Seine Antwort: »Ich bin musikalisch, ich besitze mehr als hundert Platten.«

Die Sommerferien gehen mir langsam auf die Nerven. Eva, Helmut und Anke sind wieder da, aber das macht es nicht besser. Nichts passiert. Michael Jackson wird immer weißer, und Prince will nicht mehr Prince heißen. Mein Leben ist so langweilig, wie Farbe beim Trocknen zuzuschauen. Ich wache auf, bleibe so lange liegen wie nur irgend möglich und telefoniere so lange in der Gegend rum, bis Eva anfängt zu schreien.

Wenn es regnet und ich nicht skaten gehen kann, sitze ich den ganzen Tag bei Brownsen im Zimmer und spiele *Bombermann* oder *Super Probotector*, ein fast schon anspruchvolles Ballerspiel. Man steuert zwei Roboter, einen mit roten, einen mit blauen Augen, durch eine Zukunftswelt und ballert Aliens und feindliche Roboter ab. Leider haben wir es schon zu oft durchgespielt. Brownsen verliert in den ersten vier Levels kein Leben mehr, ich höchstens zwei.

Wolle weigert sich, Videogames zu spielen. Der entscheidende Sprung ins nächste Level bedeutet schon zu viel Verantwortung für ihn. Dabei ist doch die einzige Verantwortung, die unsere Generation übernimmt, eine virtuelle. Wolle weigert sich übrigens auch, eine Fernbedienung anzufassen. Er vermeidet alles, womit er sich Schuld aufladen kann – obwohl eh jeder weiß, wie schlecht das Fernsehprogramm ist.

Anna hat mich am Telefon gebeten, netter zu Nina zu sein. Sie sagt, ich sei phlegmatisch und desinteressiert. Während wir telefonieren, schlage ich phlegmatisch im Duden nach. Anna hat recht. Aber es ist mir so egal, wie nur irgendetwas einem Menschen egal sein kann.

Vielleicht sollte ich mich von Nina trennen, überlege ich, während ich gelangweilt in angebratenen Maultaschen rumstochere. Vielleicht heute Abend, auf Frankys Party, vielleicht auch nicht. Ich weiß nicht, was falsch, was richtig ist. Totale Verwirrung. Schlimmer noch als der Pickel, der heute Morgen auf meiner Stirn aufgetaucht ist und der langsam, sehr, sehr langsam eine gelbe Eiterhaube ausbrütet.

Brownsen, Enni, Anna und ich treffen uns schon um drei bei Franky, um zu helfen, schließlich hat Anna ihn überredet, überhaupt eine Feier zu geben. Frankys Eltern, die Hubers, wohnen am Rande des Stangengebiets, einer Neubausiedlung im Echterdinger Westen. Das Haus ist das letzte in einer Reihe von Häusern, die alle gleich aussehen, als hätte sich der Architekt nur in einem sozialistischen Baumarkt bedienen dürfen: braune Türen, weiße Fenster, hellgelber Anstrich, ein Balkon, zwei Stockwerke, Doppelgarage, Grünstreifen. Sogar die Briefkästen auf der Rasenfläche vor den Häusern sind einheitlich. Einheitlich nussbraun.

Frankys Eltern sind noch im Urlaub, sonst würden wir hier nicht feiern. Franky ist ein Loser, ein Schwitzer mit fettigen Haaren, Nackenspoiler und roten Flecken auf den Wangen. Franky ist der Junge, der immer als Letzter im Sportunterricht in eine Mannschaft gewählt wird.

Eigentlich war die Feier als Gartenparty geplant, doch jetzt ist der Himmel über Echterdingen so stumpf wie gebürstetes Aluminium, und die Wolken hängen so tief, dass die Flugzeuge nicht über die Weidacher Höhe, sondern von Osten her, über Bernhausen den Flughafen anfliegen. Brownsen, der nach seiner letzten Party empfindlich lange Hausarrest bekam, weil die Stettener die halbe Einrichtung kurz und klein geschlagen haben, rät Franky, die Vasen der Mutter wegzuschließen, ebenso die Teppiche im Wohnzimmer. Er schlägt vor, Abdeckplanen fürs Parkett zu besorgen, was ich geradezu rührend finde.

Um halb fünf fährt Dirks Mutter vor. Dirk ist ein Alpha-Spast, wie er im Handbuch für Spasten steht. Dirk geht in die zwölfte Klasse, kandidiert seit zwei Jahren aussichtslos für den Posten des Schulsprechers und glaubt tatsächlich, dass sein Engagement in der Schülermitverwaltung etwas ändern würde. Da niemand freiwillig mit Dirk redet, hat er irgendwann beschlossen, DJ zu werden. Und zwar lange bevor DJs cool wurden.

Um kurz vor sieben steht alles. Die Anlage des Vaters ist mit dem Mischpult verkabelt, drei Kästen Bier füllen den Kühlschrank, zehn weitere stehen in der Garage. Außerdem: Apfelkorn, Whisky, Bacardi, Cola sowie jede Menge Eis. Die Hausbar des Vaters dürfe unter gar keinen Umständen angerührt werden, bläut uns Franky immer wieder ein. »Und geraucht wird nur draußen.« Vorsorglich hat Franky auf dem Computer seines Vaters – sein Dad arbeitet bei irgendeinem Computerhersteller als Lochkartenlocher – zehn Hinweisschilder ausgedruckt, auf denen durchgestrichene Zigaretten zu sehen sind.

Franky hat dreißig Leute eingeladen. Enni, Brownsen, Anna und ich vierzig. Kurz nach zehn sind fünf Kästen Bier getrunken, der Bacardi alle, selbst der ekelhafte Korn wird weniger. Es steht Rauch in der Wohnung, viel Rauch. Ich mache ein Fenster auf und hole Schälchen, damit die Leute die Kippen nicht in den Orchideen von Frankys Mutter ausdrücken.

Franky bekommt von alldem nichts mehr mit. Er sitzt seit kurz nach neun kotzend auf der Kellertreppe, niedergestreckt von einer Flasche Saurer Apfel. »Dann hat er wenigstens eine Ausrede«, sagt Brownsen, während er eine Kotzschüssel zwei Stufen unterhalb von Franky mit Klebeband befestigt.

Anna ist auch ziemlich besoffen und streitet mit Wolle. Die beiden stehen in der weißen Siemens-Küche der Hubers und schreien sich an. Ich höre Wolle, wie er sich darüber beschwert, dass Anna so betrunken ist. Sie sei laut, vulgär, total peinlich. Dabei ist Wolle selbst voll wie eine Haubitze.

Irgendwann zieht er beleidigt ab. Er will noch nach Leinfelden, ins »Areal«, da spiele heute No Exit, eine Punkband aus Berlin. Ob ich mitkomme, will er wissen. Ich erkläre ihm, dass ich keine Lust habe, und es bei Franky doch ziemlich lustig sei, zumal im »Areal« ein Bier eine Mark kostet und hier nichts.

Nina und ich ziehen uns auf die Empore über dem Eingang zurück, eine Art Zwischenetage mit Ledersofas, Kissen und Kamelhaardecken, als plötzlich eine Sirene loslegt. Beep. Schrill. Beep. Entsetzlich laut. Beep. Ich schaue auf die Uhr, es ist Punkt Mitternacht.

Es dauert genau drei Minuten, bis Polizisten in der Tür erscheinen. »Guten Abend, die Herrschaften, dürfen wir erfahren, was hier los ist?« Und ob wir denn nicht wüssten, dass man den Code pünktlich um Mitternacht eingeben müsse, weil sonst ein stiller Alarm ausgelöst wird. Brownsen, der bemerkenswert nüchtern agiert, kann die Bullen davon überzeugen, dass alles rechtens, er Frankys Cousin und Onkel und Tantchen im Urlaub seien. Der jüngere Polizist nickt verständnisvoll, geht in die Küche und tippt eine sechsstellige Zahl in ein kleines weißes Plastikviereck.

091223.

Ruhe.

Die Polizisten sind so schnell weg wie sie gekommen sind. Glück gehabt, denke ich, als ich mich umdrehe und zurück zu Nina, auf die Couch klettere. Nina lächelt, nimmt mir die Baseballmütze vom Kopf und zieht mich zu sich. Eigentlich mag ich sie doch, denke ich, als sie meine Hand unter ihr Flanellhemd schiebt. Ich öffne die oberen Knöpfe, Nina setzt sich auf mich und schlüpft aus dem Hemd.

Plötzlich taucht Ennis Kopf am Ende der Leiter auf.

»Die Stettener sind da!«, ruft er. Nina bittet mich, bei ihr zu bleiben. Anscheinend haben die Lost Boys heute Abend nichts Besseres vor, als bei Franky vorzuführen, was Stettener unter Homeshopping verstehen: Zwei tragen den Sony-Trinitron-Fernseher der Hubers raus, einer den Videorekorder, sogar die Yukkapalme im Essbreich verschwindet im Kofferraum eines bordeauxroten Opel GSI, ebenso das Tafelsilber, die Minibar des Vaters und was weiß ich noch alles. Am nächsten Morgen werden sogar die vier Freischwinger aus dem Essbereich der Küche fehlen. Wir stehen da wie Statisten. Keiner traut sich, etwas zu sagen. Was soll man dieser Horde Mensch gewordener Piranhas auch entgegensetzen?

Ausgerechnet jetzt muss Nina zum Bus. Sie ist total sauer und keift mich an: Ihr sei es egal, ob ich sie zum Bus bringe oder nicht. Eigentlich wollte sie eh mit Anna den 38er nehmen, aber Anna ist nirgends auffindbar. Enni meint, Anna sei mit dem Schädler nach oben gegangen, ins Schlafzimmer der Hubers. Ich renne nach oben, nehme drei Stufen auf einmal und versuche, die Türe zu öffnen. Sie ist abgeschlossen. Ich hämmere dagegen, keine Antwort.

Nina schaut mich nur mitleidig an, als ich ihr berichte, dass Anna mit Björn im Schlafzimmer der Eltern verschwunden sei. »Da hättest du auch liegen können. Aber anscheinend interessiere ich dich ja nicht.«

»Was soll das denn jetzt?«, frage ich sie.

»Genau das, was ich gesagt habe. Aber das ist jetzt egal. Bleib du hier bei deinen kleinen Freunden, denn da gehörst du hin.«

»Anna ist dir wohl scheißegal?«, rufe ich ihren Absätzen hinterher.

Nina dreht sich um, schaut mich wie einen begriffsstutzigen Fünftklässler an und antwortet: »Genau wie du, Schmall.«

Auf dem Weg zurück ins Haus trete ich aus Frust den Briefkasten um, der auf dem handtuchgroßen Rasen steht. Jetzt liegt er da. Immer noch nussbraun.

»Richtig so, Schmall, das ist es, Alter!«, schreit jemand hinter mir. »Scheiß drauf.« Das kann nur Wolle sein, denke ich und hole schon mal zwei Halbe aus der Garage, um ihn in Empfang zu nehmen.

»Wie siehst du denn aus?«, frage ich Wolle, als er vor mir steht. Auf der rechten Seite seiner Stirn, kurz unter dem Haaransatz, klebt ein Lockenbüschel in getrocknetem Blut, das Bad Religion-Shirt ist am Hals eingerissen, der linke Ellenbogen aufgeschürft, dreckig und blutig.

»Alter, wir haben Pogo getanzt, bis die Bullen kamen und No Exit den Saft abgedreht haben.«

»Und die Schürfwunde am Kopf?«

»Das war Volker, glaube ich. Also Volkers Springerstiefel.«

»Tut das nicht weh?«

»Sieht schlimmer aus, als es ist.«

»Dann ist ja gut.«

»Sag mal, weißt du, wo Anna steckt? Ich wollte mich bei ihr entschuldigen, weil ich mich vorhin wie ein Volldepp benommen habe.«

»Keine Ahnung, wo die steckt. Komm, wir trinken noch was.«

Wolle und ich setzen uns zu Enni und Brownsen auf das Trottoir gegenüber vom Haus der Hubers, als der Schädler mit Anna im Arm durch die Tür kommt. Anna ist total weggetreten, der Schädler trägt sie mehr, als dass er sie umarmt.

Wolle springt auf, die Bierflasche klirrt, als sie neben mir auf dem Beton zu Bruch geht. Brownsen versucht, Wolle zurückzuhalten und kassiert dafür einen Schlag in den Magen. Selbst ich erkenne das Gesicht meines besten Freundes nicht mehr, als er fassungslos zu mir runterschaut. »Nein, Wolle!«, rufe ich, doch er stößt mich zur Seite und nimmt Anlauf. Wolle ist jedoch viel zu betrunken, der Schädler weicht ihm mühelos aus und schubst ihn nur weg. Mein Nachbar landet auf dem Arsch, rafft sich auf und läuft noch einmal an. Diesmal springt er ab und versucht, den Schädler mit einem Tritt vor die Brust zu fällen. Leider funktioniert so etwas nur bei *Bloodsport*. Der Schädler fischt Wolles linkes Bein aus der Luft, verdreht es und schlägt mit der flachen Rückhand zu, als Wolle verkrümmt auf dem Boden vor ihm liegt.

Den zweiten Angriff hätte er sich sparen sollen. Mittlerweile sind die anderen Lost Boys aus ihren Löchern gekrochen, um ihrem Anführer beizustehen. Nicht, dass Wolle dem Schädler in irgendeiner Weise hätte gefährlich werden können, dennoch tritt jetzt ein halbes Dutzend Stettener auf den am Boden liegenden Wolle ein. Der versucht, mit den Armen seinen Kopf zu schützen, und zuckt wie ein Aal auf Landgang. Anna schreit den Schädler an, er solle seine Hunde zurückpfeifen, aber der grinst nur dämlich.

»Schädler, du Arschloch!«, höre ich plötzlich jemanden brüllen. Es ist Michi. Michi und ein Messer, ein ziemlich großes Messer. Das hält er Anna an den Hals und schreit: »Hör zu, du Hurensohn, ich steche deine kleine Nutte ab!«

Michi zieht Anna noch näher an sich heran. Die Klinge ist keine zwei Zentimeter von ihrem Hals entfernt. Anna schaut

Michi mit weit aufgerissenen Augen an. Die Zeit bleibt stehen. Dann: ein kurzer Pfiff. Schädlers Schergen hören auf zu treten. Enni und Brownsen starren Michi ungläubig an, das Messer immer noch an Annas Kehle.

»Ist schon gut, Michi!«, ruft Brownsen.

»Mach bloß keinen Scheiß!«, ruft Enni.

»Was ist mit Wolle?«, fragt Michi. Seine Stimme überschlägt sich.

»Der ist okay, Michi, alles okay. Leg einfach das Messer weg.«

Wolle bewegt sich, immerhin. Er dreht sich auf den Rücken, bleibt liegen.

»Verpisst euch, ihr Wichser!«, schreit Michi jetzt und richtet das Messer auf den Schädler.

»War doch alles nur Spaß«, entgegnete der und klopft mit den Händen über das Satin seiner Chevignon-Jacke. »Kommt, Jungs, wir hauen ab.«

Als die Stettener zu ihren Autos laufen, lässt Michi endlich die bleiche Anna los. Das Messer entgleitet ihm, fällt zu Boden, neben den kaputten Briefkasten. Anna stößt Michi zur Seite und rennt zum blauen GTI vom Schädler und fragt, ob er sie nicht mitnehmen will. Die Tür geht auf, Anna steigt ein. Das Letzte, was ich von den Stettener und Anna sehe, sind die abgedunkelten Bremsleuchten, bevor sie am Ende der Straße links auf die Leinfelder abbiegen.

»Was war das denn?«, fragt Wolle. »So kenne ich dich ja gar nicht.«

»Ich mich auch nicht«, antwortet Michi. Sein Gesicht sieht fahl aus im weißen Licht der Straßenlaterne. Matt und kraftlos. »Ist wohl irgendeine Sicherung durchgeballert.«

Dirk kommt zu uns rüber und bringt warmes Wasser und Taschentücher, um Wolles Gesicht notdürftig sauberzumachen. Es ist blutverschmiert, die Nase gebrochen. Wolle schreit vor Schmerz, als Dirk die Nasenspitze vom Gesicht wegzieht und sie dann wieder an ihren Platz zurücksetzt. Der Eingriff scheint geglückt, zumindest schaut Dirk ganz zufrieden. Michi steht auf, dann läuft er los, verschwindet in der Nacht.

Eine merkwürdige Stille breitet sich aus.

Michi ist weg. Anna auch.

»Was wollen die Weiber von solchen Arschlöchern bloß«, fragt Wolle später, als wir nebeneinander auf den Treppenstufe vor der Haustür sitzen.

»Keine Ahnung, lass mal abwarten«, antworte ich. Irgendwie komme ich mir ziemlich blöd dabei vor.

»Was abwarten?«

»Anna war total betrunken.«

»Deshalb lässt man sich doch nicht vom größten Wichser der ganzen Gegend entjungfern.«

»Das weißt du gar nicht.«

»Jeder weiß, dass der Schädler seine eigene Cousine gebumst hat.«

»Ja, aber …«

»Nichts aber. Anna ist jetzt die neue Schlampe der Stettener. Die dreht jetzt Runden wie ein Kugellager.«

Als wir uns von Enni und Brownsen verabschieden, sitzt Franky noch immer auf der Kellertreppe, das Haus der Hubers sieht aus, als hätte die Rote Armee dort gewütet.

Wolle und ich teilen uns eine Kippe auf dem Weg nach Hause. Wir trotten wortlos nebeneinander her, zerstört und geschlagen, wie zwei Veteranen, die sich wünschen, der Krieg hätte länger gedauert.

Irgendwann, mitten in der Nacht wache ich auf. Hat Michi das mit dem Messer wirklich getan? Wie kaputt ist das eigentlich, frage ich mich und stecke mir eine Zigarette an. Ich merke, wie mein Magen rebelliert, halte die Hand vor den Mund und schaffe es gerade, das Dachfenster aufzureißen, bevor der Abend sich in einem Strahl auf das Vordach ergießt.

Anna habe angerufen, sagt Eva, als ich zum Mittagsessen nach unten komme, Nina auch. Als ich versuche, Nina zurückzurufen, geht niemand ran. Beim zweiten Versuch nimmt jemand ab und legt sofort auf. Anna erreiche ich gar nicht.

Zwei Stunden später ruft Nina zurück. Ihre Stimme klingt kalt und distanziert. Sie fragt, was ich von ihr wolle, warum ich bei ihr anrufe? Ich weiß es nicht.

»Das war's dann wohl«, sage ich, als das elektrostatische Rauschen unerträglich wird.

»So weit waren wir gestern schon«, sagt Nina, noch viel kälter als eben.

Dann legt sie auf.

Ich starre auf den Hörer des Telefons. Unfähig aufzulegen.

Eva kommt und nervt, weil ich seit ich aufgestanden bin am Telefon hänge. Ich schiebe sie aus dem Wohnzimmer und versuche es wieder bei Anna.

Als ich sie schließlich erreiche, heult sie zehn Minuten. Es ist nicht auszuhalten. Zwischen den Weinkrämpfen stammelt sie etwas, das sich anhört wie »Schädler«, »Messer« und »Wolle«. Immer wieder »Wolle«.

Ich kann nicht anders, Tränen laufen über mein Gesicht, wir weinen gemeinsam. Irgendwann fragt Anna, ob wir trotzdem beste Freunde bleiben können. Trotz Schädler und allem.

»Natürlich«, antworte ich.

Dann weinen wir weiter.

Bevor Anna auflegt, frage ich nach der Sache mit dem Messer. Das hätte sie gar nicht so schlimm gefunden, sagt sie, sie hätte ja gewusst, dass Michi ihr nie etwas antun würde.

Mir wird heute noch übel beim Gedanken daran.

Abends skaten Wolle und ich auf der Hirschstraße. Wolle sieht aus, als hätte er versucht, das letzte Pint von London gegen eine Horde Hooligans aus dem East End zu verteidigen. Seine Arme, Rücken und Beine sind mit lila bis schwarzblauen Prellungen übersät.

Ich frage Wolle, wie es ihm geht. Er antwortet nicht. Irgendwann nimmt er einfach sein Brett und haut ab. Ohne ein einziges Wort zu sagen.

Eine Viertelstunde später stehe ich in Boxershorts in meinem Zimmer. Auf meinem Schreibtisch liegt ein Zettel meines Vaters. Darauf steht: »Anna hat angerufen. Dreimal. Ruf sie zurück. H.«

Ich versuche es bei ihr, erst geht niemand ran, beim zweiten Versuch ist ihre Mutter am Apparat. Sie klingt besorgt, als sie sagt, Anna sei bereits vor einer Stunde schlafen gegangen. Ich bin es auch und lege auf.

14.

Das Gute an jedem neuen Schuljahr ist, dass, rein rechnerisch, das Ende auf einen Schlag ein Jahr näher rückt. Außerdem wird der Zähler wieder auf Null gestellt, und man muss sich wenigstens an diesem einen Morgen nicht damit herumplagen, ob man diese oder jene Hausaufgaben noch abschreiben muss. Schon allein deshalb mag ich den ersten Schultag. Brownsen rechnet anders: Er bevorzugt den letzten Schultag, weil er dann wieder ein Jahr abhaken kann, die Rückspiegelmentalität.

Wir sind jetzt Elftklässler, von heute an herrschen wir über Schließfächer, dürfen in die Raucherecke und sind damit quasi mündig. Auch wenn wir noch warten müssen, bis wir unsere Entschuldigungen selber schreiben können. Abgesehen von Enni natürlich.

Der achtzehnte Geburtstag wird der letzte große Einschnitt, bevor wir aus dem »Filder-KZ« entlassen werden, überlege ich, während Frau Knitter uns vor ihrer Reise zu den Galapagosinseln erzählt, bevor, wie es immer so schön heißt, das echte Leben losgeht.

Aber daran verschwende ich jetzt keine Gedanken mehr. Es ist zwanzig nach neun, große Pause, die erste des neuen Jahres. Ab in die Raucherecke. Brownsen zündet seine Kippe schon vor dem Klassenzimmer an, ich warte, bis wir draußen auf der Treppe sind. Heute gibt es nur ein Thema: Michi, den Messermann. Michi, die Ein-Mann-Armee, die ein ganzes Rudel Stettener in die Flucht geschlagen hat.

»Ich hab schon immer gewusst, dass der Kerl ein Psycho ist«, sagt Enni.

»Ziemlich krasse Aktion.«

»Immerhin haben sich die Stettener sofort verpisst.«

»Trotzdem Psycho.«

»Das wärst du auch, wenn du dir dein Zimmer mit Lizzy teilen müsstest.«

»Oder mit Michi.«

»Was mich wundert, ist, dass er heute in der Schule aufgetaucht ist. Ich hätte einen Fuffi verwettet, dass er sich nach der Aktion die Pulsadern aufschlitzt. Oder zumindest erhängt.«

»Wieso das denn?«

»Jetzt hat er wenigstens einen Grund.«

»Wo steckt Anna eigentlich?«, frage ich.

»Keine Ahnung. Hast du gesehen, wie sie in Erdkunde in ihr Buch gestarrt hat? Die Alte steht total neben sich.«

»Würdest du auch, wenn der Schädler vor dir steht und brüllt: Hoch den Rock, rein den Stock.«

Brownsen und Enni gackern noch, als Wolle kommt. Die Platzwunde am Kopf ist geschickt unter einem Pflaster versteckt, das Einzige, was von einer Misshandlung zeugt, sind sein humpelnder Gang und der Thrasher-Pulli, den Wolle trotz 25 Grad und Sonnenschein trägt. Er steht nur da, sagt kein Wort. Seit Samstagnacht habe ich Wolle nicht sprechen hören.

Nicht gut.

Gar nicht gut.

In der zweiten großen Pause, um zwanzig nach elf, kommt Lizzy zu mir und bittet mich, mit auf die Mädchentoilette zu kommen. Anna sei dort, habe sich eingeschlossen und heule. Wir gehen hoch in den ersten Stock, Lizzy stellt sicher, dass ich keine kleinen Mädchen vor dem Spiegel erschrecke. Die Luft ist rein, ich versuche, möglichst leise das Klo zu betreten. Aus der mittleren Kabine höre ich ein leises Wimmern, Anna.

»Anna«, sage ich, meine Stimme klingt ganz klein, »ich wollte nur schauen, ob du okay bist?« Das Schluchzen wird lauter. Ich höre, wie Toilettenpapier abgerissen wird. Ich lehne mich gegen die Kabinentüre.

»Schmall, bist du da?«

»Ja.«

»Mir geht es nicht gut. Ist es okay, wenn du mich einfach alleine lässt?«

»Wie du willst.«

»Danke.«

»Wollen wir heute Abend telefonieren?«

»Ich weiß nicht«, sagt sie, »ich weiß gerade gar nichts. Aber danke, dass du für mich da bist.«

»Ist selbstverständlich.«

»Danke, du bist echt süß.«

»Ich geh dann mal.«

»Okay.«

»Okay.«

Lizzy biegt vor der Raucherecke ab, sie hat jetzt Bio-Leistungskurs, wir nicken uns zu. Lizzy ist eine Gute, denke ich, als ich auf Enni treffe, der mit Brownsen vor den Schließfächern steht.

»Wo warst du, Alter?«, fragt Brownsen.

»Ich habe nach Anna geschaut, sie hat sich auf dem Mädchenklo eingesperrt.«

»Sag bloß, sie ist schwanger vom Schädler.«

»Nicht witzig, Alter«, antworte ich und spüre das metallene Gefühl, das Angst und Adrenalin auf der Zunge hinterlassen.

»Nicht dein Problem, Schmall, check mal, was wir gefunden haben«, sagt Enni. »Aus irgendeinem Grund sind diese lustigen rosa Beutel im Jungenklo gelandet. Ein niegelnagelneuer Spender voll davon.«

»Ein Geschenk des Himmels«, pflichtet Brownsen bei.

Enni hält mir eines der rosa Papiertütchen unter die Nase. Ich dreh angewidert den Kopf zur Seite.

»Ist nicht gebraucht.«

»Das sind Hygienebeutel, du Mongo.«

»Ach ja?«

»Ja.«

»Was willst du damit? Hast du deine Tage?«

»Nein, du Spaten. Aber so, wie du rumzickst, bist du bald fällig.«

»Alter, deine Mutter arbeitet doch auf dem Fischmarkt.«

»Ach ja?«

»Ja. Als Geruch.«

Brownsen nimmt eine der rosa Tüten aus dem Schließfach, bläst rein, hält sie an Ennis Ohr und lässt sie platzen.

Packkk.

Er bläst noch eine auf.

Packkk.

Ich verstehe. Lustig. Sehr lustig.

Enni schaut mich prüfend an, ich zucke mit den Schultern. Ohne ein weiteres Wort rennen wir zum Jungenklo.

Leider müsse wir uns gedulden, eine Stunde noch. Da Geschichte sich selten wiederholt, aber nie endet, haben wir auch in diesem Schuljahr, dem vorvorletzten, wie ich aus Langeweile errechne, noch einmal den Geier abbekommen. Und der findet platzende Hygienetüten sicher nicht so witzig wie wir.

»Wir sind uns ja hinreichend bekannt«, sagt der Geier, als er durch die Tür tritt. Dieselbe Betonlocke, dieselben kreisrunden Schweißflecken auf demselbem Hemd. Ja, durchfährt es mich, dich kennen wir. Wie der Geier wohl seine Ferien gestaltet, haben Brownsen und ich uns auf dem Weg ins Klassenzimmer gefragt – Sommer in Sibirien, Stadtrundfahrt in Pjöngjang – oder hat er sich verschämt in Leipzig umgesehen und heimlich eine Träne vergossen?

Wir werden es nie erfahren.

»Da wir uns bereits kennen, schlage ich vor, wir legen gleich los. Nach diesem Jahr zählt jeder Punkt für das Abitur. Und ich verspreche Ihnen, bis dahin mach ich Sie fit.«

Hat er gerade fit oder fertig gesagt?

Das Mathebuch für dieses Jahr sieht genauso kryptisch aus wie das im vergangenen. Der einzige Unterschied: Es ist grün und nicht blau. »Die ersten 28 Seiten dürfen Sie getrost überblättern, meine Herrschaften, das haben wir bereits abgehandelt.« Hatte ich schon erwähnt, dass den Geier eine Besessenheit auszeichnet, die der eines deutschen Reichskanzlers gleichkommt? Eine Viertelstunde, und schon sind wir wieder in der ersten Vorhölle vom Geier angekommen. Enni sitzt lethargisch da, bewegungslos, wie festgewachsen. Aber immer wenn sich der Diederich gar nicht bewegt, wenn er keinen Laut von sich gibt und nur ab und an den Bart kratzt, als würde er tatsächlich versuchen zu verstehen, warum es Sinn machen sollte auszurechnen, was x ist, führt er etwas im Schilde. Am Ende der Stunde sehe ich es: »Hurra, hurra, die

Schule brennt«, geritzt über die gesamte Tischplatte. Ein Meisterwerk. Ich bin beeindruckt.

In der Fünfminutenpause holen wir mehr rosa Tüten aus dem Spender und verteilen sie im Klassenzimmer. Die nächste Stunde: Religion plus Referendarin, eine göttliche Fügung, und die sollte man, nein, die darf man sich als pflichtbewusster Elftklässler nicht entgehen lassen.

Die junge Frau, die schüchtern unser Klassenzimmer betritt, sagt: »Hallo, ich heiße Frau Graser.« »Fräulein Graser«, bessert sie nach und zupft den senfgelben Pulli zurecht, während sie ihre Unterlagen aus einem Jutebeutel holt und auf dem Pult ausbreitet. Ihre Stimme ist so fein, dass man sie ab Reihe zwei schon nicht mehr hören kann. Eine Referendarin, frisch aus dem Pädagogikseminar, ein Küken. Unverdorben. Rein.

Ich drehe mich um zu Enni. Er hat sein widerliches Grinsen aufgesetzt.

Es dauert keine fünf Minuten, da knallt es zum ersten Mal.

Paackkk.

Hinten links.

Paaackk.

Rechts außen.

Paaaacckkkk. Enni. Zwei Tüten auf einmal.

Frau Graser fährt sich sichtlich nervös durch die Fanta-Haare. Wie soll sie reagieren?

Paack. Brownsen.

Paaaacckk. Michi.

Paaackkk. Ich.

Anna lächelt das erste Lächeln seit Samstag.

Jetzt nimmt auch sie eine Tüte.

Paaackk.

Paackkk.

Paack.

Niemand macht sich mehr die Mühe zu warten, bis sich

die Graser umdreht. Enni steht einfach auf und geht auf die Toilette, Nachschub holen. Der Boden ist bedeckt mit rosa Hygienebeuteln.

Paaackk.

Pack.

Packkk.

Nach zwanzig Minuten schlägt Fräulein Graser vor, die Stunde früher zu beenden. Ausnahmsweise. Es sei schließlich ihr und unser erster Schultag.

»Kein schlechter Tag«, sage ich zu Brownsen und Enni auf dem Nachhauseweg und zünde mir eine Zigarette an.

»Definitiv nicht.« Enni klopft seine Magnum dreimal auf die Casio-Uhr an seinem Handgelenk und steckt sie dann an.

»Wir sehen uns.«

»Sowieso.«

15.

Es ist Dienstagabend, und wir gehen ins »Jackies«. Seit Githion meiden wir das »Zeus«. Im »Jackies« ist Double Time, doch an unserem Stammtisch hinten beim Terminator-Flipper rottet sich gerade ein Rudel »Ghost Rider« zusammen. Hubi spielt *Enter Sandman*, er trägt ein Uncle Sam-Sweatshirt in XXL, schwarze Jogginghose, Zottelhaare, Jack-Daniel's-Mütze, an den Handgelenken, die so dick sind wie meine Oberarme, trägt er heute zwei Schweißbänder der US Marines. Auf dem einen steht: »Pain Is Weakness Leaving The Body«, auf dem anderen: »Join The US Army Now«.

Im Raum hängt kalter Rauch, kalter Schweiß, der Geruch von billigem Reinigungsmittel, Zigaretten, Langeweile (bei uns) und Versagen (bei all den Zombies über 25).

Lizzy bestellt zwei Korea, ein furchtbares Mischgesöff aus billigem Rotwein und Cola. Enni sagt, sie solle es mit Coke Light bestellen. Als ob es das noch rausreißen würde.

Drei Gauloises später stehe ich auf und werfe zwei Mark in den Flipper. Der Abzug der Pistole des Terminator-Flippers ist kaputt, weswegen man keinen Multiball erspielen kann. Anstatt den Ball gegen das blinkende Ziel zu feuern, tröpfelt die Stahlkugel lustlos aus dem Lauf. Dennoch werfe ich zwei Mark nach, was soll ich auch sonst tun? Michi ist schon ziemlich betrunken, als er rüberkommt und fragt, ob er einsteigen darf. Ich drücke auf den blinkenden Startknopf, um Michis Spiel freizuschalten. Michi stellt sich beim Flippern ziemlich geschickt an, was erstaunlich ist, dafür, dass er sonst so ein Körperclown ist. Das liegt an seinen langen Beinen liegt, dem hageren, nach vorn gekrümmten Oberkörper und den tief in ihren Höhlen liegenden Augen. Hätte Michi feurig rot glühende Augen, könnte er glatt als der Totenschädel durchgehen, der hinten links im Flipper still vor sich hin leuchtet und darauf wartet, dass man einen Ball zwischen seinen Ober- und Unterkiefer schießt.

Um halb elf gehen Brownsen und ich rüber zur Aral, um ein paar Kurze zu kaufen, die wir dann im »Jackies« in die Cola kippen können. Vor der Waschanlage steht ein GTI, der mir nur allzu bekannt vorkommt, Gott sei Dank ist weder vom Schädler noch von seinen Schergen etwas zu sehen. Das ändert sich, als wir aus dem Tankstellenkiosk kommen: Der Schädler lehnt am Heck seines Wagens und sieht direkt zu uns rüber. Brownsen bleibt für einen kurzen Moment stehen. Ich dränge ihn weiterzugehen. Was soll der Schädler schon von uns wollen. Schließlich waren es nicht wir, die Anna die Kehle aufschlitzen wollten.

Mir läuft ein kalter Schauer die Wirbelsäule hinab, als wir am Wagen vorbeilaufen.

»Hey!«, hallt es über den Vorplatz.

Ich laufe weiter, hoffe, dass er nicht mich meint.

Dann spüre ich eine Hand, die meine Schulter fest umklammert.

»Hörst du schlecht?«

»Nein, also, nein.«

Aus dem Augenwinkel sehe ich, wie Brownsen einen Schritt zurückweicht.

»Rede ich zu leise, oder was?«

»Nein, wie kommst du darauf.«

»Weil ich dich gerufen habe, und du nicht reagierst.«

»Mein Name ist auch nicht Hey.«

Keine gute Idee.

»Willst du frech werden?« Der Schädler steht jetzt direkt vor mir.

»So war das nicht gemeint.«

»Kommst dir ziemlich schlau vor, du Hemd.«

»Nein, wieso, also wirklich nicht.«

»Du glaubst wohl, du wärst was Besseres?«

»Nein, gar nicht.«

»Ich hätte echt Lust, dir mal so richtig schön die Ohren lang zu ziehen, dann würde dich auch niemand mehr Schmall nennen.«

»Ach, lass nach.«

»Was ist Schmall überhaupt für ein bescheuerter Name? Was soll das heißen, Schmall, klingt total scheiße.«

»Klingt echt scheiße. Aber ich hab mir das auch nicht ausgesucht.«

»Hör zu, du Penner.«

Wenn der Schädler noch näher kommt, sticht er mir mit der Nase das Auge aus.

»Ja?«

»Ich wollte dich eigentlich nur grüßen.«

»Ach so.«

»Ja.«

»Ja.«

Schweigen.

»Anna hat mir erzählt, dass du ein guter Freund bist.«

»So?«

»Ja, hat sie. Und ich musste ihr versprechen, dass ich dich in Ruhe lasse.«

»Oh, okay.«

»Genau, okay. Und jetzt verpiss dich.«

»Mach ich«, sage ich und taumle drei Schritte zurück.

»Was war denn das für eine Aktion?«, will Brownsen wissen, als wir ein paar Meter zwischen uns und den Schädler gebracht haben.

»Keine Ahnung, Mann.«

Kurz vor Mitternacht machen wir uns auf den Heimweg. Enni versucht, Straßenlaternen mit Steinen auszuwerfen, scheitert aber kläglich. Also tritt er Lampe für Lampe aus. Michi verstaucht sich den Fuß beim Versuch, es ihm nachzumachen. Beim zweiten Anlauf stellt sich der Pfosten so dämlich an, dass er hinfällt. Lizzy fängt ihn auf und legt ihren dicken Arm um seine Hüfte.

»Was für ein Paar«, raunt Brownsen mir zu.

Enni schaut nur angewidert zu seiner Schwester und winkt ab. »So blöd ist nicht einmal Michi.«

Eigentlich würde Enni jetzt Michi ein paar Grüne von hinten auf die Bomberjacke schlonzen, aber was anderes scheint ihn mehr zu interessieren. Ich sehe auch schon was: Vorne auf der Stangenstraße steht ein dunkelblaues BMW Cabrio, mit offenem Verdeck und Ledersitzen. Enni klettert auf die Motorhaube, packt aus und zielt. Der gelbe Saft prasselt auf den champagnerfarbenen Fahrersitz. Enni lacht und verteilt den Rest treffsicher über Beifahrersitz, Schaltung und Armaturen. Die letzten Tropfen presst er auf das lederbezogene Lenkrad.

Als ich heimkomme, öffne ich leise die Tür und schleiche in bewährtem Zickzack die Treppe hoch. Oben lege ich mich aufs Bett und rauche. Im Radio berichten sie von einer fehlgeschlagenen Militäraktion in Somalia. Was genau bei »Operation Irene« schiefgelaufen ist, wird nicht erwähnt. Wer denkt sich eigentlich diese bescheuerten Namen aus, frage ich mich, als ich mich auf den Bauch drehe, »Operation Irene«. Und was hat Irene überhaupt in Mogadischu zu suchen?

16.

Heute ist der Montag nach dem Krautfest. Warum ich nichts zu berichten weiß? Weil ich im Krankenhaus lag! Meine Mandeln waren auf die Größe von Tischtennisbällen angeschwollen, und an einer dieser Monstermandeln hatte sich ein ominöses Blutbläschen gebildet, das der Chefarzt höchstpersönlich spalten wollte. Während die anderen sich einen standesgemäßen Vollrausch reinfahren und zusehen durften, wie der Schädler im Alleingang fünf Waldenbucher niederstreckte, lag ich in einer OP-Schürze im Viererzimmer und musste *Wetten, dass..?* anschauen. Ohne Ton, der Kopfhörerausgang an meinem Bett war defekt. Die Nougatschokolade, die Enni und Brownsen dagelassen hatten, konnte ich nicht schlucken, weil sich schon Schokoladenpudding im Hals wie glühende Lava anfühlte. Wenigstens hatte Enni einen Fünfer in meinen Tee geflockt.

Aber jetzt zu etwas Erfreulichem: Kein Lehrer kommt so pünktlich wie der Geier, weswegen an Tag eins nach meiner Entlassung höchste Eile geboten ist. Enni hält die Zeitungscollage, die genauso groß ist wie der Türrahmen, Brownsen und ich kleben das Meisterwerk am Türrahmen fest.

Als der Gong ertönt, sitzt die Klasse 11 B vollständig im Zimmer. Niemand wagt zu reden.

Jetzt kommt er. Den Klang von Geiers Stechschritt erkennt jeder Schüler des »Filder-KZ« auf hundert Meter. Ein paar Streber aus der ersten Reihe drehen sich um. Ob das so eine gute Idee ist, scheint ihr angsterfüllter Blick zu sagen.

Dann geht die Tür auf. Stille, nichts passiert. Millisekunden werden zu Lichtjahren. Schließlich eine leichte Wölbung im Zeitungspapier. Der Geier tastet sich vorwärts. Plopp. Ein Finger hat die Zeitungsseite durchstoßen, langsam und vorsichtig. Plopp. Plopp, plopp, plopp, die ganze Hand. Der ganze Arm. Die andere Hand tastet weiter, vorsichtig, unsicher. Dann nimmt der Geier seinen ganzen Flüchtlingsmut zusammen und tritt durch die Zeitungsseite. Wir klatschen. Er freut sich. Sichtlich erleichtert, beginnt er den Unterricht. Ein harmloser Spaß.

In der großen Pause belästigt uns Brownsen mit einem Witz: »Was macht der Schwarze vorne im Cockpit?«

Enni und ich schauen uns an.

Keine Ahnung.

»Er ist der Pilot, ihr Rassisten.«

Gacker-Gacker.

Brownsen kriegt sich gar nicht mehr ein. Ich schnorre eine Magnum von Enni.

Nachmittags ruft Anna an. Seit Frankys Party telefonieren wir nicht mehr so häufig wie früher. Anna ist jetzt offiziell mit dem Schädler zusammen, den sie liebevoll nur »Spatz« nennt, ekelhaft. Ein Schädler bleibt ein Schädler bleibt ein Schädler.

Nachdem wir die üblichen Themen durchgenommen haben, fange ich an, sie über die Stettener auszufragen. Eigentlich eher aus Langeweile, ich fühle mich schon den ganzen Tag unredlich.

»Was willst du vom Schädler eigentlich?« Ich lehne mich in Helmuts Lesesessel zurück und warte auf ihre Antwort.

»Nenn ihn bitte nicht so«, entgegnet Anna. »Er hat sich doch neulich bei dir entschuldigt.«

»Eine schöne Entschuldigung war das, richtig schön.«

»Aber entschuldigt hat er sich.«

»Er hat zumindest das Wort gebraucht.«

»Siehst du?«

»Ich verstehe trotzdem nicht, was du an dem Kerl so toll findest?«

»Das würdest du nicht verstehen«

»Versuch es trotzdem.«

»Ich weiß nicht –«

»Stell dir vor, du würdest es deiner Mutter erklären.«

»Meine Eltern verstehen mich doch auch nicht.«

»Versuch es wenigstens.«

»Es ist halt … er ist anders als die anderen Jungs, mit denen ich zusammen war.«

»Zweifelsohne.«

»Er ist so stark …«

»Wenn du damit meinst, dass er gerne Leute tritt, die am Boden liegen, dann stimme ich dir zu.«

Schweigen.

»Der Kerl ist einfach nur ein Arschloch.«

Schweigen.

Plötzlich höre ich Anna, die sagt: »Björn ist halt wütend.«

»Auf was, warum?« Ich lehne mich vor.

»Das kann ich dir nicht sagen.«

»Das ist keine Antwort.«

»Er wurde als Kind …«, Anna stockt.

Nichts.

Die Leitung rauscht.

»Komm schon, Anna.«

»Du musst mir versprechen, dass du es niemandem sagst.«

»Okay.«

»Auch nicht Enni oder Brownsen.«

»Okay.«

»Vor allem Wolle nicht.«

»Ich schwöre, dass ich es niemandem erzähle.«

»Als Björn ein Kind war«, fängt Anna an, »du weißt doch, dass seine Eltern Zeugen Jehovas sind, oder?«

»Nein, weiß ich nicht«, antworte ich.

»Also, die sind strenggläubige Jehovas.«

»Und was hat das damit zu tun?«

»Die haben ihn halt immer gezwungen, bei fremden Leuten zu klingeln und diese Zeitschrift zu verteilen, du weißt schon.«

»Das müssen andere Kinder auch – und die treten nicht gleich Leute zusammen.«

»Außerdem musste Björn immer am Wochenende für die Jehovas auf der Baustelle ihres Königreichssaals Steine schleppen. Jedes Wochenende. Und abends musste er noch viermal pro Woche zur Bibelstunde.«

»Da geht Anke auch hin. Und zwar freiwillig.«

»Ja, aber Björn hat extrem darunter gelitten. Die wollten ihn gar nicht gehen lassen.«

»Und deswegen benimmt er sich so?«, frage ich, »das ist doch lächerlich.«

»Nein, ist es nicht. Die Jehovas sind voll die Psychosekte.«

»Und er ist jetzt ein Psychoschläger.«

»Du willst es nicht verstehen.«

»Der Schädler hasst die Welt, weil er als Kind von einer Sekte misshandelt wurde?«

»Er hasst ja nicht die ganze Welt.«

»Okay, er spürt eine Ohnmacht, weil er sich schlecht behandelt fühlt, und sinnt nun auf Rache. Björn, der Sektenrächer.«

»Schon eher.«

»Dann sollte er vielleicht mal die Lost Boys aufhetzen, samstags den Königreichssaal zu stürmen und nicht immer nur irgendwelche Partys von Gymnasiasten. Schließlich waren es nicht wir, die ihn gezwungen haben, zur Bibelstunde zu gehen.«

»Du willst mich nicht verstehen, oder?«

»Mitleid empfinde ich nicht gerade, nein.«

Wie zu erwarten, will Wolle von der ganzen Sache nichts hören. Trotzdem merke ich ihm an, wie nahe ihm das alles geht. In den vergangenen Wochen hat sich Wolle immer mehr zurückgezogen. Skatevideos interessieren ihn nicht. Eigentlich kifft er nur den ganzen Tag und lästert darüber, wie kleingeistig und hohl das hier alles ist. Die Fildern, das Rattenrennen, die Schule, das »Jackies«, all die Idioten. Ich frage, was genau er damit sagen will. Er antwortet nicht. Wir rauchen einen Joint am Fenster, dann sprüht Wolle das Zimmer mit Deo ein, damit sein Vater, Peter, den muffig-süßlichen Geruch nicht bemerkt.

17.

Peter mag ein echtes Arschloch als Vater sein, ich hingegen stehe vor ganz anderen Problemen, als ich nach Hause komme: Heute ist Sonntag, und Sonntagmittag ist der einzige Mittag, an dem mein Vater mit der Familie isst. Sonntags stehen die Maschinen beim Bosch in Rommelsbach still – und deshalb müssen wir seine Launen aushalten. Eva akzeptiert mittlerweile meine eigenwilligen Essgewohnheiten, Helmut nicht. Früher saßen wir uns stundenlang gegenüber, wie zwei Westernhelden, und belauerten uns so lange, bis die Sonne untergegangen war. Es wurde geheult, geflucht, gezetert, aber es half nichts. Aufstehen durfte ich erst, wenn ich das Fleisch heruntergewürgt hatte. Erst dann durfte der Tisch verlassen werden. So ging der Mittag in den Nachmittag, der Nachmittag in den Abend über. Das Fleisch blieb liegen, längst kalt, der gute Braten.

Das bedeutete zwar, dass ich sonntags als kleiner Junge direkt vom Mittagstisch ins Bett musste, dafür schlief ich mit der Gewissheit ein, wenigstens auch meinen Vater in irgendeiner Weise für seine Hartnäckigkeit gestraft zu haben. Er hatte zwar keinen Hunger mehr, konnte aber auch nicht rüber zur Ahne und verpasste so in schöner Regelmäßigkeit den Anfang des *Tatorts*.

Wenn sich die Gelegenheit ergab, versteckte ich das Fleisch in Hosentaschen, Hemdsärmeln und Servietten – oder bunkerte es in meinen Backentaschen, um dann schnell aufs Klo zu flüchten und es dort wieder auszuspucken.

Wie dem auch sei, ich bin nun mal überzeugter Beilagenesser, und das kann Helmut nicht verstehen, nicht einsehen, wie jemand nicht dem Fleischgott huldigen kann. Dass jemand tatsächlich so militant anspruchslos in kulinarischen Fragen sein kann. Eigentlich bin ich zufrieden, wenn ich nur Nudeln serviert bekomme. Am besten ohne Soße. Dann esse ich. Allerdings nur, bis ich keinen Hunger mehr habe, niemals, bis ich satt bin. Alles, was ich wirklich will, ist Schokolade, Pudding, Kakao. Nougat in Blöcken, Nougat im Quadrat, Hauptsache, Zucker. Bei McDonald's bestelle ich deshalb immer Schokoladensauce mit Eis.

Auch in Restaurants, in denen man mit Messer und Gabel speist, bestelle ich Beilagen oder Schokoladenkuchen. Nie Fisch, nie Fleisch. Beilagen. Eine meiner Lieblingsbestellungen lautet deshalb: »Einmal Wiesenkalb ohne Wiesenkalb.«

Ich hasse es, auf Fleisch rumzukauen, ich verabscheue Sehnen, Knorpel, Fett, die gesamte Ästhetik des Kauens auf

Fleisch, alles eben, das darauf deutet, dass ich gerade keine Beilage im Mund habe. Und das hat nichts mit Tierliebe zu tun. Ist das denn wirklich so schwer zu verstehen?

Ich will nicht. Wollte nicht. Werde nicht wollen.

Fisch essen geht natürlich erst recht nicht. Die Haut, die Augen, das ganze Prozedere, Gräten, Schuppen, widerlich. Aber wenigstens habe ich mir für diese Fleischvariation und deren Ernstfall eine hervorragende Ausrede zurechtgelegt: Bei einem Urlaub in Schweden, irgendwo an der Küste, zwang mich mein Vater, angeln zu gehen. Wir waren zu dritt: mein Vater, sein bester Freund Wolfgang, mit dem er heute nicht mehr spricht, und ich. Natürlich hat der dämliche Fisch bei mir angebissen. Wolfgang holte das Vieh raus, und ich musste mitansehen, wie mein Vater den Fisch totschlägt. Seither behaupte ich immer, ich hätte Schuld auf mich geladen und esse deshalb niemanden mehr, der im Meer wohnt.

Dabei liebe ich es, essen zu gehen. Aber eben nicht wegen des Essens, sondern wegen des Sozialpornos, den jedes Restaurant als Beilage bietet.

Heute gibt es Nierle, widerlich.

Nach dem Debakel am Mittagstisch verziehe ich mich in mein Zimmer, drehe »Nevermind« auf und lese die neue Ausgabe des Thrasher. Nicht Neues über »Gator«.

Am Abend sitze ich mit Wolle auf unserer Bank am Totenwegle. Nach dem zweiten Joint beginnt Wolle von seinen Aussteigerplänen zu phantasieren, von seinem Abgang in die Peripherie.

Ich finde weglaufen feige und sage das auch.

»Du willst also beim Rattenrennen mitmachen«, fragt Wolle und schaut mich ungläubig an.

»Die Welt bietet uns mehr Chancen als jeder Generation zuvor. Wären wir nicht blöd, sie einfach so verstreichen zu lassen?«

Darauf fällt Wolle keine Antwort ein. Er schaut nur missmutig. Unendlich viele Chancen sind unendlich Chancen zu viel.

»Wahrscheinlich hast du recht. Aber vielleicht sind all die Chancen auch nur eine Illusion, um uns bei Laune zu halten. So ähnlich wie der Wetterbericht, der unter der Woche immer strahlenden Sonnenschein fürs Wochenende verspricht, damit die Zombies brav bis Freitag weiterknechten.«

»Und wenn es dann samstags regnet?«

»Dann arbeiten sie eine Woche weiter und hoffen auf das nächste Wochenende«, ruft Wolle und springt von der Rückenlehne der Bank ins knietiefe Gras.

18.

Eine kleine Spinne besucht mich morgens, als ich die Zähne putze, sie kämpft sich gegen den Wasserfilm nach oben an den Beckenrand, ich schnippe sie zurück in den Strudel, weg ist sie. Ich mache das Wasser aus, aber sie schreit nicht, klagt nicht, ist einfach nur weg. Alphaville singen *Are you gonna drop the bomb or not?* Ist das alles nur Zufall, frage ich mich, während ich mir den Rest Zahncreme, der immer auf meiner rechten Wange hängen bleibt, wegwische.

Die Klasse 11 B sitzt um zwanzig vor acht vollständig im Klassenzimmer. Teil zwei der Geier-Festspiele will vorbereitet werden. Enni und ich kleben die Zeitungen zusammen, Brownsen macht den anderen klar, dass es kein Zurück gibt.

Um Viertel vor acht ertönt der Gong, zehn Sekunden später hören wir die Türe, der Geier ist da. Dieses Mal stößt unser

Matheschinder mit der Faust durch die Zeitung. »Brave Ratte«, raunt mir Brownsen zu. Die Selbstzufriedenheit ist dem Geier ins Gesicht gemeißelt, als er die Reste der Zeitung zusammenknüllt und selbstsicher zum Pult geht. Natürlich trifft er den Papierkorb mit der Papierkugel. Für irgendwas muss das Training im Körperertüchtigungsheim Ost ja gut gewesen sein.

In der nächsten Stunde steht auch bei uns Körperertüchtigung auf dem Stundenplan. Zehn Minuten Kicken, dann Reck- und Bodenturnen. Als wir die Mannschaften zusammenstellen, merken wir, dass Michi fehlt.

Da unser Sportlehrer auch der Leiter der Turn AG ist, schicken wir Joachim vor, das Turnkäpsele. Vielleicht verrät ihm der Schorf ja, wo Michi abgeblieben ist.

»Irgendwas stimmt mit Michi nicht«, meint Joachim, als er zurückkommt. »Der Schorf wollte es partout nicht verraten.«

Wir üben Felgaufschwung, Umschwung, Abgang, Laufkippe.

Am Ende der Stunde schicken wir Joachim noch einmal los.

Er stürmt in die Umkleide. »Das glaubt ihr mir nie!«, ruft er und zwinkert mit den Augen. Joachim ist ein Zwinkerer. »Michi hat irgendeinen Riesenpickel am Arsch.«

Joachim will gehört haben, dass Michi deswegen heimgeschickt wurde. Angeblich sei ihm nach der Mathestunde schlecht geworden.

Nach Schulschluss stehen wir in der Raucherecke, als die nächste Hammernachricht die Runde macht: Gestern Nacht ist der Schauspieler River Phoenix in Los Angeles verstorben, an einer Überdosis, heißt es, an einem Speedball. Er sei in den Armen seines Bruders vor der Tür des »Viper Room«, mitten auf dem Sunset Boulevard, zusammengebrochen und in ein Krankenhaus eingeliefert worden. Dort konnten die Ärzte nur noch den Herzstillstand feststellen. Wir rätseln, welche Mischung in einen Speedball gehört: Heroin und Kokain? Heroin und Speed? Speed und Kokain? Oder einfach nur Crack?

Dennoch beschließen Wolle und ich: Wir müssen in den »Viper Room«, keine Frage.

19.

Rache wird am besten kalt serviert – zumindest trichterte mir das meine Oma, die Ahne, schon als kleiner Junge ein, wenn sie mich wieder einmal im Schach vorführte. Rache muss unberechenbar sein, wohlvorbereitet, punktgenau vollstreckt, präzise. Rache ist eine Frage des Timings.

Heute stimmt das Timing. Heute ist der Tag, auf den Enni, Brownsen, ich, die ganze Klasse 11 B seit Jahren hinarbeiten. Heute entscheidet sich, wer die dickeren Eier hat. Der Geier oder wir. Ost gegen West. Unsere Neuauflage des Kalten Krieges. Hier. Heute. Wir gegen ihn, alles oder nichts.

Zweimal haben wir den Geier durch eine Zeitungsseite steigen lassen. Die Ratte kennt den Aufbau: Dünnes Papier blockiert den Weg ins Klassenzimmer. In Runde eins war sie noch misstrauisch, vorsichtig, zögerlich. Beim zweiten Anlauf reckte sie die Faust, bahnte sich den Weg, sprang durch und erntete Beifall. Sie lernt und versteht.

Heute wollen wir sehen, wie schlau die Ratte wirklich ist. Heute geht es um alles. Allerdings mit einer modifizierten Versuchsanordnung, geringfügig, aber entscheidend: Hinter der Zeitungsseite steht hochkant das Lehrerpult.

Es ist 7.45 Uhr, und der Gong, der seit sechs Jahren unser Dasein bestimmt, klingt ungewohnt blechern. Eine Sekunde, zwei Sekunden, drei Sekunden.

Lichtjahre vergehen.

Die Streber in der ersten Reihe schwitzen.

Wir auch.

Die Türe öffnet sich. Nichts passiert.

Stille.

Adrenalin.

Stille.

Tastende Finger.

Drei Schritte zurück.

Zwei Schritte. Schneller.

Anlauf. Passiert es?

Es passiert!

Der Geier kracht gegen den Tisch.

Der Tisch fällt.

Der Geier hinterher.

Die Ratte ist in die Falle gelaufen.

Der Geier liegt auf dem Fußboden des Klassenzimmers, vor ihm das umgestürzte Pult. Das Gesicht schmerzverzerrt.

Keiner lacht.

Keiner wagt zu lachen.

Stille.

Tick-tack, tick-tack.

Noch im Aufstehen brüllt der Geier: »Das wird ein Nachspiel haben!« Seine Stimme überschlägt sich.

Die betonierte Haartolle wackelt.

Tick. Tack.

7.46 Uhr.

Michi kippt vom Stuhl, schlägt zu Boden, bleibt liegen.

7.46 Uhr. 15 Sekunden.

Michi regungslos. Der Hamster ist tot, das Rad dreht sich knirschend weiter.

Wir warten.

Der Geier steht da wie im Stand-by-Modus. Als hätte nicht nur jemand bei Michi, sondern auch bei ihm den Stecker gezogen.

»Das«, ruft er, als er aus seiner Schockstarre erwacht, »lass ich mir nicht bieten.«

Tick. Tack.

Der Geier tritt den Rückzug durch die Zeitungsreste an.

7.47 Uhr.

Die Kulturseite der Stuttgarter Zeitung fällt zu Boden.

Da der Aufsicht führende Lehrer tobend in Richtung Lehrerzimmer stampft, geht Brownsen zu Michi, um nachzusehen, was los ist. Michi liegt da, als würde er schlafen. Brownsen und Enni geben ihm ein paar leichte Watschen.

Nichts. Nicht mal ein Zucken.

»Was jetzt?«, fragt Brownsen.

Kurzentschlossen schultert Enni das lange Elend. »Wir bringen ihn ins Lehrerzimmer.«

Als wir am Lehrerzimmer ankommen, steht die Tür weit offen. Wir sehen den Geier, der am Ende des Raums den Rektor anschreit. Unser Rektor, ein steifer, aber durchaus gerechter alter Herr mit aschgrauen Schläfen, hört sich die Tirade an und winkt schließlich ab, als der Geier brüllt: »Diese Saubande kennt keinen Respekt. Nicht vor Alter, nicht vor Autorität.«

»Herr Kollege, beruhigen Sie sich, das war ein harmloser Streich. Sie haben doch sicher auch mal Späßle mit Ihren Lehrern gemacht.«

Der Geier stottert. »Nicht solche, die derart dreist darauf abzielen, einen Menschen zu verletzen.«

»So zerbrechlich wirken Sie gar nicht.«

Ohne zu zögern, stiefelt Enni mit dem Michi über der Schulter in die verbotene Zone.

»Entschuldigen Sie, aber unser Klassenkamerad ist gerade in Ohnmacht gefallen.«

Niemand reagiert, keiner sagt etwas.

Die Ordnungsmacht fällt in sich zusammen, kollabiert.

Tick. Tack.

Dann, Lichtjahre später, schalten die Synapsen im Hirn unseres Rektors, ein prüfender Blick zu Michi, der wie ein nasses Handtuch über Ennis Schulter hängt. Er läuft los und ruft den Notdienst.

Kein Wort vom Geier. Wir treten den Rückzug an. Als wir ins Klassenzimmer zurückkehren, sitzen alle immer noch an ihren Plätzen, vierundsechzig angstgeweitete Pupillen starren uns an, von der ersten bis zur letzten Reihe.

»Haben wir den Bogen überspannt?«, fragt Anna.

»Keine Ahnung.«

Irgendwann ertönt der Gong. Keiner steht auf.

Enni und ich wagen uns raus, schleichen am Lehrerzimmer vorbei und gehen direkt ins Rektorat. Die Sekretärinnen lächeln uns entgegen, als wir eintreten. »Der Michi ist auf dem Weg ins Krankenhaus«, sagt die eine. »Der Geier tobt«, fügt die andere an.

Sie lächelt.

Volltreffer.

Wir verabschieden uns, wünschen den Fräuleins noch einen angenehmen Vormittag.

Brownsen, Enni, Anna und ich beschließen, die letzte Doppelstunde zu schwänzen, und gehen rüber zu den Diederichs.

Auf MTV läuft *What Is Love*. Trotzdem ein guter Tag.

Jetzt erst einmal eine Magnum – und eine Sahnepatrone.

Da niemand weiß, wo Michis Mutter arbeitet oder wie wir sie erreichen könnten, versuchen wir es bei Schlecker. Da stempelt Michis Dad seine Lohnkarte, vermutlich in einer Abteilung, die Schwarz-Weiß-Filme entwickelt. Zumindest bilden wir uns das ein, es würde zu diesem Mensch gewordenen Aschenbecher passen.

Leider kann uns die Empfangsdame nicht helfen.

Ich versuche es zu Hause bei Michi.

Keine Antwort.

Lizzy spielt dreimal hintereinander Jacksons *Give In To Me*. Mich irritiert es, dass Slash bei Jacko mitspielt, Lizzy bereitet es eher Sorgen, dass Jacko an Vitiligo leidet.

»An was leidet der nicht?«, fragt Enni unwirsch. Enni treibt es in den Wahnsinn, wenn Lizzy mit ihrem Medizinertest-halbwissen angibt.

»Vitiligo ist eine Weißfleckenkrankheit«, doziert Lizzy.

Eine Weißfleckenkrankheit!

Wir einigen uns darauf, dass uns Bubbles mehr leidtut als Jacko.

Um Viertel nach drei klingelt das Telefon der Diederichs, Michi ist am Apparat, Enni stellt auf laut und reicht mir den Hörer – die Ärzte hätten ihn lokal betäubt, erzählt er, dann den Fremdkörper entfernt. Vier schnelle Schnitte, fertig. Wie sich herausstellte, war der Pickel der Überrest eines Embryos, die Überreste eines verkümmerten Zwillings, der die vergangenen sechzehn Jahre an Michis Steißbein hauste.

Ich lege abrupt auf, weil ich nicht weiß, ob ich lachen oder weinen soll.

Selbst Enni, der Kummer gewohnt ist, hält sich die Hand vor den Mund.

»Also«, stammle ich.

»Glück gehabt.«

»Glück gehabt?«, frage ich. »Wovon redest du?«

»Wäre der Zwilling lebensfähig gewesen, hätte Michi sein Zimmer mit zwei Brüder teilen müssen.«

Wir inhalieren jeder noch einen Ballon und lassen uns von Außerirdischen mitnehmen.

Danach schweigen wir ziemlich lange, bis Brownsen irgendwann befiehlt loszugehen. Ich hatte ihm in einem schwachen Moment versprochen, heute mit nach Stuttgart zu fahren, um Comics abzuholen.

Wir fahren zur Liederhalle und laufen rüber in den Westen. Unterwegs erzähle ich Brownsen, wie ich mit fünf beim Schwarzfahren erwischt wurde: Da meine Mutter nie den Führerschein gemacht hatte und die Endhaltestelle der Linie 6 fast direkt vor unserem Haus in der Hirschstraße lag, sind wir ständig mit der Straßenbahn gefahren. Und als der Schelm und ich eines Tages ganz dringend nach Stuttgart zum Spielzeugladen wollten, schlug ich vor, einfach in die Strampe zu steigen und hinzufahren. Ich wusste, dass man eine Fahrkarte braucht, und wir sammelten einfach zwei der dünnen Papierstreifen auf, die überall bei der Haltestelle auf dem Boden lagen. Auf dem Hinweg klappte das auch vorzüglich, doch auf der Rückfahrt liefen wir direkt in die Arme von zwei Kontrolleuren, und denen fiel natürlich auf, dass unsere Karten vom Vortag waren. Woher hätten der Schelm und ich auch wissen sollen, dass es Karten mit unterschiedlichen Daten gibt? Lesen konnte ich damals noch nicht, der Schelm ein wenig, er ist älter als ich, aber er war noch nie zuvor Straßenbahn gefahren. Lange Rede, kurzes Ende: Die Kontrolleure übergaben uns der Polizei. Die Polizisten waren ziemlich nett, zumindest empfand ich das damals so, und fragten uns, ob unsere Eltern denn wüssten, dass wir alleine Straßenbahn fuhren. Wir verneinten.

Also brachten sie uns im Streifenwagen nach Hause, den Schelm zuerst. Nie werde ich das Gesicht seiner Mutter vergessen, als die Herren in Grün mit ihrem Martin vor der Tür standen. Sie ließ den Besen fallen und krallte sich im Kragen von Schelms Jacke fest. Wortlos fiel die Tür ins Schloss, was die Polizisten ebenso verwunderte wie mich. Der Schelm bekam daraufhin eine Woche Hausarrest und die Auflage, sich von mir fernzuhalten.

Meine Eltern gaben sich auch ziemlich geschockt, als die Polizisten mich ablieferten. Aber irgendwie schien mein Vater stolz auf mich. Von nun an war klar, dass der kleine Schmall alleine Straßenbahn fährt.

Als wir vor »Comics Only« ankommen, stehen Brownsens Slacker-Kumpels vor der Türe und rauchen ihre selbst gedrehten Zigaretten. Wie ich diese bleichen Kerle verabscheue. Gerade unterhalten sie sich darüber, wie überschätzt Image Comics doch seien, vor allem Youngblood, mit dem 08/15-Heldenaufguss Shaft, Vogue, Badrock und Chapel. Ich würde zu gerne wissen, woher Nerds immer diese eigentümliche Überheblichkeit nehmen, die stets ihre knorpeligen Schultern umweht wie der Superman-Umhang.

Was so schlimm an Youngblood ist, frage ich Brownsen, während seine Finger durch die Comicbestände in dem muffigen Keller wühlen. Ab und an zieht er eines der in Plastiktüten verschweißten Heftchen raus, schaut es prüfend an, murmelt etwas Kryptisches und legt es beiseite.

»Der Zeichner von Youngblood kann keine Füße zeichnen«, nuschelt Brownsen irgendwann, »er versteckt die Füße immer im Nebel oder hinter irgendwelchen Topfpflanzen.«

»Und?«, frage ich.

»Und? Was ist das denn für eine dämliche Frage? Das ist total lame.«

Ich verstehe zwar nicht, was daran so schlimm sein soll, beschließe, mir die Star-Wars-Sachen anzuschauen. Eigentlich nur aus Langeweile, denn bei den Neuauflagen der alten Klassiker hat der geldgeile George Lucas alles falsch gemacht, was falsch zu machen ist. Luke Skywalker sieht aus wie ein Bodybuilder, wie Hubi oder He-Man, jedenfalls erbärmlich. George Lucas gehört nach Despayre verbannt, auf den sumpfigen Gefängnisplaneten am äußeren Rand der Galaxie.

Einer der lichtscheuen Slacker kommt näher und wagt es, mich anzusprechen: »Sammelst du auch?«.

»Kommt drauf an«, antworte ich. Der Kerl sieht aus, als hätte er mehr Pickel als Haut im Gesicht, wie eine Schildkröte ohne Panzer, außerdem ist seine Brille dicker als das Panzerglas von Helmut Kohls Kanzlerlimousine.

»Vielleicht habe ich was, das dich interessiert«, nuschelt er und nestelt verlegen an seiner Casio-Taschenrechner-Uhr rum, die um sein dürres Handgelenk schlackert.

»Ach ja?«

»Ja.«

»Und was soll das sein?«, frage ich und verdamme Brownsen innerlich dafür, dass er mich immer zwingt, in diesen Freak-Keller mitzukommen.

»Hast du schon mal von Vlix gehört?«

»Kann schon sein«, antworte ich und versuche, gelassen zu klingen. Vlix ist der Unaussprechliche, eine Figur, die eigentlich gar nicht existiert, zumindest nicht bei uns oder in Amerika. Vlix gab es, so will es die Legende, ausschließlich in Brasilien, weswegen die Figur äußerst selten ist. Lose kostet dieser untersetzte, blaue Gnom mit Glatze und dicker Wampe locker 10 000 Mark, originalverpackt auf Karte existiert er so gut wie gar nicht.

»Interessierst du dich für Vlix oder nicht?« Der Slacker lässt nicht locker. Er legt seine knöchrigen Finger auf meine Schulter.

Ich fröstle und trete einen Schritt zurück. »Wer interessiert sich nicht für einen Gnom, der aussieht wie Helmut Kohl?«

»Ich könnte dir einen besorgen.«

»Und was willst du dafür?«

»Ich möchte, dass du mit mir ins Kino gehst. Jeden Sonntag. Ein Jahr lang. Dann schenke ich dir die Figur.«

Wortlos drehe ich mich weg und verlasse den Laden.

Zurück in die Sonne.

Raus aus der Finsternis.

Brownsen spendiert mir eine Cheggburger beim »Udo Snack« in der Calwer Straße als Entschädigung, Eddie Vedder singt: *Is something wrong, she said – well of course there is.*

Ich bin immer noch sprachlos.

20.

Abends auf der Hirschstraße reden Wolle und ich zum ersten Mal seit Monaten Tacheles. Er habe seit Wochen nicht mehr mit Anna gesprochen, nicht einmal an sie gedacht, behauptet er, das Thema sei für ihn abgehakt. Dennoch kann er mir nicht in die Augen schauen, während er so daherredet.

Gestern Abend erzählte mir Anna, dass der Schädler und sie einen Lambada-Kurs besuchen. Einen Lambada-Kurs – das muss man sich mal reinziehen! Überhaupt sei er geradezu handzahm, erzählte sie, er habe seit Wochen niemandem den Kiefer gebrochen.

Während wir also dasitzen und versuchen, ein Gespräch zu simulieren, biegt der Schelm auf seinem Mountainbike in die Hirschstraße ein, wie immer auf dem Hinterrad. Sein gegenwärtiger Rekord im Wheeliefahren liegt bei zwei Kilometern, der Kerl verfügt über eine bessere Feinmotorik als eine Familienpackung schwuler Eiskunstläufer.

Wolle kennt den Schelm nicht, weswegen ich die beiden einander vorstelle.

»Schelm, das ist Wolle.«

Wolle nickt.

»Wolle, das ist Martin, Martin Moser.«

Bevor ich zu skaten begann, spielte der Schelm in meinem Leben eine bedeutende Nebenrolle: Er war es, der mit mir in der Straßenbahn erwischt wurde, der unseren persönlichen Krieg mit den Grünen ausrief, nachdem die Staatsgewalt sein Zimmer nach Raubkopien von Amiga-Spielen durchwühlt hatte. Er ist die Blaupause des schwäbischen Schlitzohrs, ein Hochstapler, wie er im Handbuch für Schelme beschrieben steht.

Nachdem der Schelm den halben Lehrkörper des »Filder-KZ« mit selbst gebauten Stinkbomben und explodierenden

Fernbedienungen gegen sich aufgebracht hatte, zwangen ihn die Oberen, auf ein Gymnasium in Stuttgart zu wechseln. Der Geier und seine Kollegen dachten wohl, das sei das Ende des Schelms.

Weit gefehlt. Während die neue Schulleitung argwöhnisch den als notorisch verschrienen Schüler beäugte, machte der Moser zweimal hintereinander den ersten Platz bei »Jugend forscht«. Der Bundesminister für Bildung lud den Schelm nach Berlin ein, was selbst die letzten Zweifler verstummen ließ.

Das Potenzial des Jungen, der aussieht wie Karlsson vom Dach, pausbäckig, leicht untersetzt und mit Beatles-Haarschnitt, schien grenzenlos. In seiner Freizeit konstruierte der Schelm Raketen, Böller, Triebwerke und Bomben, deren Schlagkraft so gewaltig war, dass er eines Tages ein mittelgroßes Schaltwerk der Deutschen Bundesbahn in Schutt und Asche legte. Aber als der Schelm seine Fähigkeiten als Sprengmeister auf ein ernst zu nehmendes Level gebracht hatte, langweilte ihn Dynamit, also widmete er sich neuen Herausforderungen.

Dass wir uns anfreundeten, lag einzig und alleine daran, dass der Schelm Mitleid mit mir empfand. Ja, Mitleid! Anfangs, weil ich nicht einmal den Reifen meines BMX selber flicken konnte, später, weil ich keinen Computer, keinen Fernseher, sprich: keinen Zugang ins Jetzt besaß.

Wenn ich es mir recht überlege, war es der Schelm, der mich durch die Grundausbildung des Zockens schleifte. Zwar hatte ich schon als Erstklässler auf Campingplätzen mein Taschengeld in Donkey Kong-Automaten gesteckt und stundenlang während langweiliger Familienfeiern den schwarzroten Competition Pro meines Cousins bearbeitet, aber mein Coming-Out als Hardcore-Gamer verdanke ich dem Schelm. Eigentlich auch meine Aufklärung: Als ich elf war, führte er mich in die verruchte Welt von *Leisure Suit Larry* ein. Seither weiß ich, wie Prostitution funktioniert, obwohl man den eigentlichen Akt bei Larry nie zu sehen bekam, alles war hinter dicken schwarzen Pixelbalken versteckt. Aber immerhin wackelten die rhythmisch wie Pobacken auf und ab.

Meine Drill-Sergeants in Sachen Videospielen waren die *Giana Sisters,* wir spielten *Maniac Mansion, Turrican, Swift* und natürlich der All-Time-Classic *The Teacher Game*, ein Spiel, dessen einziger Sinn darin bestand, den Lehrer auf dem Weg zur Schule abzufangen und mit einem Panzer zu beschießen. Überrollen kostet extra: fünfzig virtuelle Mark.

Da weder der Schelm noch ich über genug Taschengeld verfügten, um Originalspiele zu kaufen, betrieben wir Raubkopieren wie einen Leistungssport. Anfangs tauschten wir die Spiele beim »Schreiber«, einem Computerladen am Rotebühlplatz. Dort traf sich die lokale Hackerszene. Als *F/A-18 Interceptor* ins Regal geräumt wurde, wartete der Schelm nicht einmal, bis es eine gecrackte Version gab, nein, er ging zum Regal, öffnete die Schachtel, holte die Disc raus und kopierte sie einfach. *Interceptor* war sein Spiel. Nachdem der Schelm alle sechs unfassbar schweren Missionen gelöst hatte, beschloss er, die Herausforderung zu steigern: Er zerlegte seine Tastatur, lötete an die Tasten, die für das Spiel relevant waren, Kabel und schloss sie mit seiner Fernsteuerung von Graupner kurz. So konnte er die F-18 auf dem Monitor wie eines seiner Modellflugzeuge steuern, was nicht nur mich, sondern auch Helmut schwer beeindruckte.

Natürlich interessierte sich der Schelm sehr bald fürs Programmieren, eine Disziplin, die ich ihm gerne überließ. Mich faszinierten lediglich die Möglichkeiten, die uns diese neue Fähigkeit bieten würde. Spiele, die einen Kopierschutz besaßen, knackte der Schelm in wenigen Stunden. Und die begehrte Ware tauschten wir beim Schreiber oder per Post mit anderen Hackern. Bald war der Schelm so gut im Austricksen von Kopierschutzmechanismen, dass ein paar holländische

Hackergruppen auf ihn aufmerksam wurden. Also gründeten wir unsere eigene Crew, nannten uns »Amram Soft« (nicht nach dem Heimkehrer aus der babylonischen Gefangenschaft, sondern nach der Mittelstreckenrakete!) und verlangten fünf Mark pro Disc. Leider langweilte die Hackerei den Schelm schon ein halbes Jahr später. Also verkaufte ich meinen Amiga und stieg auf Super Nintendo um.

Lustigerweise klingelten, zwei Jahre nachdem der Schelm und ich unsere Hackerkarriere an den Nagel gehängt hatten, Ermittler einer »Sondertruppe Softwarediebe« bei den Mosers und wedelten mit einem Blatt Papier vor dem Gesicht von Martins Mutter herum und stürmten dann ins Dachgeschoss, um Beweise für unsere digitalen Schelmereien zu beschlagnahmen. Der Zoll hatte eine unserer handgeschriebenen Listen bei einer Razzia an der Grenze in die Finger bekommen. Außer einem ausgeleierten Competition Pro und einer aufgemotzten Fernsteuerung fanden sie nichts. Zumindest dieses Mal nicht. Es sollte die erste von vielen Hausdurchsuchungen werden.

Ob wir am Samstag schon was vorhaben, fragt der Schelm gerade. Er und ein Kumpel planen ein Riesending, eine Technoparty auf dem Reubenstein, einer Burgruine am Fuße der Schwäbischen Alb. Mit Strobos, Lasern und einem DJ aus dem »P1« in München.

»Ist das ›P1‹ nicht so ein Arschloch-Laden?«, fragt Wolle.

»Auch nicht schlimmer als die Arschlöcher, mit denen wir uns sonst rumärgern«, antwortet der Schelm.

Da mag er recht haben.

Wir versprechen zu kommen.

Muss man von hier fliehen, um kein Zombie zu werden – oder Zombie werden, um wegzukommen?

21.

Die Abendgestaltung verlangt eine gewisse Geheimhaltung. Die Veranstaltung ist illegal, das hat uns der Schelm ausdrücklich mit auf den Weg gegeben. Brownsen und Enni will Wolle nicht mitnehmen, Anna scheidet aus gegebenem Anlass aus, Lizzy ist soziales Sibirien, und wenn Wolle den Namen Michi nur hört, kriegt er Pickel.

Also bleiben nur wir zwei, was zumindest die Transportfrage vereinfacht. Wolle fährt Roller, einen schwarzen TPH 50.

Bevor wir über die Ostfildern Richtung Nürtingen rollen, halten wir noch an der Aral. Zwei Flaschen Wodka gegen die Kälte. Vor der Waschstraße steht der Schädler. Er sieht müde aus. Sein Kompagnon, der Pfohl, spielt gelangweilt mit einem Butterflymesser herum. Aus dem GTI dringen dumpf die Böhsen Onkelz, die singen *Wir ham' noch lange nicht genug.* Ich schon, nur weg hier.

Nach vierzig Minuten parken wir unterhalb des Reubensteins am Rande einer Weide. Rechts trotten ein paar Kühe hinter Stacheldraht, links geht es hundertfünfzig Meter runter, steile Felsen, die den Herrn von Reubenstein vor anderen Raubrittern im Teutschen Fleckenteppichland schützen sollten.

Auf dem Plateau vor der Burgruine, die mir vorkommt wie ein verfaultes Gebiss, tuckern ein paar Generatoren, daneben steht ein Tisch mit einem Mädchen, das acht Mark Eintritt von uns verlangt. Der Schelm hat uns auf die Liste geschrieben, behaupte ich. Sie sucht und sucht. »Ja, einen Schmall, den haben wir hier. Plus eins.« Ich bekomme ein lila Bändchen angelegt. Es schnürt mein Handgelenk ab. Ob es lockerer geht, frage ich. Nein.

Ein paar Punks aus Tübingen, die Wolle kennt, verkaufen Red Bull aus dem Kofferraum eines grünen Peugot 205. Neun

Mark die Dose, fünf für vierzig. Wir bezahlen zwei, bekommen fünf und mischen den Wodka mit dem wundersamen Gummibärchenstierhodensaft. Der erste Schluck schmeckt ekelig. Und geil.

Wolle und ich stoßen an: Hier und jetzt beginnt eine neue Zeitrechnung – wir sind raus aus Echterdingen. Wir umarmen uns umständlich. Dann gehen wir die glitschigen Steinstufen hoch zur Burg. Es wummert und blitzt, blitzt und wummert.

Wir setzen uns an den Rand der Tanzfläche und schauen uns die Karawane der Raver an, wie sie vom Parkplatz zur Burg zieht. Es wird immer voller. Irgendwann läuft der Schelm vorbei, er wirkt geschäftig. Ich folge ihm, hoch auf den eingefallenen Turm, der wie ein Zahnstumpf in den Himmel ragt.

Die Sonne ist untergegangen, im letzten Licht des Tages sieht das Panorama der Schwäbischen Alb aus wie in den Gedichten von Ludwig Uhland. Wolle hat Sahnepatronen an den glatzköpfigen und übellaunigen Türstehern vorbeigeschmuggelt. Als die Aliens uns wieder auf dem hohlen Zahn absetzen, wartet schon der Schelm auf uns. Hinter ihm steht ein Kerl, der mich ziemlich forsch mustert, dafür dass ich ihn nicht kenne. Ein komischer Vogel, denke ich. Er trägt Smoking.

»Euch wollte ich schon ewig vorstellen«, sagt der Schelm und schiebt den Smoking näher an mich heran.

»Morti, meet Schmall, Schmall, meet Morti.«

Wir reichen uns die Hand, so desinteressiert wie möglich.

Wie sich herausstellt, ist der Smoking Schelms Freund Morti, der Mitveranstalter der Party. Morti hat die Gesichtszüge einer Porzellanpuppe, sieht aus, als stamme er aus einem vergangenen Jahrhundert.

»Wieso trägt der Kerl einen Zylinder?«, frage ich, als Morti Richtung DJ davonläuft.

»Als Zeichen des freien Mannes, Morti ist ein echter Lord, Lord Mortimer Cumsworth, um genau zu sein.«

»Verstehe«, sage ich und nicke, »und wo hast du einen Lord aufgegabelt?«

»Mortis Eltern sind nach Stuttgart gezogen, als er zehn war. Wir sitzen in der Schule nebeneinander.«

»Und mit Morti veranstaltest du die Party?«, frage ich.

»Genau«, antwortet der Schelm. Dann zieht er mich weg von der Gruppe. »Morti ist mein Geschäftspartner.«

»Zieht er sich deshalb an wie der Prinz von Schwäbisch-Zamunda?«

»Vergiss Morti, schau lieber mal her«, sagt der Schelm und hält mir drei Hundertmarkscheine hin.

»Und?«

»Nichts und. Fass sie an.«

Ich nehme die Scheine.

»Merkst du was?«

»Nein, was soll ich schon merken? 300 Mark sind 300 Mark. Dreimal hundert.«

»Das sind Blüten, perfekte Blüten.«

»Falschgeld?«, frage ich und reibe über die Scheine. Die Farbe bleibt dran, das Papier fühlt sich gut an, zumindest für mich, der außer an Weihnachten nie Hunderter in der Hand hält. »Woher hast du die?«

»Morti und ich haben einen Kerl aufgetrieben, der einen Farbkopierer besitzt und uns machen lässt. Das Papier besorgt Morti in England.«

»Verstehe.«

»Mehr hast du nicht zu sagen?«

»Nicht wirklich, nein.«

Wir stehen da und schweigen.

»Wenn du willst, kannst du bei uns einsteigen.«

»Und was soll ich machen?«

»Du kannst helfen, die Blüten einzutauschen.«

»Gegen was?«

»Wir kaufen Hasch auf der Keplerstraße.«

»Die Typen sind Abzocker.«

»Aber wir bezahlen mit Blüten und verticken das Dope weiter.«

»Und dann?«

»Haben wir echtes Geld. So langsam kenne ich dich gar nicht.«

Die drei Hunderter fühlen sich auf einmal schwerer an als vorher. Trotzdem bin ich beeindruckt, wie echt sie wirken.

»Scheißplan«, sage ich und gebe dem Schelm die Blüten.

Er steckt sie weg und zuckt mit den Achseln.

Ein Schelm muss tun, was ein Schelm tun muss.

Später in der Nacht kann ich Wolle nirgends finden, auf keinem der Dancefloors, nicht auf dem Turm, nicht auf den Dixie-Klos. Ich laufe den Feldweg entlang der Wiese zurück, der Roller steht noch da, Glück gehabt. Wenigstens ist er nicht ohne mich abgehauen.

Als ich wieder zur Party zurückkomme, mustern mich die Nazi-Türsteher mit einem Blick, den ich sonst nur von Schädlers Schergen kenne. Eigentlich müssten sie Burgsteher heißen, denke ich, als ich die rutschigen Lehmstufen hinaufstochere.

Der DJ aus dem P1 spielt *Adventures Of Dama* von Cyberdelics, die Töne hüpfen durch den Raum, als wären sie aus einer Gummizelle ausgebrochen. Mein Blick flimmert, immer wenn der Bass anschlägt. Und das tut er 140-mal pro Minute. Es ist derart laut, dass meine Kontaktlinsen vom Druck der Boxen ständig nach rechts und links verschoben werden, was mich ganz kirre macht. Der Track ist ein Hirnbohrer. Und dann diese Computerfrauenstimmen, die klingen, als wären sie aus einer Peepshow des Chaos Computer Clubs entlaufen.

Es ist kurz vor fünf, und ich will nur nach Hause. Sofort.

Wolle sitzt alleine auf der Treppe zum Turm und schaut auf die Tanzenden. Er sieht zufrieden aus, denke ich, als ich zu ihm rübergehe, fast glücklich.

»Was geht denn, Alter«, frage ich und lege meine Hand auf seine Schulter. Meine Finger sind taub. Alleine schon der Gedanke an die Rückfahrt auf dem Roller lässt mich frösteln. Meine Zähne fangen an zu klappern.

Hoffentlich will Wolle auch los.

»Ist das nicht unglaublich?«, fragt er.

»Was denn?«, frage ich. »Das Einzige, was unglaublich ist, ist die Kälte. Lass uns abhauen.«

Keine Antwort, keine Reaktion. Wolle sitzt einfach nur da.

Warum kaut Wolle eigentlich so komisch, frage ich mich, als ich mich zu ihm setze. An der Kälte allein liegt das nicht. Seine Zähne mahlen. Er scheint Mühe zu haben, die Kiefer auseinanderzubekommen. Ich merke, wie ich Wolle anstarre. Seine Augen sehen selbst im abgehackten Licht des Stroboskops merkwürdig aus, irgendwie krank. Ich setze mich neben ihn und warte. Wolle sagt etwas, doch die Worte kommen nicht bei mir an. Als würden die Sätze in der Luft zwischen uns hängen bleiben oder an seiner Zunge festkleben. Ich rücke näher ran – und verstehe immer noch nichts.

Ich warte ein paar Lieder ab, schaue einem blonden Mädchen zu, dass sich lachend im Kreis dreht, wieder und wieder, ihre weißen Zähne leuchten lila im Schwarzlicht, dann versuche ich, mich noch einmal mit meinem Nachbarn zu unterhalten.

Wolle starrt nach oben, schaut mich nicht an, sieht an mir vorbei. Er wirkt, als wolle er etwas sagen. Tut er aber nicht. Stattdessen fängt er an, hysterisch zu lachen.

»Unglaublich«, murmelt er.

»Was denn?«

»Nichts.«

»Dann ist ja gut.«

»Schmall?«

»Ja?«

»Schmall?«

»Ja!«

»Schmall?«

»Was ist denn los?«

»Du musst das ausprobieren.«

»Was denn?«

Langsam nervt mich sein Getue.

»Hier«, sagt Wolle und hält mir zwei weiße Tabletten unter die Nase. Auf den Tabletten sind Kleeblätter eingeprägt.

»Und was ist das?«

»Ecstasy.«

»Wo hast du das her?«

»Von einem der Tübinger.«

»Bist du deshalb so komisch?« Ich rücke ein Stück weg von ihm.

Wolles Kiefer sehen nicht aus, als wären sie entspannt und glücklich.

»Plötzlich ergibt alles einen Sinn, irgendwie.«

»Ach ja?«

»Alles fühlt sich richtig an, aber das kann ich dir jetzt nicht erklären. Nimm eine, dann siehst du schon.«

»Lass mal.«

Ich beschließe, den Schelm suchen zu gehen. Die Musik klingt wie ein kaputtes Computerspiel aus Taiwan, ich spüre meine Zehen nicht mehr, Wolle ist auf Pille, und ich komm hier nicht weg. Wenigstens weiß Morti, wo ich den Schelm finde. Vielleicht kann ich ihn überreden, heimzufahren.

Leider hat der Schelm andere Sorgen, ernsthafte geradezu: Vor ihm stehen zwei Polizisten, die wissen wollen, wer den Spuk hier oben veranstaltet. Der Schelm stottert ein bisschen herum, schließlich, als die Beamten drohen, die Anlage zu konfiszieren, erklärt er, er sei der Verantwortliche. Die Polizisten nehmen seine Personalien auf, verabschieden sich und gehen. Einfach so. Sie schalten weder den Strom ab noch das Strobo. Augenscheinlich ist ihnen egal, dass achthundert Leute Eintritt gezahlt haben und wie bekloppt »Accciiiid« schreien, dass die halbe Partygesellschaft Pupillen so groß wie Untertassen hat, die Go-go-Girls blau angelaufen tanzen und der ganze Parkplatz voller Wagen aus Stuttgart, Reutlingen, Winnenden, Tübingen steht, selbst aus Ulm und Karlsruhe, und hier keine zehn Menschen nüchtern sind. Dem Schelm kann das nur recht sein, obwohl er selbst ein wenig belämmert dasteht und nicht wirklich versteht, was eben passiert ist. Ich will trotzdem heim. Der Sonnenaufgang ist mir scheißegal. Genau wie der Heini aus dem P1.

Mittlerweile spüre ich weder Zehen noch Finger, noch Nasenspitze.

Wolle ist das egal, er starrt Richtung Schwäbische Alb, wo es langsam heller wird, und kriegt das Grinsen nicht mehr von den Backen.

Gott sei Dank hat der Schelm wenig später genug. Er nimmt mich mit im Golf seiner Mutter.

Ich taue erst auf, als der Wagen in unserer Einfahrt hält.

»Lass uns morgen telefonieren«, sage ich, als ich aussteige.

Der Schelm bittet mich, die Sache mit den Blüten für mich zu behalten.

Ich nicke und werfe die Wagentür zu.

Es ist kurz nach sieben.

Die alte Garage und die Weide nebendran sehen im Dämmerlicht unheimlich aus. Wie jedes Mal gruselt mich unser Hof. Ich kenne keinen unheimlicheren Ort, nicht einmal eine nächtliche Radtour an die Riesenschanze, die alte Kultstätte der Kelten oberhalb der Spielwiese, jagt mir einen solch tiefen Schauer über den Rücken. Jeder Schatten wird zum Vampir, jedes Rascheln des Windes der Schrei eines Werwolfs. Ich muss an *Twin Peaks* denken und verfluche David Lynch dafür, für Leo Johnson, für Bob, für das Miststück Laura Palmer. Hat eben nur der Wind geraschelt, oder steht tatsächlich jemand im Schatten hinter dem Haselnussbaum?

Es dauert eine Ewigkeit, bis ich den Schlüssel ins Schloss bekomme, ein fieser Schauer friert mir das Rückenmark ein, als würde der T 1000 mit seiner flüssigen Metallklaue meine Wirbelsäule antippen.

Endlich geht die Tür auf, ich bleibe stehen und horche. Der Geruch des Heizöls steigt in meine Nase. Das alte Haus ächzt zur Begrüßung. Die Treppe knarzt. Ich bleibe im ersten Stock stehen, warte, höre auf meinen Atem. Stiller kann es nicht werden.

Als ich endlich in meinem Zimmer angekommen bin, lege ich Nine Inch Nails auf, wie ich es immer tue, wenn ich deprimiert sein will. Der Joint gelingt mir nicht. Ich rauche ihn trotzdem. Der Tag ist noch nicht angebrochen, die Nacht lange vergangen. Zwielicht steht über dem Schönbuch, als wäre die Welt gefroren. Ein Flugzeug fliegt über die Weidacher Höhe, es bewegt sich wie an einem unsichtbaren Faden gezogen. Die Maschine ist nicht mehr als eine Silhouette, ein grauer Schatten vor grauen Wolken. Was für armselige Menschen fliegen um diese Uhrzeit, frage ich mich.

Bevor ich einschlafe, onaniere ich. Mein Schwanz hat sich fast ganz nach innen verkrochen. Es dauert ewig, bis ich ihn überreden kann, mit mir zu spielen.

22.

Wolle sieht ziemlich fertig aus, als ich ihn am nächsten Abend treffe.

Ich erzähle ihm, dass Nina angerufen hat.

»Was wollte die denn?«

»Fragen, wie es mir geht.«

»Das ist doch nett«, sagt Wolle aufmunternd.

»Es klang aber nicht so.«

Wir setzen uns auf die Stufen beim Goldie und rauchen einen Joint. Wolle hat Dope aus Tübingen, blondes Hasch, das so fein ist, dass man nicht einmal eine Flamme braucht, um es zu flocken. Ein Hit.

»Findest du eigentlich, dass Anna gut aussieht?«, fragt er mich, als er die Tüte weitergibt.

»Was ist das für eine Frage?«

»Ich meine richtig gut, nicht nur gut.«

»Keine Ahnung, gut halt.«

»Verstehe.«

»Beschäftigt dich das wirklich?«

»Mir ist heute beim Aufräumen ein Bild von ihr in die Hände gefallen, deshalb.«

»Und?«

»Mir ist etwas aufgefallen.«

Pause.

Ich warte. Wolle scheint vergessen zu haben, dass wir uns gerade unterhalten.

»Willst du nicht verraten, was dir aufgefallen ist?«

»Ach ja.«

Dann: »Das Hasch ist erstklassig.«

»Stimmt.«

Ich frage, ob er mir einen Zehner abtreten kann. Wolle beißt ein Eck ab und gibt es mir.

»Und was ist jetzt mit Anna?«

»Was soll mit der dummen Sau schon sein?«

»Alter, du hast doch damit angefangen.«

»Hab ich nicht.«

»Doch, du meintest, dir sei etwas aufgefallen. Auf dem Foto, das du beim Wichsen in einem verklebten Pornoheft gefunden hast.«

»Was denn?«

»Woher soll ich das wissen?«

Ich trete den Joint mit meinen Half Cabs aus. Wir sollten wirklich weniger kiffen. Gerade als ich Wolle das vorschlagen will, erinnert er sich. Wahrscheinlich ist die Information aus der Kurzzeitgedächtnisruine weitergeschoben worden.

»Irgendwas war da, irgendwas wegen ihres Aussehens.«

»Genau.«

»Du weißt sicher, dass Anna später mal ins Fernsehen will.«

»Ja.«

»Und mir ist aufgefallen, dass sie eigentlich nicht schön genug dafür ist.«

»Wieso das denn?«

»Anna ist schön, aber nur gewöhnlich schön.«

»Das sind die anderen Fernsehfrauen auch nur.«

»Schon, aber mehr als öffentlich-rechtlich geht bei Anna nicht.«

»Das ist schon mal was.«

»Öffentlich-rechtlich und nicht 20.15 Uhr, dafür ist sie zu dämlich.«

Über was sich Wolle so Gedanken macht, denke ich mir. Mehr fällt mir dazu nicht ein.

»Wie hast du eigentlich die Pille verkraftet«, frage ich ihn.

»Ich hab drei neue Pickel.«

Mehr sagt er nicht. Außer, dass er am nächsten Wochenende vorhat, nach Stuttgart ins »Oz« zu gehen. Weiter raven. »Willst du nicht mitkommen, das wird sicher lustig.«

»Ich weiß nicht, eigentlich wollte ich ins ›Maxim‹.«

»Das ›Maxim‹ ist doch so ein Teenie-Laden.«

»Und? Ich bin auch erst sechzehn.«

»Trotzdem.«

»Mein Cousin meinte, da ist es lustig.«

»Weil Schweiß von der Decke tropft und sie drei Stunden Depeche Mode und Alphaville am Stück spielen?«

»Dann gehen wir eben ins ›Müsli‹.«

»Nee, echt nicht. Man geht ins ›Oz‹!«

Langsam nervt mich der Raver-Quatsch.

»Wer ist denn man?«, frage ich.

»Na, wir halt. Du und ich.«

»Hast du noch Pillen, oder warum willst du da unbedingt hin?«

»Eine noch.«

»Pass bloß auf, dass Peter die nicht findet.«

»Der böse Peter«, sagt Wolle und spuckt auf den Boden.

Der Goldie langweilt uns heute, also fahren wir rüber ins »Areal«. Die Funbox dort hat einen neuen Belag, was nicht wirklich was bringt, weil der Belag auf dem Vorplatz des Jugendhauses vernarbter ist als Michis Wangen. Ein Plakat an der Tür kündigt ein Konzert an: die Fantastischen Vier.

Das »Areal« ist ein typisches Achtziger-Jahre-Jugendhaus, mit Café, Disco, Druckerei, Werkstatt, miesen Proberäumen für noch miesere Bands und einer Küche, die so versifft ist, dass sich nicht einmal mehr die Kakerlaken reintrauen. Aber immerhin gibt es im »Areal« einen anständigen Kicker.

Wenn ich Wolle herausfordere, spielen wir das brasilianische Modell: Ich schieß schneller Tore, als er sie hinten reinlässt. Eigentlich eine einfache Gleichung, aber heute geht sie nicht auf. Ein paar Griechen aus Vaihingen haben sich warm gespielt und knallen uns 6:3 und 6:4 vom Tisch. Wir setzen uns in den Vorraum und warten – warten darauf, dass der Minutenzeiger den Stundenzeiger zweimal überholt.

Ich schaue auf, weil irgendein Idiot die Türe offen lässt und eisiger Wind in den Vorraum weht. Der Kerl hat mir gerade noch gefehlt: Es ist der Schädler. Wolle sinkt ein wenig tiefer in das Sofa, als der Schädler sich vor unserem Sofa aufbaut.

»Alles cool bei euch?«, fragt er.

Es kann sich nur um eine rhetorische Frage handeln, denke ich. Andererseits weiß der Schädler nicht, was eine rhetorische Frage ist. Wolle schaut ebenfalls irritiert.

Wir beobachten, wie der Schädler einen der Griechen am Kicker anspricht, einen verschlagenen Typen mit Springerstiefeln, roten Schnürsenkeln und Bomberjacke, von dem ich mal Hasch gekauft habe. Es heißt, er verkaufe alles, selbst seine Schwester, wenn der Preis stimmt.

Die zwei verschwinden auf dem Klo. Wir bleiben auf dem Sofa im Vorraum und warten. Was sollen wir auch sonst tun?

Es dauert gut zehn Minuten, bis sie von der Toilette zurückkommen. Der Grieche geht zurück zu seinen Sharpskins, der Schädler bleibt mitten im Raum stehen, schaut sich nach nichts Bestimmtem um, steckt sich eine Kippe an. Dann setzt er sich zwischen Wolle und mich.

Wir schockgefrieren.

Der Schädler sinkt immer tiefer in die Couch. Die Zigarette verglüht zwischen seinen Fingern, irgendwann fällt sie einfach zu Boden. Wolle wirft mir einen fragenden Blick zu.

»Hey, Schädler, alles okay?«

Keine Antwort.

Ich merke, wie dem Schädler immer wieder die Augen zufallen.

Ich würde zu gerne wissen, was der genommen hat.

Wolle kann nicht aufhören, ihn anzustarren.

»Alter, was glotzt du mich so an?«, knurrt der Schädler ihn auf einmal an.

Anstatt zu antworten, springt Wolle auf und reißt ihn hoch.

»Was, du Wichser?«, schreit Wolle.

»Bist du wahnsinnig?«, schreie ich.

Ich versuche, Wolle wegzuziehen, bevor der Schädler kapiert, was eigentlich los ist.

Wolle weicht nicht zurück. »Für wen hältst du dich, du Gehirnspast?«

Der Schädler hängt schlaff wie eine Puppe. Seine Lider sind halb geschlossen, das Gesicht ausdruckslos, gleichgültig.

»Wir haben eine Rechnung offen!«, brüllt Wolle. »Oder hast du schon vergessen, wie du mir im Gesicht rumgesprungen bist?«

Nicht einmal ein Zucken.

Der Schädler hängt viel mehr in Wolles Armen, als dass er stehen würde. Wolle lässt ihn fallen, der Stettener sinkt zurück auf die Couch. 90 Prozent Droge, 10 Prozent Schädler.

Wolles Gesicht ist verzerrt vor Wut.

Aus dem Augenwinkel sehe ich, wie der kleine Griechenskin angeschlurft kommt. Viel fitter als der Schädler wirkt er nicht. Er legt seine Hand auf Wolles Unterarm. »Komm, lass den Björn in Ruhe. Alter, echt, der hat was gezogen, lass den mal, der will keinen Stress.«

»Dieses Arschloch bumst meine Frau.« Wolles Stimme überschlägt sich, die Ader, die über seine Stirn läuft, sieht aus, als würde sie gleich unter der dünnen Haut hervorplatzen. Er schubst den Griechen weg und schnappt sich sein Skateboard, das er nun an Hinterachse und Tail wie einen Baseballschläger hält, schlagbereit.

»Verpiss dich, bevor ich dich noch kleiner mach, als du eh schon bist«, schreit er den Griechen an und baut sich mit dem Skateboard im Anschlag vor ihm auf.

»Komm schon«, winselt der, »echt jetzt.«

»Was habt ihr überhaupt gezogen?«, fragt Wolle und stößt den Griechen mit dem Brett vor die Brust. Der Grieche dreht sich weg und verschwindet aufs Klo.

Der Schädler bekommt von all dem nichts mit, Wolle stößt ihn mit der Spitze des Brettes in die Rippen. Keine Regung.

Ich ziehe Wolle weg. »Bist du eigentlich total bescheuert?«, schreie ich. »Egal, irgendwann kommt er wieder zu sich und zerreißt dich!«

»Nicht, wenn ich ihm vorher beide Arme breche.« Wolle holt aus und rammt dem Schädler das Brett wie einen Spaten in die Eier.

Ein Stöhnen, kein Schrei.

Der Oberkörper kippt nach vorne, ein letzter Reflex, der Stettener klappt zusammen wie ein Schweizer Taschenmesser, schließlich fällt er vom Sofa auf den Boden und bleibt liegen. Liegt einfach so da, gekrümmt wie ein Wurm, in seiner dunkelblauen Chevignonjacke, an den Füßen die blau-weißen Adidas Torsion.

Ich stehe nur da.

Autotüren, die zugeschlagen werden, reißen mich aus meiner Starre. Ich gehe zur Tür, um zu schauen, wer kommt. Es sind der Pfohl und die anderen Zinnsoldaten aus Stetten.

»Wolle, verpiss dich! Der Pfohl ist im Anmarsch.«

Wir rennen zum Hinterausgang, glücklicherweise ist die Tür nicht verschlossen. Als Wolle bei der Unterführung angelangt ist, dreht er sich um, macht das Victory-Zeichen und rollt davon.

Ich gehe zurück an den Kicker und hoffe, dass der Schädler so weggeballert ist, dass er nicht seine Rottweiler auf mich hetzt. Doch niemand kommt, keiner sagt etwas. Die Stettener bleiben im Vorraum, der kleine Grieche schleicht vom Klo zum Kicker und fragt, ob wir spielen wollen. Das erste Tor knalle ich mit dem Fünfer direkt nach dem Einwurf rein, nicht gerade fair. Zwei und drei schiebe ich klassisch mit dem Mittelstürmer. Tor Nummer fünf kommt über die kurze Bande, das letzte von hinten, links außen, klemmen, ziehen, Schuss. Bammmm.

6:0

Wir wechseln die Seiten.

Bei den Griechen gehört der falsche Einwurf zur Spielkultur. Ebenso wie ihr Standardtrick: Klemmen in der Mitte, und blind draufhalten. Dreimal gelingt ihm der Trick, ich gewinne 6:3.

Wir geben uns die Hand.

Sein Händedruck ist schwächer als der der Ahne. Was die beiden Spasten wohl gezogen haben?

Was zieht man überhaupt?

Kurz bevor die Fantas auf die Bühne gehen, kommt Brownsen. Ich erzähle ihm, was passiert ist. Er kann es nicht fassen. Schließlich überrede ich Brownsen, beim Griechen einen Kanten zu kaufen. Während er wartet, wie der Kerl das Hasch aus der kleinen Tasche oberhalb der Hosentasche popelt, fragt er ganz beiläufig, was der Schädler vorhin genommen hat.

»Braunes«, antwortet der Grieche.

»Braunes?«, fragt Brownsen.

Gerade als Brownsen und ich diskutieren, ob Braunes Kokain oder Heroin sein könnte, betreten die Fantas die Bühne. Das letzte Mal, als ich die Fantastischen Vier gesehen habe, hießen sie noch Terminal Team und traten in Bernhausen im »Ufo« auf.

Um den Hals von Thomas D hängt eine bescheuerte Plastikuhr, Smudo trägt Schwarz und And.Ypsilon sieht aus wie die Nerds aus der Elektronikabteilung von Elektronik Conrad, wie eines dieser Kellerkinder, bei denen der Schelm früher immer irgendwelche Bauteile für seine Bomben bestellt hat.

Thomas D hat die Kapuze seines Hoodies tief ins Gesicht gezogen und blickt grimmig durch seine dicke Brille beim Rappen. »Straight out of Ditzingen«, ruft Brownsen mir zu. Wir lästern immer über die Fantas, aber eigentlich nur, weil wir uns nicht eingestehen wollen, dass es ziemlich cool ist, dass jemand auf Deutsch rappt. Nach ein paar Stücken bemerke ich, dass ich den Typen kenne, der vor mir steht. Es ist Morti, der Falschgeld-Freund des Schelms. Morti erkennt mich ebenfalls, als ich ihm zunicke, jetzt wo er nicht mehr seine Upper-Class-Rüstung trägt, sieht er eigentlich ziemlich nett aus.

Ich frage ihn, ob er mit einem falschen Hunderter den Eintritt bezahlt hat. Morti schaut erst ein wenig irritiert, dann lächelt er. Wir gehen in den Vorraum und setzen uns auf die Couch.

Morti erzählt, dass sie nach der Aktion auf dem Reubenstein ziemlich Ärger bekommen hätten. Die Polizei sei beim Schelm eingelaufen und habe mitgeteilt, dass eine Anzeige wegen Landfriedensbruchs ansteht. Die Bürger von Neidlingen, so heißt das Kaff unterhalb der Burg, seien außer sich. Was das konkret bedeute, frage ich. Morti weiß es nicht, die Polizisten hätten ihnen geraten, eine Spende an den örtlichen Kindergarten zu machen. Zweihundert Mark für ein neues Schild über dem Eingang hätten sie vorgeschlagen.

»Und?«, frage ich.

»Haben wir sofort überwiesen«, antwortet Morti.

Wir unterhalten uns noch weiter über den Schelm, die Schule, seine englische Herkunft und so. Über die Blüten und die geplanten Haschkäufe verlieren wir kein Wort. Stattdessen erzählt Morti mir von der nächsten Party, die in einem stillgelegten Tunnel bei Calw stattfinden soll. Wir tauschen Telefonnummern aus und gehen wieder rein zu den Fantas. Feiner Kerl, denke ich, als ich zurück zu Brownsen gehe.

Die Fantas sind mittlerweile bei der Zugabe. Thomas D zieht eine Gasknarre und schießt dreimal in die Luft.

»Ein ODS«, raune ich Morti ins Ohr.

Er versteht nicht, was ich meine.

»Ein Original Ditzinger Spast.«

Als letzte Nummer spielen die Fantas *Böse*.

Kommst du mir krumm, hey, biste tot
ich hab 'ne Meise, ich seh ständig rot
die Scheißknarre macht Scheißgetöse
ich bin Thomas – ich bin scheißböse

Auf dem Heimweg frage ich Brownsen, wo Enni steckt.

»Der hat Stress mit Erika.« Was los ist, frage ich. Brownsen druckst rum. Er habe Lizzy schwören müssen, dass er es nicht weitererzählt.

»Komm schon!«

»Ich sage nur Gurken.«

»Gurken?«

»In flagranti erwischt.«

»Du verarschst mich!«

»Kein bisschen.«

»Und wer hat ihn erwischt?«

»Erika kam rein, Enni spritzte gerade ab, den Schwanz in der Gurke.«

»Nein!«

»Doch.«

23.

Ennis Hände zittern, als er sich die erste Zigarette des Tages anzündet. Es ist zwanzig vor acht, und gleich ist Geier-Time. Enni hat das Klausurenheft nicht unterschreiben lassen, was ziemlich verständlich ist, angesichts der Gurken-Krise im Hause Diederich. Ob das der Geier durchgehen lässt, steht auf einem anderen Blatt.

Wir hängen wie vor jeder Stunde an der Balustrade des ersten Stocks rum und beobachten die Treppe, um zu sehen, welcher Lehrer im Anmarsch ist. Normalerweise ist die Geierklasse immer die erste, die ins Klassenzimmer rennt, so verlangt es das ungeschriebene Gesetz des »Filder-KZ«, doch heute ist von der Betonlocke nichts zu sehen. Selbst das Bäuchle, der faulste Biolehrer der westlichen Hemisphäre, steht mittlerweile bei der Parallelklasse im Zimmer, noch immer fehlt der Geier. Irgendetwas stimmt nicht. Die Stunde hat vor fünf Minuten begonnen. Sollte dies der Tag sein, der eine, Tag X, den sich Generationen von geschundenen Geierlingen seit seiner Flucht herbeisehnen? Sind wir etwa die auserwählte Klasse, die furchtlose 11 B, die es erleben darf, Zeuge der ersten Fehlstunde des Geiers zu werden? Wir warten, doch der Geier kommt nicht. Kurz nach acht schicken wir unseren Klassensprecher ins Rektorat. Als er zurückkommt, empfangen wir ihn wie Paulus, als er am Ufer Antiochias anlegte. So breitbeinig habe ich Michi noch nie gesehen. Er schwebt. Er war es, der zuerst die Worte vernahm: »Herr Geier ist krank. Leider konnten wir so kurzfristig keine Vertretung finden. Sorgen Sie bitte dafür, dass niemand das Klassenzimmer verlässt, und alle sich ruhig verhalten.«

Ruhig verhalten? Nichts lieber als das. Wir gehen zum Getränkemarkt. Die erste Halbe trinken wir auf dem Rückweg, die zweite in der großen Pause, die dritte im Klassenzimmer.

Nach der zweiten großen Pause ziehen wir rüber zu den Diederichs. Als Lizzy aus der Schule kommt, liegt Enni bereits auf dem Sofa, acht Bier vor zwei Uhr sind selbst für ihn zu viel.

Lizzy lässt es sich nicht nehmen, uns die Gurke zu zeigen, die Erika als Beweismittel in ihrem Schrank versteckt hält. Was für eine kranke Familie, denke ich nur und schalte auf MTV. Sade singt, dann doch lieber Michi zuhören. Seit Kurzem ist unser Trottel ganz besessen vom Mittelalter. Keine Ahnung, warum. Vielleicht weil es da allen Menschen beschissen ging, jeder nach Schweiß und Scheiße stank und niemand ein eigenes Zimmer hatte, nicht einmal auf Burg Reubenstein.

Jedenfalls scheint ihm die neue Leidenschaft über die Selbstmordabsichten hinwegzuhelfen, und das ist doch schon mal was. Zudem behauptet Brownsen allen Ernstes, Michi hätte einen Plan B, laut Brownsen züchtet Michi seit ein paar Wochen Karnivoren. Was Karnivoren genau sind, musste ich nachschlagen. Fleischfressende Pflanzen. Michis Plan ist gar nicht so dämlich: Vielleicht fressen die Karnivoren ja eines Nachts Siggi.

Brownsen kennt die Karnivoren-Story schon und sieht sich nach neuen Unterhaltungsmöglichkeiten um. Lizzy blockiert die Stereoanlage, Bundesliga-Manager ist öde, und bei Ennis Nintendo-Joypad ist der Sprungknopf kaputt, ohne den »Super Mario« wenig Sinn macht. Also geht Brownsen ins Badezimmer und holt Rasierschaum.

Ein Klassiker.

Brownsen schmiert Schaum in Ennis Hand und kitzelt den Schlafenden am Bart. Der wacht natürlich nicht auf, sondern reibt sich den Schaum ins Gesicht. Lustig, sehr lustig.

Aber Enni wäre nicht Enni, wenn er später, nachdem er irgendwann schaumbesudelt erwacht, nicht auf Rache sinnen würde. Eigentlich ist sein Plan nicht der schlechteste: Als Brownsen gerade auf der Toilette sitzt, pisst Enni in ein Jägermeister-Fläschchen und legt sie ins Eisfach zu den anderen. Wenig später, als wir einen letzten Toast auf den toten Geier sprechen, holt Enni den Kräuterschnaps.

Brownsen ist zwar nicht immer der hellste Stern am Echterdinger Firmament, trotzdem merkt er sofort, dass der Jägermeister schon einmal offen war. Wie praktisch, dass gerade in diesem Moment Michi vom Balkon zurückkommt und ganz beleidigt schaut, weil er kein Fläschchen abbekommen hat. Brownsen gibt ihm seines, eine einmalig altruistische Handlung, die Michi sofort hätte stutzig werden lassen müssen. Tut es aber nicht.

Wir stoßen an.

Gierig kippt Michi das grüne Fläschchen runter.

Als die Geschmacksknospen auf der Zunge eine Warnmeldung rausgeben, ist es schon zu spät.

Nie werde ich Michis entsetzten Blick vergessen. Er schaut erst Enni an, dann Brownsen, dann mich. Dann kommt der Strahl, die grüngraue Kotzfontäne.

Meine Herrschaften, Weihnachten kann kommen.

24.

Jesus hätte sich für diesen Geburtstag geschämt, ich tue es heute noch. Dabei hatte alles so harmlos begonnen: Anke und Eva waren in der Kirche. Zum Essen gibt es wie immer Fisch und außerdem Geschenke, die man sich später selber kauft.

Wofür ich das Geld ausgebe, habe ich schon Wochen zuvor beschlossen: Das neue Matt Hensley wird mich in den nächsten Frühling begleiten, graue Half Cabs von Vans die Füße zieren, und *The Chronic* soll der Soundtrack sein, auch wenn ich das Album auf Kassette habe, das ewige Hin-und-Hergespule nervt mich zu Tode.

So viel zum erbaulichen Teil des Festes.

Um elf macht das »Jackies« auf.

Als wir ankommen, steht eine Batterie »Ghost Rider« vor der Tür. Sie diskutieren lauthals, ob man heute Nacht das Chapter der Bandidos angreifen soll oder nicht. Macht ruhig, denke ich, während ich Anna die Tür aufhalte. Ein paar übel riechende Bastarde weniger. Da wird sich Jesus sicher freuen.

Hubi stellt uns zur Begrüßung eine Flasche Jackie auf den Tisch, er trägt eine Weihnachtsmannmütze und ist total blau. Richtig blau. Hubi spielt David Hasselhoffs *The Night Before Christmas*.

Enni und Lizzy spendieren die nächsten Flaschen. Lizzy erzählt, dass Erika die 50-Mark-Scheine mit 500-Mark-Scheinen verwechselt hatte. Die zweite Flasche trinkt Enni eigentlich alleine. Brownsen und Michi streiten, wer der coolste Superheld ist. Ich versuche mich rauszuhalten, genau genommen gibt es eh nur einen wirklichen Superhelden. Nämlich Superman. Denn im Gegensatz zu all den anderen, Spiderman, Batman, Green Lantern, Ghost Rider, Flash, ist Superman der einzige Superheld, der als Held geboren wurde und nicht durch einen Unfall/Zwischenfall zu einem mutierte. Superman braucht kein Heldenkostüm, sondern eine Verkleidung, um als normale Person durchzugehen. Brownsen will es nicht gelten lassen, weil Superman als Baby vom Planeten Krypton losgeschickt wurde und daher kein Mensch ist.

Kurz nach Mitternacht rauchen Wolle, Enni und ich an der Laderampe des Getränkemarkts auf der Rückseite des »Jackies« einen Joint. Der Weihnachtswolle meint es gut mit uns. Als wir zurück ins »Jackies« laufen, bin ich so verballert, dass ich nicht merke, wie Enni den Jolli mit ins »Jackies« trägt. Wolle und ich flippern, als das Geschrei losgeht.

»Bist du total bescheuert?«, brüllt Hubi hinter mir.

»Alter, Weihnachten«, höre ich Enni antworten, »nur ein Joint.« Dann fängt Enni an zu kichern. Er lacht immer so bescheuert, wenn er stoned ist.

»Du findest das lustig?«, schreit Hubi, seine Stimme donnert.

Als ich mich umdrehe, sehe ich, wie Hubi Enni an der Gurgel packt, ihn aus der speckigen Sitzecke aus rotem Kunstleder hochreißt und gegen die Wand presst. Ennis Sohlen hängen schlacks über dem Boden, trotzdem lässt er den Joint nicht fallen. »Hubi, chill mal«, krächzt er.

»Chill mal? Chillen kannst du zu Hause, du Arschgeige!«, schreit Hubi und lässt Enni zu Boden fallen.

Enni steht auf, tastet den Hals ab und starrt Hubi mit wässrigen Augen an.

»Lass uns weiterspielen, das war's«, sagt Wolle.

Doch anstatt sich zu entschuldigen, rammt Enni sein Knie in Hubis Weichteile, voll in die Zwölf. Vorsorglich sichere ich die gerade angebrochene Jackie-Flasche.

Hubi zuckt zusammen. Sein Gesicht bleibt leer. »Hubi, nicht«, schreit Claudi, die hinter der Bar hervorgekommen ist. Claudi versucht, Hubis rechten Arm festzuhalten. Dafür ist es zu spät. Hubi schiebt Claudi beiseite, packt Enni, der wie versteinert vor ihm steht, wie der Undertaker an der Kehle und trägt ihn am ausgestreckten Arm Richtung Ausgang.

»Hausverbot bis 2020«, ist das Letzte, was ich höre.

Wir brechen das Spiel ab, obwohl ein Freispiel blinkt. Ich greife die Whiskyflasche und meine Jacke. Vor der Tür ist von Enni nichts zu sehen, lediglich rote Tropfen im zertretenen Schnee. Als Wolle und Anna endlich rauskommen, folgen wir der Spur. Sie führt zur Aral.

Die »Ghost Rider« und ein paar Wagen aus Stetten stehen im blauen Kunstlicht als wir an der Tankstelle ankommen. War wohl nichts mit dem Überfall, sage ich zu Anna, die mir gar nicht zuhört, weil sie zwischen den Autos den blauen GTI gesehen hat. »Was finden schöne Mädchen nur an solchen Vollproleten«, frage ich Brownsen.

»Die wollen es auf die harte Tour«, antwortet Brownsen.

Ich frage ihn, was er damit sagen will.

»Anna kapiert erst, was los ist, wenn sie mit einunddreißig aufwacht, der Schädler arbeitslos ist, die Tochter durch die dritte Klasse segelt, Anna den Fernseher vom Sozialamt einschaltet und erkennen muss, dass noch dümmere Weiber es vor die Kamera geschafft haben.«

Im MiniMarkt der Aral herrscht mehr Betrieb als auf der A8, die fünfhundert Meter weiter nördlich vorbeirauscht. Ennis Gesicht sieht angematscht aus, Schnodder und Blut kleben in seinem Bart, um das linke Auge herum brennt ein Weihnachtsveilchen.

Ich frage mich, was Enni kauft, ein eingeschweißtes Magazin. Kann eigentlich nur Porn sein, denke ich. Ist es auch: Die Dating-Spezialausgabe des Weekend, 58 Seiten Kontaktanzeigen für Swingerparties. »Das stecke ich heute Erbsenhirn rein«, brabbelt Enni, die zweite Flasche Jack Daniel's steht halb geleert zu seinen Füßen.

Als Wolle und ich überlegen, heimzugehen, kommt Anna angelaufen. Eben saß sie noch festgefroren wie die Spirit Of Ecstasy auf der Kühlerhaube des GTI und glänzte im Neonlicht.

Ob wir mit ins »Ufo« wollen, fragt sie.

»Besser als Weihnachten an der Aral«, antworte ich. Wolle nickt. Ohne ein weiteres Wort geht er auf den blauen GTI zu, öffnet die Beifahrertür, zieht den Vordersitz vor und lässt sich auf die Rückbank fallen. Mut hat er, der Junge, denke ich, als ich mich neben ihm niederlasse und feststellen muss, dass es hinten keine Anschnallgurte gibt. Dafür eine Bassbox im Kofferraum und eine Querstrebe, die mir in den Rücken sticht. Aus der Box dröhnt *Good Vibrations*, wenigstens sind die Membranen gut drauf.

Gäbe es im Brockhaus eine Definition für provinzielle Großraumdisco am Rande eines Industriegebiets, sie würde unter dem Schlagwort »Ufo« zu finden sein. Das »Ufo« ist der Ballermann am Stadtrand, El Arenal auf den Fildern, ein Dorado der Spargelstecher – falsche Palmen, falsche Brüste, flache Eurodance-Beats, schlechte Mischgetränke. Wenigstens gibt es an Weihnachten den Ufo Special für fünf Mark. Wahrscheinlich werde ich nie herausbekommen und will es eigentlich auch nicht, was in diesem schleimig grünen Cocktail zusammengebraut wird, jedenfalls ist das Teil so giftig, dass selbst die Ghostbusters nach zwei Gläsern den Ecto-1 stehen lassen müssten. Wolle bestellt gleich fünf zur Beruhigung. Drei für uns, zwei für sich. Er stößt sogar mit dem Schädler an, einfach so.

Ich weiß zwar nicht, woher das Wort Prost kommt oder was es bedeutet, Prost ist aber das schönste, das ehrlichste Wort der Welt. Prost ist ein Friedensangebot, ein Aufruf zur Verbrüderung oder zumindest der Anstoß einer gesunden Koexistenz.

Dem Schädler ist das egal. Kein Wort über den Vorfall im »Areal«, keine dicken Eier. Der mieseste Typ der ganzen Gegend ist ein Handschmeichler, ein Abziehbild seiner selbst. Sogar die Hornhaut an den Fäusten wird von Woche zu Woche weniger.

Ich hatte vor ein paar Tagen versucht, Anna auszufragen, was sie von Schädlers Drogenkarriere so mitbekommen hat. Aber Anna wollte nicht darauf eingehen. Entweder schämt sie sich für ihn, oder er dröhnt sich nur zu, wenn sie nicht in seiner Nähe ist, was ich mir eigentlich nicht vorstellen kann. Stattdessen erzählte sie mir, dass Björns Oma gestorben sei, ihm nun das Haus gehöre und sie bei ihm einziehen wolle.

Später in der Nacht, als Anna gerade neue Drinks holen geht, setze ich mich zu Björn, der wie versteinert neben einer der falschen Palmen sitzt und Mühe zu haben scheint, nicht vom Sofa zu rutschen.

Ich frage ihn, wie es so geht.

Er starrt durch mich durch und kratzt sich am Oberam, als habe er Flöhe.

Gerade als ich aufstehen will, nuschelt es leise aus Björn heraus.

»Ich habe Scheiße gebaut.«

Ich setze mich hin.

»Schwör mir, dass du Anna niemals etwas davon erzählst.«

Ich beuge mich zu ihm rüber. »Hattest du Lust auf andere Schenkel?«, frage ich.

»Nein, Mann.«

Ich warte.

Der Schädler setzt aus, kratzt sich. Dann sagt er:

»Eigentlich habe ich gar keinen Bock mehr zu ficken, seit …«

Björn setzt aus, starrt ins Leere.

»… seit wann?«, frage ich, um die Unterredung am Laufen zu halten.

Der Schädler schaut mich an, prüfend, sagt: »Lass mal, Schmall. Bist ein Guter.« Dann versinkt er wieder.

Ich bleib neben ihm sitzen, bis Anna mit den Drinks kommt. Anna versucht, Björn ein Glas in die Hand zu drücken, doch die Hand fällt schlaff herunter, das Glas zu Boden.

Ich finde Wolle an der großen Bar hinter der Tanzfläche, *All That She Wants* bläst direkt aus einer Box in sein Gesicht. Mein Nachbar kann kaum noch sitzen, geschweige denn rauchen, aber es gelingt ihm irgendwie, die Gerdi vollzuquatschen. Wenn die Gerüchte stimmen, hat Gerdi vergangenes Jahr ihre Jungfräulichkeit gleich an zwei Stettener verloren: an den Pfohl von hinten und den Schädler von vorne.

Ich versuche Wolle vor seiner Geilheit zu bewahren.

»Alter, so fertig bist nicht einmal du.«

»Was denn, was hast du denn?«, lallt er, ohne mich anzusehen. »Die Gerdi ist total nett.«

»Nett und ungefähr so ansteckend wie eine gemischte Sauna in Kalkutta.«

»Alter, die Gerdi ist total okay.«

»Ja, ist sie, Wolle, aber nicht für dich.«

Er schaut mich an, dann Gerdi, dann wieder mich.

»Ich dachte, du wärst mein bester Freund.« Wolles Faust knallt auf den Tresen. »Die ist total geil, die Gerdi, die geile Gerdi, die geile«, und stößt, um dem Gesagten Nachdruck zu verleihen, mein Getränk von der Bar. Mir wäre das ziemlich egal, der Barmann findet es indes extrem unangemessen. Aus den Augenwinkeln sehe ich, wie er in ein Funkgerät spricht. Keine dreißig Sekunden später stehen zwei schwarze Anzüge mit Knöpfen in den Ohren hinter uns und fragen, ob alles okay ist.

Wolle bohrt dem Vorderen der beiden den ausgestreckten Zeigefinger in die Brust: »Seid ihr die Kumpels von Bruce Willis, auch so coole Rambos, oder was?«

Ich stelle mich vor ihn und erzähle etwas von Weihnachten und Ufo Spezial und alles okay und so.

»Nichts ist okay«, brüllt Wolle hinter meinem Rücken, »gar nichts ist okay.« Mit einem Satz steht er neben mir. »Das ist echt ein Scheißloch hier, nur Bauern, ich muss schon die Gerdi anmachen.«

Der Kleinere der beiden Türsteher macht einen Schritt auf Wolle zu, was Wolle wenig zu beeindrucken scheint. Er nimmt einen langen Schluck und spuckt anschließend den grünen Schleim auf den Boden. Dann schreit er: »Schaut in den Spiegel, ihr Pfosten, eure Eltern sind Geschwister!«

Wenigstens lassen sie mich noch unsere Jacken holen. Als wir unten im Licht vor der schweren Metalltüre stehen, dreht sich Wolle zur Seite und kotzt in einen großen Standaschenbecher von Dunhill. Der Türsteher lässt die schwere Metalltür ins Schloss fallen.

Hier stehen wir, Gestrandete am Rande der Gesellschaft, genau wie Wolle es sich immer gewünscht hat. Selbst die Chance auf einen miesen Vollrausch können wir nicht nutzen. Natürlich verirrt sich kein Taxi ins Industriegebiet von Bernhausen, also laufen wir nach Hause. Unterwegs singt Wolle:

»Life is short. Break the rules. Forgive and let things go. Kiss slowly. Love truly. Laugh uncontrollably. And never regret anything that made you smile.«

»Scheiße, immer noch Weihnachten«, ist mein erster Gedanke, als ich aufwache. Mein Kopf rumpelt wie eine Salatschleuder. Ich schwänze das Mittagessen, Hirnsuppe und Sauerbraten. Helmut reagiert nicht einmal, als er mich Stunden später die Treppe herunterschlurfen sieht, zieht nur die Tür des Wohnzimmers hinter sich ins Schloss. Ich weiß, ich sollte mich schlecht fühlen. Aber mein schlechtes Gewissen verpufft. Nach ein paar Zügen lege ich den Joint weg und krieche wieder in mein Bett.

Nach dem Abendessen, zu dem sich die ganze Familie, sämtliche Onkel, Tanten, Cousins und Cousinen, bei der Ahne einfinden, schauen wir wie jedes Jahr den Weihnachtsfilm. Irgendwas Romantisches läuft, ich höre nicht zu, verstehe nichts, will einfach nur ins Bett, will den Halbkreis aber nicht sprengen. Als im Weltspiegel eine Reportage über unterdrückte Christen in China und ein Beitrag über beschnittene Mädchen in Afrika läuft, fühle ich mich ein klein wenig lebendig. Die Welt da draußen ist ein grausamer Ort, selbst an Weihnachten, aber mir geht es besser als vorher.

25.

Zum Glück bin ich weder eine Frau noch ein Jude. So kann wenigstens niemand etwas an meinem Genital abschneiden, denke ich, und beginne den Tag damit zu onanieren.

Heute ist der 5. April 1994. Und der 5. April 1994 sollte ein Tag werden, den keiner aus unserer Generation so schnell vergisst. Der Sänger von Nirvana habe sich erschossen, heißt es in der Raucherecke. Wie feige ist das denn, ist mein erster Gedanke. Der zweite ein Zitat aus einem Interview, das ich irgendwann gelesen hatte. Darin hatte der Sänger erzählt, er habe schon in der Jugend über die Option Freitod nachgedacht, wollte jedoch nicht aus der Welt gehen, ohne zu wissen, wie es ist zu bumsen.

Cobains Tod wird das eine Ereignis sein, das unsere Generation zusammenschweißt, der kleinste gemeinsame Nenner der Kinder der Neunziger, unsere Mondlandung, unser Hiroshima, unser Attentat auf JFK. Nur noch viel schlimmer.

Enni, Lizzy und ich beschließen, im Wohnzimmer der Diederichs zu campieren und nonstop MTV zu schauen. Wir nehmen Michi mit, der wie ein Hund leidet.

Noch heute sehe ich die Bilder manchmal vor mir, die da in Endlosschleife gesendet wurden. Trauernde Kids in Holzfällerhemden, die wie ferngesteuert durch Amerika taumeln, brennende Kerzen vor Cobains Villa, der weiße Volvo in der Einfahrt, VJane Tabitha Soren, die vor laufender Kamera die Tränen nicht halten kann, das Interview mit Lewandowski, dem ersten Polizist am Tatort, einem aufgequollenen Schnauzer in blauer Uniform. Grunge war am Ende. Die selbst auferlegte schlechte Laune echter Trauer gewichen.

Lizzy und ich machen uns ernsthaft Sorgen um Michi. Plötzlich ist Selbstmord etwas Reales, Mögliches, ekelhaft Heroisches. Um Michi abzulenken, bleiben wir einfach vor dem Fernseher sitzen und zwingen ihn, Sahnepatronen zu inhalieren. Lizzy lässt Michi in der Nacht sogar in ihr Bett, ich schlafe auf der Couch in Ennis Zimmer.

Offen gestanden, ist mir die öffentliche Anteilnahme nach den ersten sechzig Minuten ziemlich zuwider: Bei mir überflügelt die schiere Sensationslust die eigentliche Trauer. Stündlich laufen neue Nachrichten über den Ticker. Zuerst der Abschiedsbrief mit den letzten Worten: *It's better to burn out than to fade away*, ein Zitat aus Neil Youngs Song *My My, Hey Hey*, dann der Kaufbeleg der Shotgun (308,37 Dollar), schließlich die Aussage der Ermittler, man habe an der Tatwaffe keine Fingerabdrücke gefunden.

Wie bitte?

Kein Fingerabdruck am Abzug, keiner am Lauf? Ein Polizeisprecher, der offen am Selbstmord Cobains zweifelt? Fans, die Courtney verdächtigen? Zu viel Diazepam im Blut! Die Details lassen mich nicht mehr los, ich bin besessen von ihnen, besessen von der Idee, dass irgendetwas am vermeintlichen Freitod Cobains nicht stimmt, ein Puzzlestück nicht passt. Was war am 5. April wirklich geschehen? Ein Junkie, der den Kick mithilfe von Diazepam noch höher pusht, drückt nur eines ab: eine Spritze. Und ganz bestimmt keinen Abzug mehr, während eine dreifache Dosis, der dreifache Kick durch die Blutbahnen rauscht.

Natürlich verdächtigen wir – wie auch der Rest der Welt – das Miststück Courtney Love. Wenn die Schlampe nicht selber abgedrückt hat, dann ist sie eben indirekt schuld, schließlich wissen wir alle, wie mies diese Töle die Stimme unserer Generation schon vor deren Verstummen behandelt hat. So oder so: Courtney Love ist die Yoko Ono der Neunziger, das ist eh klar.

All das bestärkt natürlich Brownsens Bild der durchtriebenen, unbrauchbaren, rücksichtslosen, hinterhältigen und vor allem verletzenden Frau. Das Maß ist voll, Courtney der alles entscheidende Beweis im Sinne der Anklage. Selbst ich, der ich bisher eine wohlwollende Neugierde fürs andere Geschlecht hegte, muss für einen kurzen Moment ins Klagelied einstimmen. Mann kann, konnte und sollte Frauen nicht trauen! Sie sind nutzlose, irritierende, boshafte Nebenschöpfungen. Adams Eva, Mata Hari, Katharina die Große, Yoko Ono, Courtney Love. Als Love verkündet, sie wolle Cobains Asche in einen Teddybären füllen lassen, bin ich sprachlos. Bis hier und nicht weiter. Vielleicht hat Wolle ja tatsächlich recht, wenn er behauptet: Traue niemandem, der fünf Tage im Monat blutet, ohne zu sterben.

26.

Cobain ist also tot. In der Raucherecke dreht sich alles um die Frage, was wir mit den Konzertkarten anfangen sollen, die wir für das Konzert in Böblingen schon vor Monaten gekauft haben. Meine Karte hängt über dem Schreibtisch an der Schräge.

Ich beschließe, sie zu behalten. Alles andere wäre Verrat.

Alles, was mir von den Helden meiner Jugend bleibt, ist ein angebrochenes Deck von »Gator« und eine nicht abgerissene Eintrittskarte von Nirvana.

Ist es an der Zeit, neue Helden zu finden, überlege ich, als ich heimgehe, oder bin ich dafür schon zu alt? Und wer interessiert sich schon in den Neunzigern für wirkliche Probleme? Irak, Balkan, Aids, whatever. Alles ist Pop, den Rest blenden wir gekonnt aus. Für irgendetwas muss Zapping schließlich gut sein.

Gestern habe ich meinen ersten Nollie Kickflip gestanden, die Beastie Boys schreien *Sabotage*, und die West Coast antwortet *Gin & Juice*, was soll da groß schocken? Eva und Helmut nerven nicht, meine Hosen werden weiter, Kohle hab ich genug, selbst über die Schule kann ich nicht klagen. Die Noten sind egal, total egal, und was ist schon besser als ein Ort, an dem man jeden Tag seine Freunde trifft und abhängen kann? Besser kann es eigentlich nicht werden! Nur Beck fühlt sich noch wie ein *Loser*. Soll er halt. Die Neunziger sind kuschelig, verglichen mit den grellen und grell-aggressiven Achtzigern, der Kalte Krieg ist ein Kapitel im Geschichtsbuch, nie rückte die Welt so nahe zusammen – und das fühlen alle, nicht nur die Spacken auf der Love-Parade. Selbst die Verlierer der letzten fünfzig Jahre leben besser als vorher: In Moskau gibt es jetzt einen McDonald's, und in Schanghai reformiert das freie Spiel der Kräfte die Planwirtschaft. Die Chinesen nennen den undenkbaren Hybriden Staatskapitalismus – und eigentlich klingt das vernünftiger als der westliche Glaube an eine zugekokste Wall Street. Aber was verstehe ich schon davon? Nein, wir brauchen keine Helden mehr. Wir sind selber welche.

Gerade als ich abgespritzt habe, ruft mich meine Mutter über die Sprechanlage. Telefon.

Anna ist dran, sie klingt total fertig. Was los ist, frage ich. Anna bekommt keinen zusammenhängenden Satz heraus. Ich verstehe nur »Dealer«, »Straße«, »Haus« und »Schädler«. Irgendwann fängt sich Anna wieder. Sie sagt: »Irgendein Schwein hat heute Nacht etwas auf die Straße vor das Haus der Schädlers gesprüht.«

»Was denn?«, frage ich.

»Hier wohnt ein Dealer.«

In zwei Meter großen Buchstaben!

Jetzt, wo es raus ist, heult Anna wieder. Björn nehme zwar Drogen, er verkaufe aber keine, stammelt sie.

Ich versuche Anna zu trösten, sie will nichts hören. Jedes weitere Wort wäre Glyzerin. Ich lege irgendwann auf.

Am nächsten Morgen geht das Trauerspiel weiter, ausgerechnet im Geschichtsunterricht. Der von mir eigentlich sehr geschätzte Geschichtslehrer Huber kriegt sich gar nicht mehr ein, wie »brillant« Spielbergs *Schindlers Liste* doch sei, wie gerechtfertigt die sieben Oscars, wie wichtig der Film für unseren Umgang mit der Vergangenheit, »ein Paradigmenwechsel«.

»Ein Paradigmenwechsel wäre es«, maule ich, »etwas über die lebende jüdische Kultur zu erfahren.« Wie ich das meine, fragt Herr Huber.

»An sechs Jahrestagen oder noch mehr nehmen wir durch, wie viele Juden gestorben sind. Jahr für Jahr. Aber was ist mit den Lebenden?«

Das runde Gesicht des Hubers, das an sich schon schweinchenrosa leuchtet, schaltet auf Granatapfel um. Die Adern am Hals treten bedrohlich hervor. Der Huber ist bekannt für seinen schlechten Blutdruck, was kein Wunder ist, bei seiner Statur, untersetzt und uhu, um die hundert Kilo.

Während der Huber noch Luft holt, meldet sich Michi zu Wort. Er sagt: »Und das Schlimme daran ist, dass wir es nicht nur Jahr für Jahr erzählt bekommen, sondern auch noch in jedem Fach. Von Ihnen, im Deutschunterricht, in Reli, in Gemeinschaftskunde, nur in Mathe nicht, aber das liegt wahrscheinlich am Geier.«

»Das ist nicht euer Ernst«, sagt Herr Huber.

»Doch«, antworte ich. »Wenn es *Die Nanny* nicht gäbe, würden wir denken, Chanukka wäre ein japanischer Kampffisch.«

Was uns sonst missfallen würde an seinem Unterricht, fragt Herr Huber.

»Anstatt immer Celans *Todesfuge* zu besprechen, könnten wir doch mal *Magneto*-Comics lesen«, ruft nun Brownsen, »Sie wissen schon, Magneto, der Superheld, der die Eisentore von Auschwitz aus den Angeln reißt, weil seine Eltern im Konzentrationslager ermordet wurden.«

Das sei die dämlichste Idee aller Zeiten, antwortet der Huber nur, kopfschüttelnd, Comics oder Celan, was für ein Irrsinn. Irgendwie haben beide recht, denke ich, kann mir jedoch einen letzten Kommentar nicht verkneifen: »Die Kraft des Banalen gegen das Böse, endlich mal nicht die Bach Oboe gegen den Holocaust.«

»So einen Blödsinn habe ich lange nicht mehr gehört! Jetzt reicht es!«, schallt es mir ohne Vorwarnung entgegen, »wir sehen uns heute Nachmittag um zwei beim Direktor.«

»Aber …«, sage ich.

»Kein Aber!«

Nachdem ich dreimal die Hausordnung, die mit den Sätzen »Die in den Zimmern angeschlagene Alarmordnung ist Bestandteil dieser Hausordnung. Alle im Hause sind verpflichtet, sich mit dieser Alarmordnung vertraut zu machen« endet, in Schönschrift, also lesbar, runtergeschrieben habe, gehe ich zu Brownsen. Ich reagiere mich bei ein paar Stunden *Street Fighter 2* ab, wie immer Blanka gegen Guille, Elektroschock gegen Springerstiefel, anschließend gehen wir ins »Jackies«.

Die »Double Time« ist ohne Enni nur halb so lustig, aber Hubi lässt nicht mit sich reden. Anscheinend war es nicht er, der das Weekend-Heftchen aus dem Briefkasten gezogen hat, sondern Claudi. Und die fand es gar nicht lustig. Zumal Enni es nicht lassen konnte, Claudi die Randnotiz »Es war so schön in Deinen kräftigen Armen« mit auf den Weg zu geben.

Als Brownsen die nächste Runde bestellt, schaue ich gelangweilt durch den Laden. Alles wie immer. Die Südstaatenfahne, der Totenkopf mit dem Zylinder, der schrottige Flipper, der niemals aufhört, um Aufmerksamkeit zu blinken und »Hasta La Vista« zu blechern, die leeren, aufgereihten Whiskyflaschen, kalter Rauch und kalter Schweiß. Eigentlich ist das »Jackies« so abgedriftet wie der Formel-1-Reifen in der

Ecke dort, denke ich, als mein Blick an einem Mädchen hängen bleibt, das ich nicht kenne. Vielleicht auch nicht erkenne, befürchte ich gleich. Wahrscheinlich liegt es an deinen Krüppelaugen, durchfährt es mich, aber was ich da am anderen Ende des Raumes durch die hufeisenförmige Bar hindurch entdeckt habe, gefällt mir. Die blonden Haare, die bis zur Hüfte reichen, echtes Blond, nicht diese schulterlange Dauerwelle mit dem hingeföhnten Pony, wie sie all die anderen Mädchen tragen. Das einfache weiße T-Shirt, das den Gesetzen der Dynamik folgend über der Brust spannt. Sie trägt nicht die stumpfe Regenjacke der Green Bay-Packers. Außerdem hält die Elfe, wenn ich es trotz meiner acht Dioptrien richtig erkenne, eine echte Zigarette in der Hand – nicht diese widerlichen Nelkenzigaretten, die gerade so in Mode sind. Ich bin sprachlos und stehe einfach nur da. Stehe und starre.

»Wer ist denn das?«, frage ich, als Brownsen mich anstößt, weil ich ihm zwei Gläser abnehmen soll.

Bevor Brownsen jedoch antworten kann, muss ich zusehen, wie der einzige Lichtblick dieses miesen Tages zu Michi geht, sich auf die Zehenspitzen stellt und Michi küsst. Auf den Mund! Mir wird schlecht!

»Was zum Teufel«, höre ich mich sagen.

»Das habe ich dir doch erzählt«, antwortet Brownsen.

»Hast du nicht!«

»Logisch, Alter, vor drei Wochen schon.«

Gott im Himmel.

Ich falle, falle, falle.

In meinem Bauch wummert es. Mir wird ganz heiß, erst schlecht, jetzt heiß. Natürlich hatte ich das Gerücht gehört, die Mär, dass Michi ein Mädchen auf dem Frühlingsfest angesprochen hätte. Eine Woche lang haben wir uns in der Raucherecke darüber zerrissen: Fummeln nur, wenn Siggi sich wegdreht. Aber das waren dumme Witze, dumme Sprüche.

Und jetzt das.

So etwas hatte ich nicht erwartet!

Nicht von Michi, nicht von dieser Elfe.

»Sie heißt Natja«, sagt Brownsen, ziemlich trocken.

»Natja!«

»Ja, Natja.«

Brownsen stockt.

»Scheißname für eine Elfe.«

»Alter, wie redest du denn?«, fragt Brownsen und sieht mich ganz komisch an. Er hat recht.

»Nichts, vergiss es«, antworte ich, tonlos, fertig. Ich beschließe, sofort zu gehen. Plötzlich fühle ich Beck, wenn er singt: *I'm a loser, baby, so why don't you kill me.*

27.

Mittwoch, Donnerstag und Freitag bin ich in der Schule besonders grausam zu Michi. In Musik überrede ich Frau Glissmann, ihn vorsingen zu lassen. In Geschichte definiere ich Lumpenproletariat anhand seiner Familie. In der Pause verbanne ich ihn mit Brownsens freudiger Unterstützung ins soziale Sibirien. Sollen ihn seine Karnivoren zum Frühstück verschlingen.

Doch seine Rache fällt hart und grausam aus. Gerade als ich am Samstag im »Müsli« die erste Runde Escorial anzünde, sehe ich sie die Treppe runterkommen, Michi und Natja, Hand in Hand. Michi blickt derart gockelig umher, dass es mir auf den Magen schlägt wie ein Abführmittel. Das »Müsli« ist mein Laden. Punkt. Warum lässt der blonde Türsteher mit dem Hitlerjungen-Haarschnitt nur diesen Spacko rein?

Michi lässt es sich nicht nehmen, seine Beute an unseren Tisch zu führen. Ich tue so desinteressiert wie ein katholischer

Pfarrer bei der Auswahl seiner Ministranten. »Hallo, ich bin die Natja«, sagt sie. Ich nuschele: »Ach ja«, und versuche nicht in ihren Ausschnitt zu starren. Sie sieht heute noch viel besser aus als am Dienstag.

Wir stehen auf der Zwischenebene, wie immer, denn von dort kann man sehen, wer kommt und wer sich unten auf der kleinen quadratischen Tanzfläche zum Pfosten macht. Im »Müsli« tanzt man nicht, das ist die goldene Regel. Die Einzigen, die sich nicht daran halten, sind Menschen aus Landkreisen mit den Autokennzeichen LB, WN, RT, TÜ, CW und BB und natürlich die Rich Kids von der Merz-Schule.

Wie jeden Samstag legt DJ Hille auf, und wie jeden Samstag spielt Hille »an der Rille«, Hits, *Boys Don't Cry, Word Up, Sunday, Bloody Sunday, Smells Like Teen Spirit, Sie ist weg, Living On Video, Paradise City* und *Dr. Alban*. Zwischendurch brüllt er: »Wo sind die Hände«, und bringt danach *All Together Now, Our House* oder *Rhythm Is A Dancer*. Fürchterlich, ich weiß. Aber man geht nicht wegen der Musik ins »Musicland«, sondern schlicht und einfach, weil schon immer alle dort balzen waren. Das »Müsli« ist wie Schullandheim ohne Lehrer, ein Pausenhof der Eitelkeiten, Himmel und Vorhölle in einem. Und alles auf minimalem Raum: Wer es am Hitlerjungen und dem Andre-The-Giant-Sticker am Eingang vorbeischafft, geht vier Stufen hoch, zahlt oben acht Mark und biegt links ab. Dann steht man an der oberen Bar, die über eine kurze Treppe mit dem unteren Teil des »Müslis« verbunden ist. Unten steht links und rechts eine Bar, in der Mitte ist die quadratische, in den Boden eingelassene Tanzfläche, an deren Ende Hille steht. Auf der Empore zwischen den beiden Ebenen steht der Kicker, daneben wir. Mehr ist nicht.

Gerade als ich mich so richtig schön meinem Michi-Hass hingebe, kommt Brownsen mit einer Runde Jägermeister und Wolle mit einer Meldung, die noch bizarrer klingt als die Tatsache, dass Michi gerade mit Natja einen Meter neben mir rumknutscht: Lizzy, unsere Miss Piggy, tanzt unten engumschlungen mit irgendeinem Pfosten mit Baseballmütze Stehblues. »Und der Kerl hat keine sichtbaren Behinderungen«, ruft Wolle mir über Steve Tylers Geheule hinweg zu. Blind kann er nicht sein, zumindest können wir keine drei Punkte auf dem Raiders-Trikot ausmachen. Anscheinend ist heute eine günstige Nacht für Außenseiter. Wir stehen wie gebannt da und sehen zu, wie Mister X die dicke Lizzy bearbeitet. Seine Hände kleben an ihren riesigen Arschbacken. Langsam wird es interessant, zumindest so unterhaltsam, dass ich Michi und Natja für einen Moment unbeobachtet lasse. Als Hille *Basket Case* auflegt, gehen die beiden zur Bar.

»Jungs, darf ich euch Jiggy Vara vorstellen.« Lizzy strahlt, als habe sie eben eine Zwölferpackung Negerküsse verdrückt.

»Wie heißt der Kerl?« Enni zieht mich zur Seite.

»Keine Ahnung, ich glaube, ich hab mich verhört«, antworte ich.

Brownsen fragt nach: »Alter, wie heißt du?«

»Jiggy Vara.«

»Was?«

»Jiggy Vara. Wie Che Guevara, nur mit Soul.«

»Wie bitte?«

Jetzt dreht sich der Kasper rüber zu Lizzy, zeigt auf uns und ruft: »Yo Homegirl, haben deine Homies einem fetten Tinitus, oder wollen die mich dissen?«

Brownsen, Enni, Wolle und ich stehen da wie die Daltons, nur noch dämlicher. Ich krieg meinen Mund gar nicht zu.

Yo. Jiggy Vara. Homegirl. Dissen. Homies.

Wolle kriegt als Erster die Kurve und sagt: »Respekt, Alter, tight.« Dann bestellt er sechs Jägermeister.

Wir stoßen mit Jiggy und dem Homegirl an, trinken und trollen uns. Was soll man da auch sagen.

Später, nachdem Jiggy los ist, weil er die letzte S-Bahn erwischen muss, die er nicht S-Bahn, sondern G-Train nennt, fallen wir über Lizzy her.

»Wer ist der Kerl?«, schreit Brownsen über *Killing the name.*

»Bitte sage, dass du ihm nicht unsere Nummer gegeben hast«, fleht Enni. Er drückt ganz nervös die eben angezündete Magnum aus.

Lizzy verlangt einen Jägermeister, bevor sie über ihren Frosch auspackt. Brownsen spendiert freiwillig einen Doppelten.

Jiggy heiße eigentlich Sacha, erklärt uns Lizzy. Eigentlich sei Sacha ein Einzelhandelskaufmann aus Leonberg, aber nach Feierabend verwandle er sich in Jiggy Vara, das Reimemonster, die Stuttgarter Antwort auf Vanilla Ice. Und ja, natürlich habe sie ihm die Nummer der Diederichs gegeben.

Wir sind sprachlos.

Jiggy, das Reimemonster.

Aus Leonberg.

Jetzt, wo selbst Lizzy einen Deppen gefunden hat, muss doch auch für mich was drin sein, beschließe ich und mache mich auf die Suche nach Natja. Wolle war so nett und hat Michi auf mein Drängen hin den freien Platz im Wagen verweigert, weswegen er ebenfalls auf die letzte S-Bahn Richtung Karnivoren musste. Alleine, wie ich ein paar Minuten später feststelle. Natja steht am Rande der Tanzfläche mit ihrer Freundin, Carina heißt die wohl, und wird gerade von so einem Fred-Perry-Pullunder angequatscht. Sie schaut hilfesuchend umher. Ich greife mir Brownsens Whisky-Cola und merke, dass meine Beine loslaufen. Bevor ich sie stoppen kann, stehe ich zwischen Natja und Fred Perry, lege meine Hand um ihre Taille und höre mich sagen: »Störe ich?«

Natja schaut erst ebenso verdutzt wie ich, erkennt mich aber und sagt: »Nein, gar nicht.« Dann zieht sie mich sogar noch ein wenig enger zu sich, so nahe, dass die Spitzen ihrer Brüste leicht meine Rippen berühren.

»Wie war noch einmal dein Name«, höre ich sie Fred Perry fragen. Dann zeigt sie auf mich, kneift mir in die Seite und stellt mich als ihren Freund vor.

Ich traue meinen Ohren nicht.

Fred Perry anscheinend auch nicht. Er schleicht sich.

Als Perry hinter dem nächsten Pfosten verschwunden ist, löst sich Natja aus meiner Umarmung, lächelt mich an: »Du bist doch der Kumpel von Michi, dieser Little.«

»Schmall«, korrigiere ich sie.

»Aha.« Sie schaut ein wenig skeptisch. Dann: »Danke, dass du mir geholfen hast, diesen Idioten loszuwerden. Das war nett von dir.«

Sie schenkt mir ein Lächeln.

Und geht.

Einfach so.

Brownsen kommt angelaufen. »Alter, du kannst doch nicht ernsthaft die Alte vom Michi angraben.«

»Wieso nicht?«, frage ich.

»Weil Michi ein Freund ist.«

»Ich kann nicht anders.«

Später im Auto, nachdem Wolle und Brownsen zwei Döner von »Fürst Kebab« am Rotebühlplatz verdrückt haben, kommen sie dann doch, die Gewissensbisse: Brownsen hat recht, Michi ist ein Freund.

Trotzdem, denke ich, verdient hat er sie nicht.

28.

In der großen Pause spricht mich Michi an. Er beugt sich dicht zu mir runter, sein Blick ist ernst und kühl, aber nicht fest. »Was soll das, Schmall?«, fragt er.

»Was soll was?«, frage ich zurück.

»Natja wollte wissen, wer du bist.«

»Na und?«

»Das passt mir nicht, du passt mir nicht!«

»Vielleicht solltest du sie mal fragen, warum sie wissen will, wer ich bin.«

»Das ist mir egal«, zischt Michi und sieht jetzt ziemlich grimmig aus. Seine Nasenflügel zittern.

»Gut zu wissen«, antworte ich und drehe mich weg, »dann heul aber nicht, wenn Fred Perry sie mit nach Hause nimmt.«

Ich versuche wegzulaufen, Michi hält mich am Ärmel fest.

»Was heißt denn hier mitnehmen? Was willst du damit sagen, du Wicht. Natja geht nicht mit irgendwelchen Spacken mit.«

»Das freut mich für dich«, antworte ich und befreie mich aus seinem festen Griff. »Ein Spacken zu Hause reicht wahrscheinlich.«

Natürlich lässt Michi sich das nicht bieten. Er plustert sich auf, stößt mir vor die Brust.

»Was ist dein Problem?«

»Der Einzige, der hier ein Problem hat, bist du, Michi.«

»Ja, und zwar dich. Du bist das Problem!«, schreit Michi.

Mittlerweile stehen Wolle und Brownsen bereit. Wolle kann Michi ohnehin nicht ausstehen und schiebt sich zwischen uns. »Schön den Ball flach halten«, sagt er nun zu Michi.

Brownsen versucht, die Situation zu entschärfen, und zieht Michi aus der Raucherecke. Ich höre noch, wie er zu Michi sagt: »Alter, bist du bescheuert, der Schmall wollte dir nur einen Gefallen tun. Du solltest dich bedanken.«

Freitag Mittag gehen wir nach der Schule rüber zu den Diederichs. Lizzy ist genervt von unserem Sit-In im Wohnzimmer, sie will auf den Medizinertest lernen und schlägt vor, wir sollen in Ennis Zimmer gehen, was Enni lakonisch mit: »Nur weil der Fernseher aus ist und du menschliche Stimmen hörst, heißt das noch lange nicht, dass eine Party ist« quittiert.

»Was soll das Geheule wegen diesem bescheuerten Test überhaupt!«, ruft er ihr noch hinterher.

Ich versuche zu schlichten, »Lizzy will halt nicht ihr Leben lang im Assiblock wohnen so wie du.«

»Ich ziehe später hoch ins Penthouse und spucke auf euch runter«, sagt Enni, »dieses Medizinstudium ist doch nur eine faule Ausrede, die Alte will sich nur selber Fett absaugen.«

Da Erika am Wochenende nicht da ist, kommen nach und nach immer mehr Leute bei den Diederichs an. Brownsen hat Sahnepatronen dabei, Wolle Tequila, er sei nur zum Vorglühen hier, später wolle er noch ins »Oz«, erklärt mein alter Skaterkumpel, während er umständlich eine Tüte baut.

»Kommste mit?«, fragt er mich, als er den Joint endlich fertig hat. »Heute legt Commander Tom auf.«

Ich frage ihn, wer Commander Tom ist, was Wolle nur mit einem Bist-du-denn-total-bescheuert-Blick abstraft. Später erzählt er mir, dass er jetzt *Housefrau* auf Viva schaut, eine ziemlich gehirnerweichende Technosendung mit DJ Mate Galic, der lispelnd Platte um Platte auf die Technics legt. Das neue Skatevideo *What If?* von Blind kennt Wolle nicht.

Gerade als Brownsen und ich uns über Wolles neue musikalische Ausrichtung lustig machen wollen, klingelt es an der Türe: Jiggy Vara, das Reimemonster aus Leonberg, hat sich tatsächlich auf die Fildern verlaufen. Lizzy, die bis eben noch schlecht gelaunt in ihrem Zimmer Testbögen auswendig lernte, hat die Jogginghosen gegen einen ziemlich minimalen Minirock und ein riesiges Karozelt eingetauscht. »Meine Missy!«, ruft Jiggy, als er sie sieht. »Fat Booty« und er quetschen sich zwischen uns auf die Couch. Ob er auch mal am Joint ziehen dürfe, gurrt sie.

Die nächste Stunde hält Jiggy uns einen Vortrag über Hos, Bitches, Vatos, Locos, diss und dass. Wolle und ich trauen unseren Ohren nicht.

»Wie oft muss man *Menace 2 Society* sehen, um so bescheuert daherzureden?«, fragt Wolle.

Ich versuche es diplomatischer und frage, ob ihm schon mal aufgefallen sei, dass nicht einmal der Assiblock im entferntesten Getto sei, und dass wir höchstens mal Hasen zu Frauen sagen, aber niemals Hos.

Jiggy schaut mich ganz verwirrt an. Anstatt zu antworten, springt er auf, zieht die schwarze Raiders-Mütze ins Gesicht, fummelt ein wenig an seinem Football-Jersey rum und fängt an zu rappen. Leider kann ich mich nur noch an den Refrain erinnern: »Wenn die Sonne in dein Getto brennt.« Der Rest geht in Ennis Gelächter unter, wie die Sonne in Jiggys Reimen.

Um Jiggy und uns weitere Peinlichkeiten zu ersparen, schaltet Brownsen den Fernseher an. Bei MTV News heißt es, der Running Back O.J. Simpson sei auf der Flucht. Vor laufender Kamera! Wir schalten um auf CNN und sehen einen weißen Bronco irgendeinen Highway entlangrasen, gefolgt von einer Flotte amerikanischer Streifenwagen, gefilmt aus einem Helikopter. Der Abend nimmt doch noch eine gute Wendung, denke ich und rolle den nächsten Joint.

Nach und nach erfahren wir, was vorgefallen ist: Nicole Brown, die Exfrau des Buffalo Bill, und ihr neuer Freund wurden vor Browns Wohnung niedergemetzelt. Man fand die Leichen in riesigen Blutlachen. Und O.J., der Tatverdächtige, sei nun auf der Flucht. Aus dem Running Back ist ein Running Away geworden, witzelt Wolle.

»Der schwarze Mann wird zum Sündenbock gemacht. Mal wieder«, entrüstet sich Jiggy.

»Alter, O.J. Simpson ist nicht Mumia Abu-Jamal«, antworte ich, »wenn er unschuldig wäre, müsste er doch nicht fliehen.«

»Noch dazu live«, fügt Brownsen hinzu.

»Wieso sollte O.J. seine Frau umbringen?«, fragt Jiggy.

»Weil sie einen anderen fickt«, antwortet Wolle.

»Das ist kein Beweis.«

»Aber auch kein Freispruch.«

Ruhe.

»Außerdem hat der Mörder Nicole Brown fast den Kopf abgerissen«, gebe ich zu bedenken, »das klingt für mich eher nach Footballspieler, nicht nach Ballerina.«

»Wir werden ja sehen«, versucht Lizzy zu schlichten.

Recht hat sie. Ich verspreche Wolle, bald mal mit ins »Oz« zu kommen, fülle einen Ballon, beame mich weg und versinke tief in der Couch der Diederichs. Aus dieser Perspektive sieht die Verfolgungsjagd aus wie ein ziemlich cooles Videospiel.

Als ich später gehe, fragt Enni, ob ich ihm kurz bei was helfen könne. Ich frage, was er vorhat, aber er antwortet nicht. Stattdessen geht er zu der Telefonzelle vor dem Haus und zündet zuerst die Magnum zwischen seinen Fingern, dann das Telefonbuch an. Sekunden später schlagen die Flammen. Die Zelle brennt. Ich frage Enni, was die Scheiße soll. »Ich will, dass Jiggy sich hier zu Hause fühlt. Jetzt ist es wirklich Getto hier.«

29.

Als wir in den Talkessel fahren, steigt meine Laune um zwei Grad. Wolle hat den ganzen Nachmittag über genervt, so lange, bis ich schließlich einknickt bin wie Schädlers Cousine.

Auf dem Platz vor dem »Oz« an der Kronprinzenstraße lungern wie jeden Abend die üblichen Verdächtigen rum. Es geht zu wie auf einem psychedelischen Kindergeburtstag.

Wer hat was?

Wer will was?

Wer kann was aufstellen?

Die Dealer versuchen gar nicht, ihr Geschäft irgendwie zu verheimlichen. Wer etwas kaufen will, spricht einfach einen der hohlwangigen Jungs an, die aufgereiht auf dem Brunnenrand sitzen.

Wolle unterhält sich mit einem gedrungenen Typen, dessen Augen nervös flackern. Das Wieselgesicht trägt eine schwarze Windjacke von Nike. Er will vierzig Mark pro Pille, hundert für drei. Während Wolle sein Geschäft abschließt, sehe ich Morti, der irgendetwas Wichtiges mit dem Türsteher bespricht. Ich nicke ihm zu, aber Morti sieht durch mich hindurch.

Als Wolle fertig ist und wir zum Eingang rüberlaufen, ist Morti schon weg. Irgendwie seltsam, denke ich.

Wir gehen vorbei am Türsteher, unter dem weißbärtigen Magier hinweg, der den Eingang des »Oz« bewacht.

Am Eingang bekommen wir schwarze Plastikkarten, Lochkarten, wie mir Wolle auf dem Weg nach unten erklärt. Darauf werden die Getränke abgelocht, bezahlt wird später am Ausgang.

Wir gehen nach hinten zur Bar und bestellen Jägermeister, irgendwann muss der Abend ja losgehen. Während ich auf die

Getränke warte, sehe ich mich um und versuche, etwas in diesem schwarzen Loch zu erkennen, was beinahe unmöglich ist, weil die Wände pechschwarz gestrichen sind und der ziemlich hohe Kellerraum voller Nebel steht, durch den Stroboskopblitze peitschen. Der Keller ist groß, laut und hässlich.

Auf einer Empore im hinteren Eck steht Commander Tom, der wie ein satanistischer Druide sein Handwerk zelebriert. Es pfeift und beept, scheppert und schallert. Langsam legen seine Platten an Tempo zu. Die Gliedmaßen der Tanzenden scheinen wie von selbst zu zucken, als hätten sie ihre Kontrolleinheit an der Garderobe abgegeben. Schweiß fließt literweise, tropft von der Decke, die Menge tobt, schreit, sie wollen es wissen, Commander Tom auch. Er spielt *Silke* von Ilsa Gold, dann *Temple Of Color*, Virus Inc.

Eine halbe Stunde später, Wolle lässt gerade seine Karte für die nächste Runde Jägermeister lochen, gesteht Wolle mir, dass er mir vorhin eine halbe Pille in den Drink gekrümelt hat.

Eigentlich müsste ich sauer sein. Aber ich muss zugeben, dass mir die Musik gerade ganz gut gefällt.

Vor allem der Bass, wie er gerade wieder in den Beat findet.

Gut so, denke ich.

Gut.

Nicht gut.

Nein, geil.

Ich drehe mich um, in Richtung des DJs, der im Eck über seinen Plattentellern kauert.

Ich kann meine Füße nicht halten, sie sind schwerelos.

Ich tanze.

Tanze, befreit, und merke, es fühlt sich richtig an.

Richtig und glücklich.

Vor allem glücklich.

Vor mir steht ein Mädchen, sie sieht schön aus, wie sie da tanzt. Wir schauen uns beim Tanzen zu, tanzen näher aneinander, manchmal streifen sich unsere Hände.

Auf der Box neben uns steht ein Kerl in Tennisklamotten und spielt Luftgitarre.

Alles schwimmt.

Ich schaue mich um, Wolle sitzt an einem der quadratischen Tische, die Augen geschlossen.

Ich frage Wolle, wie es ihm geht.

Er antwortet nicht, sitzt regungslos da, als hätte er sich seit Stunden nicht bewegt.

Trägt er Handschuhe?

Kann nicht sein, denke ich und reibe mir die Augen, Farben explodieren.

Ich halte sie geschlossen.

Dann höre ich Wolles Stimme, sie sagt, er fühle sich wie eine stehen gebliebene Uhr.

»Was?«

»Du hast doch gefragt.«

»Wonach?«

Dann: »Ach so, ja, klar.«

Er: »Wie eine stehen gebliebene Uhr.«

Ich: »Und ist das okay?«

Wolle: »Okay ist okay, nicht okay ist auch okay.«

»Okay.«

Ich lehne mich zurück, schließe die Augen. Und bleibe auch stehen.

Ich will Wolle umarmen, ihm sagen, wie unglaublich alles ist. Wie unfassbar. Wie unfassbar gut diese Droge zur Musik passt, die Musik zur Droge. Und beides zu mir.

Plötzlich lacht Wolle.

Ich auch.

Wir umarmen uns. Ich fühle mich an, als würde ich zerlaufen.

»Uiuiuiui.«

»Ja.«

»Toll.«

»Total.«

Irgendwann geht das Licht an. Die Musik läuft weiter. Ich schaue dem Mädchen von eben nach und hoffe insgeheim, nicht so fertig auszusehen wie sie.

»Wie viel Uhr?«, frage ich Wolle.

»Was?«

»Wie spät?«

»Sechs Uhr.«

»Und jetzt?«, frage ich und spüre eine Angst, die Nacht könne schon vorüber sein. Aber das darf es nicht, noch nicht.

Es summt gerade so schön in meinen Gliedern.

»Wir gehen rüber in den ›King's Club‹ und tanzen weiter.«

»Ach ja?«

»Ja. Tanzen, dumm sein. Komm schon.«

Der »King's Club« ist ein Schwulenladen, klärt mich Wolle auf.

Die Ampel schaltet um, meine Welt wird rot, orange, grün.

Der Türsteher des ›King's Club‹ fragt nach meinem Ausweis, winkt mich aber dann doch durch.

»Der sieht ganz schön jung aus«, höre ich ihn zu seinem Kollegen sagen.

Wir stehen am Rand der Tanzfläche. Irgendwie schüchtern mich all die jungen Männer ein. Alles wirkt noch ekstatischer, noch kompromissloser, aber irgendwie auch verzweifelter als vorher im »Oz«. Der DJ legt Felix auf, *Dont You Want Me?*

Ich warte auf Wolle, der unsere Wasserflasche auf dem Klo nachfüllen wollte. Es scheint, als habe er vergessen, dass ich überhaupt da bin.

Irgendwann tanze ich. Das Mädchen aus dem »Oz« ist da, erkennt mich aber nicht. Als ich in ihre Richtung tanze, remple ich aus Versehen einen älteren Mann an. Er trägt ein kobaltblaues T-Shirt von Adidas. Er lächelt mich an. Irgendwoher kennst du ihn, denke ich. Er spricht mich an.

»Schön, dich zu sehen.«

Jetzt fällt mir ein, woher ich ihn kenne. Es ist Herr Ulrich, ein Religionslehrer unserer Schule.

»Hallo, Herr Ulrich«, stammele ich und hoffe, dass er nichts bemerkt, nicht sieht, dass meine Pupillen so groß wie Frisbees sind und ich morgens um sieben in einem Schwulenclub tanzen muss, weil ich nicht nach Hause kann.

»Wir haben beide Interesse daran, dass niemand erfährt, wo wir uns in aller Herrgottsfrühe rumtreiben«, sagt Ulrich nun. »Du bist sechzehn und solltest im Bett sein – ich bin alt, schwul und überhaupt nicht scharf darauf, dass sich am Montag der ganze Pausenhof darüber das Maul zerreißt.«

Ich nicke zustimmend.

»Dann ist ja gut«, antwortet er und legt mir freundschaftlich die Hand auf die Schulter. Später spendiert er mir einen Wodka Red Bull.

Als wir gehen, erzähle ich Wolle nicht, wen ich vorhin getroffen habe. Das habe ich bis heute niemandem verraten.

Das Sonnenlicht draußen ist grell und greislich, unbarmherzig und hart knallt es mir in die Augen. Wie eine Atomexplosion, als stünde ich in Los Alamos und würde durch einen Schlitz im Bretterverschlag zuschauen, was Robert Oppenheimer und seine Weißkittel in ihren unterirdischen Laboren zusammengeschraubt haben.

Als wir endlich bei Wolle im Zimmer ankommen, schlägt er vor, eine Bong zu bauen. Er nimmt eine leere Colaflasche, bohrt zwei Löcher rein, steckt einen Kugelschreiber ohne Mine durch das eine, dichtet es mit Klebeband ab und füllt das untere Drittel der Flasche mit Wasser. Den Kopf baut er aus der Alufolie einer Milka-Tafel.

Verwirrt sehe ich ihm zu.

Wolle zündet ein Feuerzeug an. Es blubbert. Ich beobachte, wie der milchig graue Rauch sich in der Flasche sammelt und Wolle ihn dann, als er das Kickloch öffnet, tief in seine Lungen saugt.

Dann bin ich an der Reihe. Der Rauch schmeckt kratziger als erwartet, heißer, ich muss husten, als ich ihn ausatme.

Wolle lässt die Rollläden runter und gibt mir eine Decke. Ich schließe die Augen.

Die Musik ist nur noch ein dumpfes Echo.

Schlafen kann ich trotzdem nicht.

Irgendwann steht Wolle auf und geht aus dem Zimmer. Als er zurückkommt, hält er mir eine blaue Pille hin.

»Bist du total verrückt?«, frage ich. »Ich kann eh schon nicht pennen.«

»Das ist Valium.«

»Und was soll das bringen?«

»Es schaltet das Licht aus, wenn du von der Bühne willst, aber nicht kannst.«

Natürlich läuft mir Herr Ulrich direkt am Montag über den Weg. Wir nicken uns zu. Lächelnd, wissend. Das Wochenende hängt mir immer noch schwer in den Knochen, aber ich fühle mich wie ein Entdecker, als hätte ich das Tor zu einer neuen Welt aufgestoßen. Wenn auch zu einer, zu der ich eigentlich nicht gehören will.

Enni, Brownsen und ich schwänzen den Unterricht am Nachmittag, gehen rüber zu den Diederichs und spielen das Biersuppenspiel. Vor jedem steht ein Teller warmes Bier, wir spielen Schnick-Schnack-Schnuck, wer verliert, muss löffeln.

Die Telefonzelle vor dem Assiblock steht noch, ein schwarzes, ausgebranntes Skelett.

Als Enni aufs Klo geht, zeigt mir Brownsen seinen neuesten Fund aus der barocken Wunderkammer der Diederichs. Es ist Ennis neue Freundin, Brownsen hatte sie am Abend von O. Js Verhaftung kennengelernt.

Sie heiße Anna, erklärt mir Brownsen, Anna sei eher schweigsam und höre lieber zu. Ich finde sie ein wenig aufgeblasen, irgendwie künstlich, vor allem blass. Ihre Brüste sind wie bei echten Frauen nicht gegen die Erdanziehung gefeit.

Netterweise hat Enni ihr ein Seidenhöschen angezogen. »Von Lizzy kann das nicht sein«, stellt Brownsen gerade fest, als Enni wieder vom Klo kommt.

Sie ist auch nicht von Erika, ist alles, was Enni zu seiner Verteidigung hervorbringt. Dann zündet er sich eine Magnum an.

Keine weiteren Fragen, Euer Ehren.

30.

In der letzten Schulwoche passiert, was passieren musste: Das Matt-Hensley-Deck bricht beim zweiten Versuch, einen Ollie-One-Four die vier Stufen an der Turnhalle runterzuziehen. Der erste hatte so schön gesessen. Wolle lacht mich aus. Er findet Skaten mittlerweile kindisch und redet nur noch davon, dass er sich zwei Plattenspieler kaufen will und diesen oder jenen Mixer. Er geht jetzt nicht mehr in die »Skatebox«, sondern ins »Delirium«, den Plattenladen bei der »Jeans Halle«. Soll er halt, denke ich verärgert, mich langweilt der Technokrams.

Klar, der Abend im »Oz« war lustiger als erwartet, toll geradezu, aber eben nicht mein Ding. Und die Option, Pillen zu schmeißen, um das Gestampfe erträglich zu machen, finde ich erbärmlich. Lieber bekifft Massive Attack als Commander Tom auf Ecstasy. Obwohl ich noch immer nicht weiß, was aus mir werden soll, weiß ich wenigstens eines: dass ich kein Raver werde.

Als ich heimkomme, herrscht eine merkwürdige Stimmung. Eva bittet mich, in die Küche zu kommen. Was los ist, frage ich, doch Eva schiebt mich in den Raum, schließt die Türe und deutet auf den Stuhl. Ich setze mich. Irgendetwas stimmt hier nicht, denke ich, stimmt ganz und gar nicht. Wortlos legt Eva mir die Bild-Zeitung hin, was doppelt merkwürdig ist, zumal Helmut heute noch stolz erzählt, wie er 1968 gegen Springer demonstriert hat. Jetzt sehe ich es:

**Zwei Gymnasiasten:
Stuttgarts schlimmste Rauschgifthändler**

Darunter die Überschrift:

Ein Lord und sein Butler

Ich lese weiter:

> Zwei Freunde, zwei Schüler, zwei Dealer. Der eine ein echter Lord, 12. Klasse, der andere sein »Butler«, ebenfalls 12. Klasse. Polizisten haben sie festgenommen, die Schüler (beide 18) sitzen im Untersuchungsgefängnis.
> Die schmutzigen Geschäfte flogen auf, als Polizisten einen jordanischen Dealer (28) schnappten. Er verriet, dass er sein Kokain von zwei Schülern gekauft hatte. Die Beamten wollten ihm zuerst nicht glauben …
> … bis Zivilfahnder selbst Drogen bei den Gymnasiasten bestellten. Die Lieferung kam prompt: ein halbes Kilo Kokain und 1000 Ecstasypillen.
> Handschellen klickten.
> In der Vernehmung gestanden die Jungs, dass sie in

sieben Monaten 1,5 Kilo Kokain, ein Kilo Amphetamin und etliche Tausend Pillen verkauft hatten.
Ausgerechnet bei der Party zum 50. Geburtstag (80 Gäste) vom Vater (Manager mit Doktortitel) des »Butlers« standen vier Drogenfahnder vor der Tür.
Übermorgen beginnen die Sommerferien. Der Lord und sein »Butler« aber brummen. In der Untersuchungshaft in Stammheim.

Ich schaue Eva an, sie steht da, wortlos, schaut aus dem Fenster.

»Und was hat das mit mir zu tun?«, frage ich sie und spüre eine leichte Panik aufsteigen. Hatte ich das Hasch irgendwo liegen lassen, womöglich die Blättchen?

»Als du in der Schule warst, rief mich Martins Mutter an, sie ist am Boden zerstört, die arme Frau. Die Polizisten kamen, als Martins Vater Geburtstag feiern wollte.«

»Aber Martin hat doch«, während ich das sage, schalten die Synapsen in meinem Kopf. Nichts aber, natürlich, Morti und der Schelm, der Lord und sein Butler. »Ich hatte keine Ahnung«, stammle ich, mir fällt nichts Besseres ein als: »Martin geht doch gar nicht mehr auf meine Schule.«

»Das hat euch früher auch nicht davon abgehalten, Scheiße zu bauen. Sei bitte einmal ehrlich«, fleht Eva mich an, »hattest du mit der Sache etwas zu tun oder nicht?«

»Natürlich nicht, nein, ich hatte wirklich keine Ahnung, was der Schelm gerade macht. Wirklich nicht.«

»Für Lügen ist es jetzt zu spät. Wir können über alles reden. Ich will nur nicht, dass morgen die Polizei auch bei uns vor der Tür steht.«

»Wird sie nicht«, sage ich und versuche meiner Stimme einen festen Klang zu geben. »Wird sie nicht«, wiederhole ich.

Jetzt setzt sich meine Mutter zu mir an den Tisch, Tränen

laufen ihr übers Gesicht. Ich suche nach einem Taschentuch, finde aber keines, nehme sie stattdessen in den Arm.

»Ist das nicht furchtbar«, presst Eva hervor.

»Ist es«, murmle ich, »ist es.« Die armen Eltern. An Schelm und Morti wage ich gar nicht zu denken.

Eine riesengroße Scheiße.

Nachdem Eva sich ein wenig beruhigt hat, schließe ich mich mit dem Telefon im Wohnzimmer ein. Niemand, den ich erreiche, hat von der Sache gewusst.

Anscheinend waren der Schelm und Morti schlau genug, niemanden aus dem Freundeskreis einzuweihen, geschweige denn uns etwas anzubieten. Aber eben nicht schlau genug, sonst würden sie nicht in der Bild stehen.

Eineinhalb Kilo Kokain.

Speed.

Tausende Ecstasypillen.

Verdeckte Ermittler.

Handschellen.

Untersuchungshaft.

Zellen.

Hofgang.

Stammheim.

Stammheim!

Albtraum!

Definitiv ein mieser Plan, um aus Schwabylon wegzukommen.

31.

Sogar unsere Lehrer wollen über den »Lord und seinen Butler« reden. In der Raucherecke machen Fragen die Runde: Woher kamen die Drogen? Wem haben sie was verkauft? Seit wann lief das Ganze? Hatten sie wirklich geplant, eine Million Mark bis zum Abi auf die Seite zu schaffen? Wo war das Geld? Eine Million Mark, das muss man sich mal vorstellen!

Ich halte den Kopf unten und versuche, mir so wenig wie möglich anmerken zu lassen. Was soll man auch sagen, wenn man aus der Zeitung erfährt, dass einer der besten Freunde seit vorgestern in Stammheim sitzt, wenn plötzlich die Jungs aus der Oberstufe ankommen und rumnerven, weil sie mehr hören wollen vom Stuttgarter Tony Montana?

Gott sei Dank gibt es heute nach der vierten Stunde Zeugnisse, und dann sind erst einmal sechs Wochen Ferien. Ruhe. Ausschlafen. Nichts tun. Nur nicht für Morti und den Schelm, das hatten die Schreibsklaven von Springer leider ziemlich treffend auf den Punkt gebracht.

Mein Adrenalin ist für diese Woche verbraucht, ich fühle mich ruhig gestellt, selbst als die Knitter mit den Zeugnissen ins Klassenzimmer kommt. Erst als sie vor Brownsen steht, erkenne ich den Ernst der Lage: Mein Banknachbar seit der ersten Klasse wird nur versetzt unter der Bedingung, dass er die Schule verlässt. Eine totale Katastrophe.

Dasselbe bieten sie Enni an, doch der entscheidet sich für eine Ehrenrunde. Brownsen will eine Kochlehre machen, erklärt er mir auf dem Heimweg, er habe auch schon eine Lehrstelle, beichtet er mir. Der Laden heiße »Schinderbuckel«, sagt er, klingt übel, denke ich, wie Arbeitslager auf Schwäbisch, doch das behalte ich besser für mich. Vielleicht wäre Enni besser beraten, es Brownsen gleichzutun. Der will davon jedoch nichts wissen. Seit Enni jeden Morgen Bong raucht und nicht mehr nur diese ekelerregenden Magnum, reicht seine Auffassungsgabe von zwölf bis Mittag.

Als ich heimkomme, sickert langsam die Tragweite der Ereignisse durch: Wie um Himmels willen soll ich das nächste Schuljahr bestehen? Neben Michi setzen ist keine Option, Anna langweilt mich mit ihrem Der-Schädler-ist-kein-Junkie-Gequatsche zu Tode, einziger Lichtblick bleibt Ritchie, mein Halbcousin Richard, der nach einem Auslandsjahr in Amerika zu uns in die Klasse kommt.

Ich lege mich auf mein Bett, starre das neue Poster an, das ich an die Schräge über meinem Schreibtisch gehängt habe. Es ist ein Schwarz-Weiß-Foto von Peter Tosh, Mick Jagger und Bob Marley. Jagger sitzt in der Mitte zwischen den beiden Rastafari und sieht dermaßen abgeschossen aus, wie ich es zuletzt an Silvester war. Die beiden Rastas sehen aus wie immer. Nur Peter Tosh grinst ein wenig selbstgefälliger, wahrscheinlich freut er sich diebisch darüber, den kleinen, weißen Engländer mal so richtig platt geraucht zu haben. Bevor ich wegdöse, muss ich wieder an den Schelm denken. Es ergibt alles keinen Sinn. Koks, Speed, Pillen. Und dann dieses Gerücht: eine Million Mark.

Nach dem Abendessen treffe ich Wolle auf unserer Bank am Totenwegle. Die Euphorie von Samstagabend ist verflogen, stattdessen machen sich Wut und Hilflosigkeit breit.

»Wie soll das alles weitergehen?«, frage ich Wolle, der seit Minuten nur auf die Landebahn des Flughafens und die Türme des Heizkraftwerks von Oberesslingen starrt.

Er bleibt mir eine Antwort schuldig.

»Eigentlich hat das Leben noch gar nicht angefangen – und schon ist alles im Arsch.«

Wie ich das meine, fragt nun Wolle.

»Morti und der Schelm sitzen in Stammheim, der Schädler

ist auf Schorre, Enni bleibt sitzen, Brownsen kocht im Schinderbuckel, und wir nehmen irgendwelche Scheißpillen, um uns lebendig zu fühlen.«

»Ja, aber es macht doch auch Spaß.«

»Wir haben zu viel Spaß, zu viele Chancen, zu viel Freiheit«, entgegne ich, »wir haben zu viel von allem und können damit nicht umgehen. Wir glauben immer, dass wir alles anders machen, dass wir niemals Zombies werden, aber wir sind nicht bereit, etwas dafür zu tun. Wir haben alle Chancen, aber wir nutzen keine einzige, sitzen hier, rauchen einen Dübel nach dem nächsten und machen mal wieder gar nichts. Alles ist so kaputt und macht kaputt.«

»Na und?«

»Na und ist alles, was dir einfällt?«, frage ich irritiert.

Später im Bett liege ich wach und kann nicht schlafen. Sind eigentlich alle verrückt geworden? Der Schelm verrottet im Knast, Brownsen geht freiwillig arbeiten, meine geliebte Natja schläft mit Michi, Wolle denkt nur noch an Pillen. Hatte ich den Schuss nicht gehört? Was bedeutet Freundschaft? Der Mangel an Auswahl plus Zeit gleich Freundschaft? Eine Schicksalsgemeinschaft wie nach einem Flugzeugabsturz? Wen würde ich mit dreißig noch einen Freund nennen?

Bevor ich einschlafe, erinnere ich mich an einen Satz meines Vaters: »Wer eine Handvoll Freunde hat, ist ein reicher Mann.« Er selber hatte immer drei, später zwei gute Freunde. Aber Helmut hatte sich auch für ein Zombiedasein in der Vorstadt der steingewordenen Bausparverträge entschieden und war damit gut gefahren. Zumindest scheint es die meiste Zeit so. Doch was soll aus mir werden? Ich liege hier, höre *Dark Side Of The Moon* und schlucke schwer, als David Gilmour *Time* singt:

Kicking around on a piece of ground in your home town
Waiting for someone or something to show you the way

32.

Früher hing Ritchie nicht so oft mit uns rum, was schlichtweg an der Tatsache lag, dass Richard auf einer Mühle im Siebenmühlental aufzuwachsen verdammt war und es dort, mitten im Schönbuch, in fünf Kilometer Umkreis nicht einmal eine Bushaltestelle gibt.

Die jahrelange Isolation hat ein paar gravierende Auswirkungen auf meinen Halbcousin. Beispielsweise ist Ritchie gut in der Schule und glaubt, THC wäre eine Abkürzung für Turnierhockey. Andererseits wohnt in Ritchie ein echter Freak, der nur darauf wartet, auf die Menschheit losgelassen zu werden, der jeden Pakt mit Mephisto eingehen würde. Ritchies Vater hat ein paar Mercedes zu viel auf dem Hof stehen, also fahren wir erst einmal zum Seenachtsfest an den Bodensee. Wer hätte gedacht, dass die Fräuleins auf dem Rathaus Ritchies amerikanischen Führerschein tatsächlich akzeptieren? Ich jedenfalls nicht.

Wie jedes Jahr zeltet die halbe Aral auf einer Wiese oberhalb des Seebads »Hörnle«. Als Ritchie und ich ankommen, stehen die Zelte der Stettener schon. Brownsen, Enni und Wolle sitzen stoned am Lagerfeuer, sie scheint die Anwesenheit der Stettener nicht zu stören.

»So schlimm sind die nicht mehr«, meint Enni.

»Ach ja?«, frage ich und setze mich zu ihm.

»Seit der Schädler und die anderen Deppen immer auf Schorre sind, kann man sie sogar losschicken, um Feuerholz zu sammeln.«

»Und«, sagt Wolle, »der Pfohl hat uns Haschkekse geschenkt.«

So läuft das also, denke ich.

»Die sind echt fett, nimm auch einen.«

Widerwillig greife ich zu, was bleibt mir anderes übrig.

Ritchie lehnt ab. Nach sechzehn Jahren im Wald hat er vom Seenachtsfest ein bisschen mehr erwartet, als auf irgendeiner Wiese am Bodensee abzuhängen. Wiesen gibt es im Siebenmühlental ohne Ende.

»Jungs, in Zürich ist morgen Street Parade«, schlägt er Wolle und mir vor. Da könnte man doch schnell noch hinfahren.

Wolle schaut interessiert. Zu interessiert für meinen Geschmack.

Während die beiden die Fürs und Widers der Street Parade diskutieren, sehe ich einen weißen Corsa, der durch die Wiese genau in unsere Richtung fährt. Der Wagen hält etwa fünfzehn Meter vor uns an, die braunhaarige Frau, die am Steuer sitzt, kenne ich nicht. Dafür das blonde Mädchen, das sich hinten von der Sitzbank schält. Es ist Natja. Natja! Geliebte Natja! Und Michi sitzt meines Wissens zweihundert Kilometer weit entfernt und starrt die Karnivoren an.

Bingo.

Hätte ich nur nicht diesen Haschkeks gegessen. Außerdem läuft schon zum dritten Mal die *Best Of*-Platte der Doors, wenn ich noch einmal *Father, yes, son, I want to kill you/ Mother … I want to … Waaaaa* hören muss, drehe ich durch.

Ich gehe rüber zu Schädlers Golf und würge Jim Morrison ab. Leider ist die Auswahl im CD-Wechsler eher bescheiden: Green Day, The Offspring, *Kuschelrock 6, Bravo Hits XY* und Onkelz. Dann eben Green Day.

Ich versuche mir nichts anmerken zu lassen und setze mich demonstrativ mit dem Rücken zu den Neuankömmlingen. Ritchie hat Wolle fast schon weich gekocht. Mir egal. Sollen sie doch auf die Love-Parade für Alpentonis fahren. Ich bleibe hier. Zuerst das Feuerwerk in Konstanz, dann ein Spaziergang im Mondschein. Vielleicht leiht mir Brownsen ja sein Zelt. Gerade als ich mir alles so richtig schön ausmale, höre ich Enni rumnölen:

»Hey, schaut mal, da drüben ist Michis Schnecke.«

Hatte er wirklich Schnecke gesagt?

Brownsen: »Wenn die da ist, kommt Michi sicher auch bald.«

»Ich hoffe, nicht«, stöhne ich.

Ruhe.

»So war es nicht gemeint«, nuschle ich zu meiner Verteidigung.

Brownsen schaut mich an als hätte ich nicht mehr alle Tassen im Schrank.

Bevor ich mich weiter in die Scheiße reite, höre ich Natja, wie sie Anna begrüßt.

Hat Anna gerade: »Der Schmall ist auch da« gesagt?

Ich spüre, wie ich unruhig werde. Ich muss sofort aufstehen, den Kreislauf hochpeitschen, Cola trinken, Nougat essen, Schokolade essen, Zucker zu mir nehmen, Hauptsache, Zucker. So stoned kann ich unmöglich mit Natja reden. Während ich verzweifelt versuche, ein Snickers in einem Biss runterzuwürgen, sehe ich sie schon in meine Richtung laufen. Zu spät.

Hoffentlich begrüßt sie zuerst Brownsen und Wolle, denke ich noch, da steht sie schon vor mir.

»Na, Hunger?«, fragt sie und lacht, weil ich ein halbes Snickers quer in der Backe stecken habe. Mein Mund ist derart voll mit Snickers, dass ich ernsthaft befürchte, bei der kleinsten Veränderung der Kieferstellung Schokometeoriten in ihre Richtung zu feuern. Ich würge den Rest hastig runter, viel zu hastig, und verschlucke mich erst recht.

»Du musst nicht gleich sterben, nur weil ich dir Hallo sage«, lacht Natja und klopft mir unbeholfen auf den Rücken. Woher stammt eigentlich dieser bescheuerte Volksglaube, dass es hilft, wenn man Menschen, die sich verschluckt haben, auf dem Rücken rumhaut?

Ich huste, huste, huste und merke, dass der Keksflash nur noch schlimmer wird.

»Danke, schon gut«, keuche ich zwischen zwei Hustenanfällen und wende mich ab.

»Ich geh erst einmal das Zelt aufbauen«, sagt Natja und schenkt mir ein Lächeln, »wir sehen uns später, hoffe ich.«

Sie dreht sich um und läuft davon. Ich kann nur bescheuert hinterherwinken. Was bist du nur für ein Horst, Schmall, fluche ich leise und setze mich wieder zu Wolle und Ritchie, die sich vor Lachen kaum einkriegen. Wolle steht auf und holt mir eine Dose LiptonIce, wenigstens etwas. Die nächste Stunde verbringe ich damit, viermal das T-Shirt zu wechseln: das blaue Bones-Brigade-Shirt, die »Screaming Hand« von Santa Cruz, Vision Street Wear oder doch das schwarze Guerrero, das mit dem brennenden Schwert auf der Brust? Was soll ich nur anziehen? Ich komme mir lächerlich vor, wie ich hier so stehe, so muss sich Lizzy fühlen, wenn sie vor dem Spiegel steht. Ich entscheide mich für Bones Brigade, Blau ist meine Glücksfarbe, und gehe rüber zu Natja, die mit ihrer Freundin vor dem Zelt der Mädchen sitzt und Uno spielt. Ob ich ihr helfen könne, das zweite Zelt aufzustellen, fragt Natja, es gebe auch eine Belohnung, sagt sie.

Laut Gebrauchsanweisung dauert es fünfzehn Minuten, das verdammte Iglu aufzubauen. Ich benötige eineinhalb Stunden, schwitze und fluche, Natja amüsiert sich prächtig. Leider habe ich nicht die geringste Ahnung, wo all die Stangen, Planen, Seile und Heringe hingehören. Als das Zelt schließlich steht, bin ich fix und fertig. Wie viel Hasch hat der Pfohl nur in diesen Keks geflockt?

Natjas Freundin, Elena heißt sie, fährt mit den anderen Leinfeldern runter nach Konstanz, um von der Uferpromenade aus das Feuerwerk anzusehen, Wolle, Enni und Brownsen hängen irgendwo am See. Als Natja und ich die Belohnung, eine kleine Flasche Rum, ausgetrunken haben, sind nur noch wir und der Schädler auf der Wiese. Der Häuptling der

Stettener starrt regungslos ins Feuer, zugeballert bis in die Haarspitzen, von Anna keine Spur. Nichts wie weg hier, denke ich, als ich meinen Thrasher-Pulli aus dem Wagen hole. Das Feuerwerk beginnt in wenigen Minuten, also schlage ich vor, einfach näher an den See zu gehen und von dort aus zuzusehen. Natja findet die Idee so gut, dass sie meine Hand nimmt und losrennt. Ich versuche in der Dunkelheit nicht über meine eigenen Füße zu stolpern und folge ihr. Wir klettern über den Zaun des »Hörnle«, schleichen am Häuschen des Nachtwächters vorbei und setzen uns schließlich auf den Badesteg. Natja hat eine Decke dabei, ich Wodka und Apfelsaft. Nach zwei Bechern lehnt sich Natja an mich, ich lege ihr die Decke über die Beine und zerspringe vor Glück. Rede bloß nicht zu viel Quatsch, ermahne ich mich, sei lustig und höflich, so wie es die Ahne immer geraten hat.

Vielleicht sollte ich sie einfach küssen, so wie Nina es damals mit mir gemacht hat, einfach so, denke ich, einfach mal probieren und schauen, was passiert.

»Stimmt was nicht?«, fragt Natja und reißt mich aus meinen Gedanken. Sie sieht so toll aus, wie sie daliegt, wie ein Löwenbaby.

»Nein, ist nichts«, stammle ich.

Küss sie endlich, fährt es mir durch den Kopf.

Doch sie ist schneller.

Und viel zärtlicher als Nina.

Ihre Lippen sind unglaublich weich, sie berühren meine fast gar nicht.

Hätte ich einen Pakt mit Mephisto geschlossen, dieser Moment wäre es wert, fortan mit einem stinkenden Klumpfuß durchs Leben zu schwefeln.

Leider wird mir dieses Glück verwehrt. Natjas Lippen weichen zurück, sie wendet ihr Gesicht von meinem ab.

»Ich muss dir was sagen«, höre ich sie sagen.

»Was?«, frage ich und vergrabe meine Nase in ihren Haaren. Sie riechen nach Sonnenaufgang und frischen Erdbeeren.

»Michi ist auf dem Weg hierher. Wir sind um Mitternacht vor dem McDonald's in Konstanz verabredet.«

Ich spüre einen Stich in der Brust, als hätte Lord Vader mich mit dem Lichtschwert hinterrücks durchbohrt.

Ich schaue weg, weil ich nicht will, dass Natja sieht, wie mir Tränen in die Augen schießen.

»Ich würde doch auch lieber mit dir hierbleiben«, flüstert Natja und nimmt meine Hand.

Ich drücke ihre Hand.

Sie meine.

Dann küsst Natja mich noch einmal, dieses Mal presst sie ihren ganzen Körper gegen meinen.

»Bitte erzähl niemandem von uns, hörst du?«, sagt Natja, als sie meine Hand am Rande des Konstanzer Bahnhofplatzes loslässt. »Gib mir ein wenig Zeit.«

»Mach dir keine Sorgen«, haucht sie zwischen zwei Küssen in mein Ohr. »Ich fand noch nie einen Jungen so toll wie dich.«

Mir fällt mal wieder nichts Passendes ein, also sage ich, dass ich sie auch toll finde.

Dann läuft Natja davon.

Ich bleibe stehen, zünde mir eine Zigarette an und höre auf das warme, flirrende Summen in meinem Körper. Es fühlt sich so wohltuend an. Wie ein zweites Paar Socken zum Wechseln nach einem regnerischen Tag in den Alpen, wie ein Glas Quellwasser nach einer durchfeierten Nacht.

Obwohl ich überhaupt keine Lust habe, Michi über den Weg zu laufen, beschließe ich, auch zu McDonald's zu gehen. Der Keksflash ist in einen ausgewachsenen Haschisch-Heißhunger übergegangen. Während ich einen Cheeseburger runterschlinge, sehe ich Michi vor dem Fenster, wie er versucht,

Natja in den Arm zu nehmen. Sollen ihn doch die Karnivoren fressen. Ich lege die Gurke in die Mitte des Verpackungspapiers und lasse die Gurke an die Decke knallen.

Geh einfach raus und baller ihm eine, der Mongo küsst dein Mädchen, denke ich, als Wolle und Richard durch die Türe stolpern. Wolle ist dermaßen voll, dass Richard ihn stützen muss. Wo ich gesteckt habe, wollen sie wissen. Ich druckse rum, lange genug anscheinend, denn bevor ich antworten kann, legt Richard mir den Arm um die Schultern und schiebt mich durch den Ausgang. »Ganz egal, wir fahren jetzt nach Zürich.«

»Und du kommst mit«, lallt Wolle.

»Alles besser, als hierzubleiben«, antworte ich, bloß weg von hier, weg von Michi.

Meine Laune steigt auf dem Rückweg zur Wiese mit jedem Schritt. Sie findet mich toll, hat sie gesagt. Toller als jeden anderen Jungen. Toll, toll, toll.

Mir fällt es unfassbar schwer, nichts zu erzählen, nicht einfach loszuschreien, es für mich zu behalten, wie toll Natja, ihre Haare, ihre Lippen, die ganze Welt einfach sind.

Als wir bei den Zelten ankommen, sitzt der Schädler immer noch da wie vorher, ein wenig tiefer in sich zusammengesunken vielleicht. Er ruft mich zu sich, fragt, ob ich ihm kurz helfen könne. Warum nicht, denke ich mir. Ich gehe zu ihm rüber, helfe ihm hoch und folge ihm in sein Zelt.

Im Inneren des Zelts sieht es aus wie in einem Raubtierkäfig. Überall liegt Alufolie herum, leere Kippenschachteln, Bierflaschen, Coladosen und etliche Luftballons. Langsam gewöhnen sich meine Augen an die Dunkelheit, schließlich erkenne ich auch, wofür der Schädler die Ballons braucht. Auf der Doppelluftmatratze liegt eine mattgraue, fast einen Meter lange Gasflasche.

»Schon mal FCKW probiert?«, fragt mich der Schädler und hält mir einen Ballon hin.

Um nicht wie ein totaler Spielverderber zu wirken, huste ich das Gas nach dem ersten Zug wieder zurück in den Ballon und inhaliere ein zweites Mal, dieses Mal tiefer, so wie wir das mit den Sahnepatronen auch immer machen.

Ein grober Fehler. Schon beim Ausatmen spüre ich, wie meine Knie weich werden, nachgeben und ich mit dem Gesicht voran auf die Matratze knalle.

Dann wird mir schwarz vor Augen.

Als ich wieder zu mir komme, weiß ich nicht, ob der Flug dreißig Sekunden oder dreißig Minuten gedauert hat. Jedenfalls haut mir der Schädler auf die Schulter.

»Der erste Kick ist immer der beste.«

Dann helfe ich ihm, seinen Ballon startklar zu kriegen, und schaue zu, wie er sich fällen lässt. Es lag also nicht an meinem spärlichen Kampfgewicht, stelle ich erleichtert fest. Wenn Sahnepatronen die Apollo-Mission unter den Inhalierkicks sind, denke ich, als ich den Schädler vor mir liegen sehe, dann ist FCKW der Ritt durch den Hyperraum, ein Gehirnzellenmassaker.

Ob ich noch eine Ladung will, fragt mich Björn, als er wieder zu sich kommt. Ich winke ab, bedanke mich und stolpere aus dem Zelt.

Gott sei Dank sind Ritchie und Wolle schon abfahrbereit, sodass ich mich einfach auf die Rückbank fallen lassen kann.

Fünfzig Kilometer bis Zürich, steht auf einem Schild, das ich irgendwo am Stadtrand von Konstanz erkennen kann. Wir hören abwechselnd Lou Reed und Tupac, doch ich kann den Zeilen nicht folgen, weil ich nur an Natja denken kann.

Life's like a mayonnaise soda
And life's like space without room
And life's like bacon and ice cream
That's what life's like without you

33.

Wolle kann nicht warten, bis Ritchie und ich aufwachen, es ist kurz nach elf, als er schließlich wieder auf den Parkplatz von »Coop« zurückkehrt, auf dem wir die restlichen Stunden der Nacht geschlafen hatten. Meine Zunge klebt selbst nach zwei Dosen Lipton Sparkling am Gaumen, wenn ich schon nicht zu Natja kann, dann würde ich gerne volltanken und heimfahren.

Was hat mich nur geritten, diesen beiden Schwachköpfen nachzugeben?, frage ich mich gerade, als Richard verkündet, dass wir uns, falls wir uns verlieren, spätestens um sechs am Wagen treffen.

Wolles Kieferaktivitäten zufolge war er bereits erfolgreich einkaufen. Während Ritch und ich versuchen, uns mit Espresso hochzupeitschen, kaut Wolle den Bässen entgegen. Ich besorge ihm schließlich einen Kaugummi, weil ich es nicht mitanhören kann, wie seine Zähne aufeinandermahlen.

Eigentlich könnte es ein wunderbarer Tag an der Limmat werden, denke ich, während wir am Quai entlanglaufen. Richard kauft ein paar Dosen Red Bull, er trinkt pur, Wolle und ich verdünnen mit Wodka. Als wir schließlich an der Seestraße am Zürisee ankommen, geht die Parade gerade los.

Stampf, Stampf, Stampf.

Ehe ich vorschlagen kann, kurz dem Körperfasching zuzuschauen, rennt Wolle auch schon los und reiht sich ein in den Karneval der Verpeilten. Die ganzen Bauarbeiterwesten, Plateauschuhe, Vinyl-Tops und Piercings sind selbst für Richard eine Nummer zu hart, weswegen wir uns, nachdem wir aufgegeben haben, auf Wolles Rückkehr zu warten, auf ein Brückengeländer setzen und Wertungen für dumme Frisuren und noch dümmere Tattoos vergeben.

Stampf, Stampf, Stampf.

Irgendwann ist es halb sechs, endlich, wir gehen zurück zum Wagen. Das heißt, Richard geht, ich schwanke. Dieses Teufelszeug aus Österreich rumort in meinem Magen, als hätte ich den Wodka mit Glyzerin verdünnt.

Kurz vor sieben fängt Ritchie an, sich zu beschweren.

Aus einer halben Stunde Nachspielzeit werden ein, zwei, drei, vier Stunden, noch kein Lebenszeichen von Wolle.

»Komm, Richard, wir geben ihm noch zwanzig Minuten.«

»Das hast du vor drei Stunden auch schon gesagt«, antwortet der.

»Wahrscheinlich liegt er total verpeilt auf irgendeiner Alten und weiß nicht mehr, wie er heißt.«

»Kann sein.«

»Vielleicht ist er ja mit jemand anderem mitgefahren.« Hoffentlich, denke ich.

Wir warten bis Mitternacht, wie zwei ausgesetzte Hunde, die vergeblich auf ihr Herrchen hoffen, mittlerweile sind selbst die letzten Kuhfell-Raver aus Reutlingen losgefahren. Wolle kommt nicht mehr.

Als Richard mich um Viertel nach drei in der Hirschstraße absetzt, schaue ich, ob bei Wolle im Zimmer noch Licht brennt. Tut es nicht. Während ich eine letzte Zigarette im Garten rauche, überlege ich, ob das nun ein gutes oder schlechtes Zeichen ist. Egal, denke ich, das wird sich morgen klären.

Doch auch am nächsten Tag höre ich nichts von Wolle. Er könnte ruhig mal anrufen. Noch schöner wäre es, wenn sich Natja melden würde. Am Nachmittag pfeife ich ein paar Mal vor Wolles Fenster, keine Antwort. Langsam mache ich mir Sorgen.

Im Gegensatz zu meinen Freunden langweilen mich die Sommerferien entsetzlich. Zu viel freie Zeit, zu wenig Geduld. Ich sitze am Küchentisch, im Wohnzimmer läuft die neue Henry Rollins, und ich überblättere schon zum zweiten Mal den unfassbar langweiligen Kulturteil der Stuttgarter Zeitung, als es an der Türe klingelt. Kann nur für mich sein. Ich gehe zur Sprechanlage. Eva und Helmut sind seit Donnerstag im Urlaub, Anke betreut für ein Jahr irgendwelche Autisten in Jordanien. Man kann niemand zu seinem Glück zwingen, sagt die Ahne immer. Recht hat sie, die alte Dame. Du könntest eigentlich mal wieder rübergehen und eine Runde Canasta mit ihr spielen, denke ich, als ich den Hörer der Sprechanlage abnehme. Weil niemand etwas sagt, als ich auf den Sprechknopf drücke, gehe ich runter und schaue nach, ob sich der Postbote mal wieder im Garten verlaufen hat.

Hat er nicht.

Stattdessen steht Wolle da, einfach so. Er sieht ziemlich fertig aus, sein Powell-T-Shirt ist am Hals eingerissen, die Vans sehen aus, als wäre er durch eine Kläranlage geschwommen.

Dafür hat er einen guten Teint.

»Und?«, frage ich.

»Du glaubst nicht, was mir passiert ist.«

Wir setzen uns auf die Bank vor unserem Haus. Wolle fragt nach einer Zigarette, seine seien schon seit Sonntag alle.

Ich gebe ihm Feuer und schaue zu, wie er hastig an der Zigarette zieht.

»Also«, fängt er an, »ich war so verpeilt, dass ich meine Uhr nicht mehr lesen konnte. Irgendwann ging es wieder, da war es sieben in der Früh, und ich stand auf der Tanzfläche in der ›Roten Fabrik‹.«

»Wie bist du denn da gelandet?«

»So ein paar Jungs von der Goldküste haben mich mitgenommen, der Verrückteste von ihnen hieß Tenzing, glaube ich zumindest.«

»Ist ja auch egal.«

»Ja.«

»Und dann?«

»Habe ich zwei Stunden den Parkplatz gesucht.«

»Und uns verflucht.«

»Richtig.«

»Wir dich auch.«

»Als ich schließlich den Parkplatz gefunden hatte, stand kein Auto mehr da, also habe ich mich zum Bahnhof durchgefragt, was total sinnlos war, weil ich keinen Pfennig mehr hatte. Also versuchte ich den Schaffner zu überreden, mir eine Karte auf Rechnung zu geben, aber das hätte dieser miese kleine Schweizer nicht einmal für seine eigene Oma gemacht. Keine Chance.«

»Dann bist du per Anhalter gefahren und wurdest von einem serbischen Lastwagenfahrer entjungfert.«

»Habe ich versucht, aber keiner wollte mich bis Stuttgart mitnehmen. In Rottweil war Endstation.«

»Und wie bist du hierhergekommen?«

»Irgendwann hatte ich die Schnauze voll davon, mit diesem dämlichen Pappschild an der Autobahn zu stehen, und da habe ich ein Fahrrad geklaut ...«

»Nie im Leben.«

»Kein Scheiß, Alter. 114 Kilometer mit einem Drei-Gang-Damenrad. Immer die B27 lang. Was Besseres konnte ich auf die Schnelle nicht finden.«

»No way.«

»Klar, Mann. Und weißt du was?«

»Was?«

»Das Drecksrad hatte einen Platten, deshalb musste ich erst einmal eine Luftpumpe zocken.«

»Und Peter?«

»Hat nichts mitbekommen, ich habe ihm erzählt, dass wir länger am Bodensee geblieben sind, und das glaubt er nun.«

Darauf erst einmal einen Joint.

Anschließend schlage ich vor, mit der S-Bahn in die Skatehalle nach Adelberg zu fahren. Ist Wolle zu weit.

»Die ›Funbox‹ in Oberesslingen?«
»Zu viele Poser.«
»Miniramp beim Grüb?«
»Stinkt nach Scheiße.«
Ich gebe auf. Skaten interessiert Wolle nicht mehr.
Wir einigen uns auf eine Runde *Mortal Kombat*.

34.

Nachdem ich eine Woche fast ununterbrochen an Natja gedacht, stündlich onaniert und perfekte Runden in *Mario Kart* gefahren habe, beschließe ich, die freie Zeit zu nutzen. Andere Menschen fahren auch in den Ferien in die Ferien, selbst meine Eltern, also überrede ich Brownsen, Wolle, Richard und Enni, ihr Urlaubsgeld einzufordern, in den goldenen Passat von Brownsens Mutter zu steigen und loszufahren. Kurz steht Rom zur Diskussion, ausgerechnet diese tote Stadt, dann Paris, ebenfalls zu staubig.

Es gibt nur eine Stadt in Europa, die Verlierer wie uns mit aufrechter Liebe an ihre dicken Brüste drückt. Der Damm an der Mündung der Amstel, eine Stadt, die weit mehr zu bieten hat, als Gras, Nutten, Koks und Pommes – nämlich auch Spielhallen, Chocomel und die einzige »Fat Beats«-Filiale im alten Europa. Das Frouvelin, das auf den Namen Amsterdam hört.

Nach zwanzig Minuten Planung steht der Trip, ein Hotel namens »Kabul« ist reserviert, der Passat beladen, die Mixtapes sortiert.

Irgendwann bleibt der Passat vor einem schiefen Haus stehen. Das ist also das Hotel »Kabul«, denke ich, definitiv mehr Kabul und weniger Hotel. Unser Zimmer entpuppt sich als Kammer mit sechs Kojen und ist so verwinkelt, dass Enni es in den ersten fünf Minuten schafft, sich viermal den Kopf anzuschlagen. Dafür gibt es Grachtenblick und ein eigenes Klo, verglichen mit dem Desaster von Githion also ein Quantensprung.

Wie sich herausstellt, ist das »Kabul« ein echter Glücksgriff: links Rotlicht, rechts ein Cof-feeshop namens »Baba«, dazwischen eine Spielhalle und ein McDonald's, die Essenz einer ganzen Stadt auf dreißig Metern.

Wir beschließen, den Tag im »Baba« zu beginnen, dem hässlichsten Touristen-Coffeeshop der ganzen Innenstadt. Das stört aber nicht weiter, schließlich sind wir ja genau das, Touristen. Aus den Boxen poltert ungeniert Euro Dance, *Make my Day / Make my Day / Maaake my Day / Make my Day.*

Als wir am Tresen nach was zu kiffen fragen, schickt man uns weg, hier bekomme man nur Säfte, Cookies und dumme Ratschläge von amerikanischen Collegekids, die Amsterdam für das Paradies auf Erden halten. Es muss ihre Rache an Christoph Kolumbus sein, denke ich, als ich mich am Haschtresen an Wolle und Enni vorbeidrängele.

Ob wir was kiffen wollen, fragt der Schwarze, der aus einem Loch in der Wand heraus das Material verkauft, und legt uns ein Menü hin, eingeschweißt in Plastik, damit die Grabbelfinger der Euro-Trash-Touristen das säuberlich ausgedruckte Tagesmenü nicht einschmutzen. Gerne, nur was? Hasch aus Kashmir, Ak 47, blonder, grüner, roter Libanese, das Angebot liest sich wie eine Watch-List der Counter Terrorist Unit einer dieser amerikanischen Bundesbehörden, die ihre wahre Identität hinter drei beliebigen Buchstaben verstecken.

Ich entscheide mich für etwas, das noch viel exotischer klingt als New York Diesel, Bubble Gum, Northern Lights oder Purple Haze, ein Hasch, das auf den vielversprechenden Namen Temple Balls hört. Temple Balls aus Nepal. Der Rasta fischt eine Tupperdose hervor, säbelt einen fingerdicken Kanten ab und reicht ihn mir in einem dieser schwarzen Tütchen herüber. »Have fun, my friend.«

»You, too«, antworte ich, lege fünfzig Gulden auf das Tellerchen vor ihm.

Richard hat keine Lust zu kiffen und drängelt zum Aufbruch. Er will in irgendeinen Plattenladen, in das Reichsmuseum, Pommes essen, den Vondelpark sehen und und und.

Ich auch. Aber nicht jetzt.

Jetzt will ich flocken, rollen, zünden, ziehen, rauchen, schmecken. Und davon wird mich niemand abhalten. Wir sind doch nicht zum Spaß hergefahren.

Nachdem ich den halben Joint geraucht habe und mir gerade auffällt, dass es vielleicht doch ein wenig zu viel Temple Balls für den kleinen Schmall war, wird mir erst einmal schlecht. Ich lege mich auf das Sofa unter einen gigantischen Buddha und stelle mir vor, wie in einem Dorf hoch oben im Himalaja Frauen die getrockneten Blüten in ihren Händen zu Würsten rollen, sie in Opium tunken und dann in der Sonne zum Trocknen auslegen. Anschließend bringt eine andere Bäuerin das Tagwerk mit dem Esel runter auf den Markt und verkauft es an irgendwelche windigen Wieselgesichter. Die Männer in diesem Dorf sitzen faul vor den Häusern und schauen zu, wie die Frauen arbeiten. Es ist also nur gerecht, dass die Frauen das ganze Geld einstreichen und ihren Männern, diesen faulen Bastarden, nur ab und an ein paar Taler rüberschmeißen, für die sich die nutzlosen Pinsel dann Bier und Paratha kaufen.

Als ich aus meiner Stoner-Trance erwache, sind Brownsen und Richard losmarschiert in Richtung der roten Laternen, Wolle und Enni sitzen da und starren auf die Monitore neben dem Riesenbuddha.

»Was läuft denn?«, frage ich Enni.

»Gerade kam das Video von *Black Hole Sun*, jetzt irgendwelche Hooligan-Schlachten in Endlosschleife. Total krass!«

»Wie bitte?«, frage ich und richte mich auf, um etwas sehen zu können. Tatsächlich, Enni hat recht. Auf den Bildschirmen kloppen sich Hooligans in Ajax-Trikots mit einer Horde Eindhoven-Fans, morgens um elf in einem Coffeeshop. Komisches Volk, diese Holländer, denke ich, ist wohl was dran am Spruch: Wer dreimal durch die Prüfung fällt, bekommt ein gelbes Nummernschild.

Die nächsten drei Tage gehen unter in weißem Qualm: Jack Herer, Citral Skunk, AK 47, Orange Bud, Master Kush, Hydro Chronic, Indian Charas Malana, Nepalese Double Zero. Wir lunten uns einmal durch den Cannabis Cup, der nur für amerikanische Rolling-Stone-Leser veranstaltet wird, für all die anderen Stoner ist jeder Tag in Amsterdam Cannabis Cup. Ab und zu streifen wir durch die engen Gassen des Rotlichtviertels, tauschen perverse Blicke mit den Huren und trauen uns dann nicht reinzugehen. Ansonsten stecken wir Gulden in Spielautomaten, skaten ein wenig auf der Rampe im Vondelpark, durchstöbern ein paar Comicläden und besuchen das Cannabis-Museum, ein bisschen Kultur muss schließlich sein. Irgendwann landen wir in einer Live-Sex-Show, aber von dem angekündigten Eselfick auf der Bühne wollen sie, nachdem wir jeder 20 Gulden bezahlt haben, nichts mehr wissen.

Ich hätte nicht gedacht, dass Kiffen so schnell langweilig werden kann, aber am dritten Tag ist es so weit. Ich kann keine Joints mehr sehen, und es ist mir auch egal, ob dieser oder jener Coffeeshop noch viel krasseres Gras haben soll als die vergangenen 25. Also gehen wir ins Kino. Der Film heißt *Pulp Fiction*, weder Richard noch ich haben davon gehört, aber schon nach zehn Minuten ist klar, dass dieser Tag im Sommer

1994 ein ganz besonderer sein würde. Eine Zäsur geradezu, die unsere Jugend in die Zeit vor *Pulp Fiction* und die Zeit nach *Pulp Fiction* teilen würde.

Noch heute sehe ich Enni und Brownsen vor mir, wie sie da in den Kinosesseln hängen, mit offenen Mündern auf die Leinwand starren, wo gerade John Travolta der Freundin seines Bosses eine Adrenalinspritze ins Herz rammt. Dann die Aktion mit dem Sklaven in diesem Kellerverlies, hat der Kerl wirklich: »Bring out the gimp« gesagt? Und was zum Henker ist in dem Koffer? Geld? Die Seele? Wie krank ist dieser Quentin Terentino, wie cool Samuel L. Jackson, fragen wir uns, als wir wieder vor dem Kino auf der Straße stehen, verstört, beeindruckt, weggeblasen, erleuchtet. Wolle und Enni kommen gar nicht über die Dialoge hinweg:

Wolle: Whose motorcycle is this?
Enni: It's a chopper.
Wolle: Whose chopper is this?
Enni: It's Zed's.
Wolle: Who's Zed?
Enni: Zed's dead. Zed's dead!

Am Tag der Abreise rollen wir die Reste in zwei riesige Tüten. Die erste rauchen wir vor dem Frühstück bei »Barney's«, die zweite nach der letzten Bong in der »Grey Area«. Brownsen sagt, er wolle noch einmal bei den Damen vorbei, nur so, meint er, also gehen wir noch einmal durch die enge Gasse. Richard, Wolle und ich laufen vorneweg und streiten darüber, ob es sich nun lohnt oder nicht, Gras aus Holland mitzunehmen. Richard findet es zu riskant, ich nicht, muss aber an Morti und den Schelm denken. Als wir am Ende der Gasse ankommen, ist Brownsen verschwunden. Enni läuft noch einmal zurück. Nichts. Nur ein paar Mama Afrikas, die gelangweilt in ihren Kabinen stehen und sich nicht einmal die Mühe machen, Enni anzusprechen.

Richard und Wolle gehen vor, um das Auto aus der Parkgarage am Damrak zu holen, Enni und ich setzen uns auf die schmale Treppe eines Hauseingangs am Ende der Gasse und warten.

Enni hat noch ein wenig roten Libanesen, also rauchen wir noch einen und überlegen, ob wir Richard umstimmen können.

»Wir sagen ihm einfach nichts«, schlägt Enni vor.

»Wenn sie uns an der Grenze kontrollieren, ist Richard dran«, gebe ich zu bedenken. »Außerdem ist ein goldener Passat nicht gerade unauffällig.«

»Und wenn schon. Ist doch Ritchies Problem.«

»Ja, aber ohne ihn wären wir überhaupt nicht hier. Außerdem kifft Ritchie nicht einmal.«

»Aber so gutes Gras bekommen wir zu Hause nie.«

»Stimmt schon«, antworte ich und schaue der Glut zu, wie sie das dünne Papier zwischen meinen Finger frisst.

Enni scheint mein Zugeständnis als Zustimmung zu werten, jedenfalls zählt er seine letzten Gulden, um auszurechnen, wie viel er nachher im »Baba« kaufen kann. Auf einmal steht Brownsen vor uns.

»Wo kommst du denn her?«

»Ich wurde da einfach reingezogen.«

»Reingezogen? Wo denn?«, frage ich.

»Na, ihr wisst schon.« Brownsen ist es sichtlich unangenehm, darüber zu sprechen. Er schaut zu Boden und läuft zögerlich los, wir bleiben sitzen.

»Los, erzähl«, fordert Enni.

»Was gibt es da schon zu berichten.«

»Welche war es denn?«, fragt Enni. »War sie wenigstens hübsch?«

»Ist doch egal«, wehrt Brownsen ab.

»Waren da nicht hässliche alte Weiber, keine unter hundert Kilo«, frage ich. Langsam interessiert mich die Sache. Vor allem weil es Brownsen zunehmend peinlicher wird.

»Sie ist nicht gerade schlank.«

»Zeig sie uns!«

Brownsen winkt ab und läuft drei Meter weg von uns, weg von der Gasse.

»Alter, wenn du sie uns nicht sofort zeigst, erzählen wir es allen. Und ich meine allen, sogar Anna.« Manchmal ist Enni gar nicht so doof.

»Nur wenn ihr niemals ein Wort darüber verliert. Nicht jetzt. Nicht nachher im Auto. Niemals.«

Wir schlagen ein und laufen die Gasse noch einmal entlang. Brownsen braucht nichts zu sagen, denn als wir vor dem vorletzten Fenster ankommen, hören wir sie schon: »Sweetie, do you want some more? I make you and your friends a special good price.« Toni Braxton singt *Unbreak My Heart*.

Ich traue mich gar nicht hinzusehen. Die meisten Damen in der engen Gasse haben eine Art Außenspiegel an ihren Ställen angebracht, um potenzielle Kunden frühzeitig zu sehen und winken zu können. Und was ich in dem Außenspiegel vor mir erkenne, ist ein solcher Brocken, dass Lizzy dagegen schon als schlank durchgeht.

»Alter, hast du doppelt bezahlt«, ist alles, was Enni einfällt, »das sind ja zweieinhalb Frauen.«

»Ihr habt es versprochen«, wimmert Brownsen.

»Und du hast uns verschwiegen, dass du auf Seekühe stehst.«

»Auf Seekühe in roten Strapsen.«

»Alter, ist die fett!«

»Hast du dich wenigstens wohlgefühlt zwischen ihren Speckrollen?«

»Ich wollte doch gar nicht zu ihr, es ging alles so schnell.«

»Auch das noch!«, ruft Enni.

Wir klatschen ab.

Trotzdem tut Brownsen mir leid. Wir hatten schließlich alle noch keinen richtigen Sex, ich nicht und Enni nur mit seiner Gummipuppe.

Enni regelt die Sache auf seine Weise: »Hör zu: Wir erzählen niemand von Mama Afrika, allerdings nur unter der Bedingung, dass du das Hasch für uns mitnimmst.«

Keine schlechte Idee, finde ich.

»Wie viel soll ich bestellen?«, fragt Brownsen, als wir am Tresen im »Frontpage« stehen.

»Für jeden einen Daumen Mama Afrika«, antworte ich und gebe ihm hundertfünfzig Gulden.

Bevor wir losfahren, kaufen wir noch Karten, Käse und Tulpen für die Eltern, Wolle nicht. Peter soll glauben, wir wären nach Berlin gefahren. Ich überlege kurz, ob ich Natja etwas mitbringen soll, entscheide mich aber dagegen. Lieber eine Knarre für das Sackgesicht. Dann würde es sich auch lohnen, Hesekiel 25:17 auswendig zu lernen:

> The path of the righteous man is beset on all sides by the inequities of the selfish and the tyranny of evil men. Blessed is he who, in the name of charity and good will, shepherds the weak through the valley of the darkness. For he is truly his brother's keeper and the finder of lost children. And I will strike down upon thee with great vengeance and furious anger those who attempt to poison and destroy my brothers. And you will know I am the Lord when I lay my vengeance upon you.

35.

Nach wie vor denke ich jeden Tag an Natja und sie an mich, zumindest sagt sie das immer, wenn wir uns heimlich sehen. Leider fährt Natja Ende der Woche mit ihren Eltern in den Urlaub, und vorher passiert nicht viel mehr als ein paar nächtliche Telefonate, in denen sie mir immer wieder verspricht, dass sich die Sache mit Michi vor dem Ende der Sommerferien erledigt hat.

So lange bleibt mir Zeit, meinen Mordphantasien zu frönen. Enni behauptet, eine Schachtel Kippen in die Badewanne geworfen, würde ausreichen, um einen Menschen zu töten, da die Haut so viel Nikotin auf einmal nicht aufnehmen kann. Persönlich zweifele ich an der Theorie, außerdem gibt es in Michis Wohnung keine Badewanne, doch Enni ist wild entschlossen, seine Theorie an Lizzy zu testen. Seit Jiggy jeden Tag in der Crib der Diederichs rumlungert und dämliches Zeug daherredet, ist das Verhältnis zwischen Lizzy und Enni schlechter denn je.

»Ist dir schon aufgefallen, dass sich der Spast immer an die Eier fasst?«

»Gehört sich das nicht für einen anständigen Rapper?«

»Sicher, aber doch nicht mit der Hand in der Hose.«

»Vielleicht hat er ja Sehnsucht nach dir.«

»Der Kerl streichelt seine Salami, wenn ich neben ihm auf der Couch sitze!«

»Und du schämst dich, weil es dir gefällt?«

»Nein, Mann, das ist total krank.«

»Du meinst zwanghaft?«

»Genau. Der macht das ständig. Total ekelhaft.«

»Vielleicht leidet er ja unter einer ›compulsive masturbation disorder‹.«

»Scheißegal, wie du das nennst.«

»Wo steckt eigentlich Brownsen?«, frage ich, nachdem wir eine Weile über das Programm auf MTV gelästert haben.

»Nicht bei Mama Afrika, so viel ist sicher.«

»Hast du versucht, ihn anzurufen?«

»Der fängt heute seine bescheuerte Lehre an.«

»So bescheuert finde ich das gar nicht.«

»Ach nein? Jeden Tag von neun bis zwei kochen, dann drei Stunden Pause, um dann noch einmal von fünf bis elf am Herd. Und weil sie das mit einem Deppen wie Brownsen machen können, nennen sie es Teildienst, und er bekommt keinen Pfennig extra.«

»Klingt nach Sklaverei.«

»Der Laden heißt ›Schinderbuckel‹.«

Bevor ich gehe, frage ich Enni, ob er Lust hat, morgen früh mit nach Stuttgart zu kommen. Um neun Uhr wird der Prozess gegen Morti und Martin eröffnet. Enni winkt ab, er ist immer noch beleidigt, weil der Schelm ihm nie etwas zu kiffen angeboten hat.

36.

Als ich um Viertel vor neun vor Saal fünf des Stuttgarter Landgerichts ankomme, stehen schon mehr als vierhundert Menschen da, die darauf warten, dass sie in den holzgetäfelten Saal dürfen. Aufgrund des öffentlichen Interesses wurde der Prozess extra in den größten Saal des Landgerichts verlegt. Ich begrüße kurz die Eltern Moser, die ein wenig abseits stehen, mehr als ein »Hallo« und »Viel Glück« fällt mir jedoch nicht ein. Was soll man sagen, wenn der Sohn angeklagt wird, »Stuttgarts schlimmster Rauschgift-Händler« (Bild) zu sein?

Um neun Uhr beginnt die Verhandlung. Das Publikum sitzt erwartungsvoll da, in der vordersten Reihe die Eltern vom Schelm und sein kleiner Bruder, daneben ein gestandener, älterer Herr und dessen Frau, vermutlich Mortis Eltern, in den Reihen dahinter haben etliche Schulklassen, Freunde, Klassenkameraden und eine stattliche Anzahl von Journalisten Platz genommen, die Journalisten erkenne ich daran, dass sie ständig an ihren kleinen Schreibblöcken rumnesteln. Wer wohl die Frau ist, die die Überschrift »Der Lord und sein Butler« getextet hat, überlege ich, als eine Tür im hinteren Teil des Saals aufgeht. Zuerst betreten die Anwälte der Angeklagten den Saal, dann die Vertreter der Staatsanwaltschaft, gefolgt vom Richter und den Schöffen. Man dürfe sich setzen, erklärt der Richter.

Dann geht die Tür ein zweites Mal auf. Ich spüre, wie sich mein Magen zusammenzieht. Die Tür bleibt offen stehen. Dann kommen sie: Morti, in einem dunkelblauen Rollkragenpulli und mit Brille. Zwei Staatsdiener führen ihn zu seinem Platz auf der Anklagebank, dort nehmen sie ihm die Handschellen ab. Dann der Schelm, auch er in Handschellen und Rollkragen.

Die Vertreter der Staatsanwaltschaft legen sich mächtig ins Zeug: Drogen im Wert von mehr als 1,5 Millionen Mark hätten diese Gymnasiasten, die hier so unschuldig aufträten, verkauft. Kiloweise Kokain, Amphetamin und Haschisch hätten sie über die Grenze geschmuggelt. Und Tausende Ectasy-Pillen. In einem Kassettenrekorder, behauptet der Staatsanwalt. Das Geschäft habe floriert, mit diesen Kriminellen sei nicht zu spaßen. Sogar vor Autoschiebereien hätten diese beiden Achtzehnjährigen nicht zurückgeschreckt. Man könne der Stuttgarter Drogenfahndung gar nicht genug danken, solch dreisten Verbrechern das Handwerk gelegt zu haben. Das sichergestellte Kokain sei mit 85 Prozent das reinste jemals in Stuttgart beschlagnahmte. Die Pillen ebenfalls von extrem hoher Qualität. Es sei also die Pflicht des hohen Gerichts, die Gesellschaft vor solch durchtriebenen Tätern zu schützen. Zumal es sich bei den Angeklagten um besonders dreiste Fälle handele: beide aus bestem Elternhaus, der eine ein Lord, der andere »Jugend forscht«-Preisträger. Hier helfe nur ein besonders drakonisches Strafmaß, weswegen die Staatsanwaltschaft die Höchststrafe einfordert, die nach dem Jugendstrafrecht für solch einen Fall zu vergeben ist: Kurz ist von sechs Jahren und sieben Monaten die Rede, letztendlich fordert die Staatsanwaltschaft vier, der Richter fünf Jahre.

Fünf Jahre!

Morti schaut hilfesuchend zu seinen Eltern, der Schelm starrt stur auf sein Schuhband.

Dann müssen die beiden selber ran: Martin Moser wird als Musterschüler dargestellt, Einserkandidat, »Jugend forscht«-Preisträger, ein Junge mit fast schon zu vielen Talenten, der ständig unterfordert wurde. Der Schelm selbst erzählt von Klavierstunden in der Kindheit, von seiner Begeisterung für Naturwissenschaften, davon, dass er immer neue Herausforderungen sucht, in diesem Fall wohl die falschen, dann von seinen Schwierigkeiten nach dem Schulwechsel.

Morti nestelt nervös an seinem Pullover, als der Richter ihm Fragen stellt. Er sieht zerbrechlich aus, wie er da sitzt. Natürlich habe er gewusst, dass der Rauschgifthandel gesetzeswidrig sei, und ja, er bereue es furchtbar. Es sei alles so schnell gegangen, erklärt er dem Richter. Am Anfang habe ihn jemand gefragt, ob er ein wenig Hasch besorgen könne. Wenige Wochen später seien sie dann zum ersten Mal nach Holland gefahren. Aus Hasch wurde Speed, dann kamen die Pillen, irgendwann Kokain. Nein, sie hätten die Drogen nie selber probiert, dafür seien sie viel zu ängstlich gewesen.

Der Polizist der Drogenfahndung schildert sehr nüchtern, wie sie den beiden Gymnasiasten auf die Schliche gekommen waren: Ein jordanischer Dealer habe den Kontakt mit dem Schüler hergestellt. Die Beamten bestellten ein halbes Kilo Kokain und Tausend Pillen. Zwei Tage später standen die beiden Angeklagten in der Wohnung des Jordaniers, den Kasettenrekorder voller Drogen, da habe man zugegriffen, mit Sturmgewehren bewaffnet, eine reine Vorsichtsmaßnahme, wie der Fahnder glaubhaft versichert.

Schließlich übernehmen die Verteidiger den Saal: Natürlich sei es grob fahrlässig, wie die Gymnasiasten gehandelt hätten. Strafe müsse sein, das sei auch im Sinne der Angeklagten. Von Reue und Naivität ist die Rede, von falschem Umgang und niederen Verlockungen. Doch das hohe Gericht müsse in seinem Urteil berücksichtigen, dass man jungen Menschen, gerade solchen mit derart großem Potenzial, nicht ihr gesamtes Leben verpfuschen dürfe wegen eines jugendlichen Fehltritts. Deshalb fordert Mortis Verteidiger eine Bewährungsstrafe von zwei Jahren und eine Anrechnung der bereits abgesessenen Monate.

Nach den Abschlussplädoyers ziehen sich die Staatsanwaltschaft, die Anwälte der Verteidigung und der Richter zurück. Im Saal brummt es. Vier Jahre verlangt die Staatsanwaltschaft, fünf der Richter, der ein Exempel statuieren will, die Verteidigung drängt auf Resozialisierung, den Gymnasiasten dürfe nicht die Chance genommen werden, das Abitur zu bestehen.

Als der Richter schließlich wieder in den Saal tritt, erheben sich alle. Ich glaube zu sehen, wie der Schelm mir zuzwinkert. Morti ist bleicher als zuvor. Der Richter wartet, bis es still ist, räuspert sich und beginnt, das Urteil zu verlesen.

An den genauen Wortlaut kann ich mich nicht mehr erinnern. Aber das, was ich raushöre, klingt in etwa so: Morti und der Schelm müssen bestraft werden, daran besteht kein Zweifel. Es besteht aber auch kein Zweifel, dass man ihnen die Zukunft nicht verbauen will, und deshalb werden sie, nach dem Ende der Sommerferien, in den offenen Vollzug verlegt, nach Schwäbisch Hall, um dort in die zwölfte Klasse zu gehen. Da die Angeklagten im vergangenen Schuljahr verhaftet worden waren und man in der Oberstufe nur einmal wiederholen kann, ist dies ihre einzige Chance, das Abitur zu bestehen. Sollten sie es bestehen, dürfen sie das Gefängnis am Tag der Zeugnisvergabe als freie Männer verlassen.

Stille.

Ich sehe, wie Mortis Vater, der Lord, seine Frau in den Arm nimmt. Obwohl ich die Eltern nicht kenne, tun sie mir unfassbar leid. Eigentlich noch mehr als der Schelm und Morti, die wieder in Handschellen aus dem Saal geführt werden. Bis zuletzt hatten sie auf eine Bewährungsstrafe gehofft, nun werden sie zusehen müssen, wie ihr Sohn zwei weitere Jahre im Gefängnis sitzt.

Auf dem Rückweg mit der S-Bahn muss ich daran denken, wie der Schelm und ich einst beim Schwarzfahren erwischt wurden, an die erste Hausdurchsuchung und all die anderen Schelmereien. Obwohl Morti und er schon seit Monaten in Stammheim saßen, spüre ich jetzt erst die ganze Tragweite des Urteils. In meiner Kehle hängt ein Klops fest, der sich nicht herunterschlucken lässt.

Ich nehme mir vor, den beiden einen Brief zu schreiben. Irgendetwas, ein paar Zeilen, einfach nur, um ihnen zu zeigen, dass ich an sie denke, auch wenn das irgendwie egoistisch sein mag. Anthony Kiedis wird später in *Don't Forget Me* singen: *I'm the rainbow / in your jail cell / all the memories of everything you've ever smelled / not alone, I'll be there / tell me when you wanna go.* Ich wünsche, er hätte die Zeilen schon ein paar Jahre früher geschrieben.

Erst am Abend fällt mir auf, dass weder der Staatsanwalt noch der Richter irgendetwas über die angebliche Million gesagt haben, die Morti und der Schelm erwirtschaftet haben sollen. Ob sie damit noch was vorhaben, die beiden? Ich nehme mir vor, bei Gelegenheit danach zu fragen.

37.

Obwohl mir nicht nach feiern zumute ist, gehe ich abends ins »Jackies«. Hubi zündet heute Stufe zwei seiner Filder-Allmachts-Phantasie, der John-Wayne-Ausbau unserer alten Trinkhalle ist abgeschlossen.

Luftschlangen und Luftballons (leider ohne Distickstoffoxid) grüßen uns schon auf dem Parkplatz, alles in den Farben der amerikanischen Flagge, Hubis Kumpel Arnie wäre sicherlich zu Tränen gerührt. Oben, im Neubau, empfangen uns ein Türsteher (!) und Johnny Cash in den Räumen, die Hubi wie einen amerikanischen Western-Saloon eingerichtet hat: zehn Billardtische, drei Flipper, zwei Bars, vier Kicker und gut zweihundert Sitzplätze. So sieht also Hubis Variante des amerikanischen Traums aus, denke ich und setze mich an die Bar.

»Der Kerl ist größenwahnsinnig«, ist Brownsens Kommentar.

»Dass Steroide manche Muskeln wachsen lassen und andere zusammenschmelzen, haben wir doch früher schon gewusst«, antwortet Wolle, der gar nicht über die Western-Deko hinwegkommt.

»Arnie erobert Hollywood, Hubi Echterdingen, ist doch schön geworden«, versuche ich zu klären. Irgendwie mag ich Hubi, das Spatzenhirn.

»Schön? Schön amerikanisch. Hubi glaubt wohl, er sei Lucky Luke. Der ist total größenwahnsinnig.« Wolle konnte das »Jackies« noch nie leiden und Hubi gleich gar nicht. »Der Kerl ist schneller pleite als sein Schatten.«

Immerhin gehen die Getränke heute aufs Haus.

Doch der Alkohol will nicht so, wie ich es will. Auch nach vier Whisky-Cola hänge ich durch, Michi, der am Nebentisch sitzt, auch. Ich frage Lizzy, was los ist. Erst will sie nicht damit rausrücken, dann erzählt sie mir, was passiert ist: Natja habe gestern mit Michi Schluss gemacht, am Telefon, aus dem Urlaub. Michi sei ihr zu langweilig, soll sie gesagt haben.

Man sollte einen Tag nie vor dem Abend verloren geben.

Nachdem der dritte U2-Song läuft, überrede ich Wolle, mit zur Aral zu kommen.

Was ich gegen U2 habe, will er wissen.

»Warum nennt sich der Kerl Bono Vox?«

»Was ist so schlimm an Bono Vox?«

»Die gute Stimme?«

»Jugendsünde.«

»Und The Edge? Was ist seine Ausrede?«

Ausnahmsweise hat Wolle keine Lust, sich weiter zu streiten. Wir holen ein Sixpack und setzen uns hinter die Waschanlage. Wolle lässt das Hasch fallen, es brennt ein Loch in sein »Polytoxic German Youth«-Shirt.

Dann erzähle ich ihm von Natja.

Er mir von der neuen Bedienung im »Oz«.

»Wie heißt sie?«, frage ich, um seinen Monolog über ihre Kniekehlen abzuwürgen.

»Keine Ahnung.«

38.

Seltsam, wie viel unwichtiger Schule werden kann, wenn sie eigentlich schon immer egal war. Dank des Kurssystems rennen wir von Klassenraum zu Klassenraum, haben keine Nebensitzer mehr, sondern wechselnde Tischkollegen, und nun, wo meine altgedienten Mitstreiter entsorgt sind, langweile ich mich derart, dass Aufpassen notgedrungen das neue Ding ist. Und das wirkt sich zwangsläufig auf meine Noten aus. Ich mache zwar keinen Strich mehr als früher, aber auch keine Streiche mehr dagegen. Man könnte sagen, ich richte mich in meiner inneren Diaspora ein.

Am Nachmittag hängen wir bei Enni, Brownsen kommt vorbei, was in letzter Zeit selten geschieht. Der Herr Koch gehört schließlich zur arbeitenden Bevölkerung und wird nicht müde, diesen Umstand ständig zu betonen. Es hat genau drei Tage gedauert, da ist Brownsen nach Zombieland gezogen, in ein schäbiges Personalzimmer im Keller des Hotels. Wir sollen ihn besuchen kommen, sagt er, als er sich verabschiedet.

Jiggy ist zwar kein Ersatz für Brownsen, eignet sich aber hervorragend als Opfer. Lizzy sagt, wir sollen ihren Mann respektvoller behandeln. Würden wir, wenn der Kerl nicht ständig Steilvorlagen liefern würde. Seit Neuestem geht Jiggy trainieren, immerzu redet er von Hanteln hier, Bankdrücken da. Besonders angetan hat es ihm ein Trainingsgerät, für das Chuck Norris Nacht für Nacht auf Eurosport wirbt. Es heißt »Total Gym 2000«, und genau genommen ist es ein schräger Schlitten und ein Haufen Schnüre, mit denen sich Chuck in immer wilderen Stellungen selber stemmt.

Was daran so toll sein soll, fragt Enni.

»Schau dir nur den Trizeps von Chuck an«, erklärt Jiggy.

»Und am Ende siehst du aus wie Chuck Norris. Wäre das nicht eine totale Katastrophe.«

Das scheint Jiggy nicht zu stören. Er lässt sich nicht davon abbringen, den »Total Gym 2000« zu bestellen.

An diesem Abend liegt ein Brief auf dem Treppenaufgang. Mein Name steht darauf, fein säuberlich. Ich erkenne die Schrift sofort, obwohl der Schelm sich so viel Mühe gegeben hat.

Bevor ich das Kuvert aufreiße, rolle ich einen und setze mich unter das »Nevermind«-Baby, um den Brief zu lesen.

Schwäbisch Hall, den 4. Oktober 1994

Lieber Schmall,

eigentlich wollte ich Dir schon ewig schreiben, aber irgendwie wusste ich nicht, was ich schreiben soll. Anfangs habe ich mich auch zu sehr geschämt, doch langsam komme ich mit der Situation hier klar. Wie Du Dir sicher vorstellen kannst, waren die ersten Monate die Hölle. Stammheim ist echt eine harte Nummer. Und wir wussten ja nicht, was beim Prozess rauskommt. Die erste Zeit konnte ich nachts nicht einmal schlafen.

Glücklicherweise hatte ich einen echt coolen Zellengenossen, Ali Etcheraray heißt der. Ali ist total cool. Die meisten Typen hier haben wahnsinnigen Respekt vor ihm, der Kerl ist hier drinnen so etwas wie der Pate und hat mich gleich unter seine Fittiche genommen. Wahrscheinlich hat es ihm imponiert, wie ich aus dem Waschbecken eine Klimaanlage für unsere Zelle gebaut habe und dass ich ihm zeigen konnte, wie man Tauben fängt.

Morti hatte weniger Glück. Anfangs musste er sich die

Zelle mit einem hirnlosen Skinhead teilen, der sich nicht in den Hof getraut hat und Morti immer Horrorgeschichten erzählte, damit Morti auch nicht rausgeht.

Seit wir in Schwäbisch Hall sind, geht es aufwärts. Wir dürfen in normalen Klamotten rumlaufen, und das Leben im Freigängerhaus ist ziemlich entspannt, weil wir ohnehin jeden Tag in die Schule gehen. Die Klassenkameraden in Schwäbisch Hall sind total nett und behandeln uns auch ganz normal. Der Chemielehrer hat mir ein spannendes Projekt gegeben, weswegen ich nachmittags einfach im Labor bleibe.

Ansonsten stirbt man hier fast vor Langeweile. Ich habe schon die halbe Bibliothek durch, und außer Hanteltraining bleibt nicht viel. Sogar Morti kriegt langsam Muskeln.

Vielleicht kommst Du uns ja bald besuchen. Nein, hoffentlich! Sag Bescheid, dann melde ich Dich an.

Liebe Grüße auch an Deine Eltern und an Anke, die Heilige,

Dein von und zu Schelm.

PS: Ja, alle Briefe werden gegengelesen.

Selbstverständlich schreibe ich sofort zurück, erzähle von Natja, unserem Amsterdamtrip, Wolles Fahrradtour nach der Street Parade und so weiter. Natürlich ohne polytoxe Einzelheiten. Am Ende bitte ich ihn, einen Besuchstermin zu beantragen, am liebsten an meinem Geburstag. Außerdem lege ich meine Illmatic-Kassette bei. Als ich den Umschlag zuklebe, weine ich wie die kroatischen Mütterchen in der Tagesschau.

39.

Natja hat sich von Michi getrennt, wir treffen uns heimlich, bei ihr oder mir, gehen mit Sicherheitsabstand ins Kino, und wenn das Licht ausgeht, stören wir die Umsitzenden mit unserem Geschmatze und Gefummle. Wenn das Licht wieder angeht, berühren sich nicht einmal unsere Hände. Offiziell ist was anderes. Langsam frage ich mich, ob ich ihr peinlich bin, ob sie sich schämt, wenn sie mit mir gesehen wird. Nicht gesehen, weil das werden wir auch so, nein, sich zu mir zu bekennen. Ich bin der Schattenmann, irgendwie, irgendwie auch nicht. Neulich, an einem Abend im »Jackies«, saßen wir den ganzen Abend nebeneinander, haben auf beste Freunde gemacht und sind alle vierzig Minuten zufällig gleichzeitig aufs Klo gerannt, peinlichst genau darauf bedacht, den anderen nicht zu verpassen, um ja noch einen Kuss abzubekommen. Mir stinkt das gewaltig. Vielleicht checke ich es auch einfach nicht, vielleicht sind Mädchen wirklich emotional weiter als Jungs oder abgeklärter, jedenfalls fühle ich mich wie der totale Horst. Ich will herausschreien, dass ich sie toll finde, *louder than everything else*.

Irgendetwas muss passieren, sage ich zu Wolle auf dem Weg ins »Müsli«. Natja wird auch da sein, natürlich, das hat sie mir heute am Telefon gesagt. Und wir haben dreimal telefoniert. Dreimal länger als eine Stunde.

Das ist es ja: Ständig rufen wir uns an, erfinden Ausreden, warum man den anderen anrufen, sehen, treffen, sprechen will. Natürlich ist das schön, trotzdem kann es so nicht weitergehen. Michi und Natja sind seit zwei Monaten getrennt, so lange war ich nicht einmal mit jemandem zusammen.

Erschwerend kommt hinzu, dass ich nie vorher mit einem

Mädchen bis auf die Unterhose ausgezogen im Bett lag, nicht einmal mit meiner Schwester, als wir fünf waren. Und wenn, dann habe ich das zumindest verdrängt.

Also beschließe ich, mich heute mal wieder so richtig abzuschießen. Nicht nur zu feiern, nein, zu eskalieren. Vielleicht sogar zu tanzen, wenn »Hille an der Rille« nicht zu sehr nervt.

Nach dem sechsten Wodka-Bull stehe ich nicht mehr am Kicker, sondern an der unteren Bar und mache das, was ich eigentlich nie mache, weil ich es auch gar nicht kann. Ich flirte. Mit irgendeinem Mädchen, einer Steffi, die ich so spannend finde wie die Weihnachtsansprache unseres Kanzlers. Irgendwann hole ich neue Drinks. Kurz nachdem ich mir eingestanden habe, dass jede weitere Gesprächsminute einen weiteren Schluck nach sich zieht. Nach sich ziehen muss.

Also trinken wir und reden aneinander vorbei. Plötzlich trinken wir nicht mehr. Ich spüre Steffis Zunge, wie sie sich einen Weg durch meine Zähne bahnt. Ein Schauer läuft mir über den Rücken. Dann klatscht es in meiner rechten Gesichtshälfte. Für einen kurzen Moment sehe ich gar nichts. Mir wird schwarz vor Augen, dann öffne ich sie und merke, dass eine meiner Kontaktlinsen weg ist und ich deswegen so wenig sehe. Bevor ich schauen kann, was da geklatscht hat, gehe ich in die Hocke, und suche meine Linse. Natürlich bin ich viel zu besoffen, um irgendetwas zu erkennen. Wie immer in solchen Fällen ist mein Feuerzeug nicht auffindbar. So wird das nichts, denke ich mir und richte mich auf. Vielleicht hat diese Steffi wenigstens ein Feuerzeug, wenn sie sonst auch nicht allzu viel zu bieten hat.

Seltsam, das Mädchen, das vor dir steht, sieht gar nicht aus wie diese Steffi, ist mein erster Gedanke.

Dann der zweite: Es ist Natja.

Die mir noch mal eine runterhaut.

Bevor sie mich küsst.

Vor allen!

Mein Herz poltert wie eine Waschmachine voller Turnschuhe.

Da Richard keinen Platz im Mercedes frei hat, muss Natja in die letzte S-Bahn, ich begleite sie und steige mit ihr in Oberaichen aus. Vor ihrer Haustüre küssen wir uns, bis sie fragt, ob ich bei ihr schlafen möchte. Natürlich nicht, also ja, irgendwie schon, eigentlich seit fünf Monaten, ich verhaspele mich wie noch nie zuvor in meinem Leben, jedenfalls stottere ich wie ein Vollidiot so lange herum, bis Natja mir einen Kuss auf die Stirn gibt und sagt: »Ist total okay, wir können uns auch morgen sehen, wenn dir das lieber ist.«

Dann ist sie weg.

Und ich, der größte Pinsel des ganzen Landkreises, laufe heim, weil keine Busse mehr fahren.

Kurz vor dem »Areal« fällt mein Blick auf ein Wahlplakat der CDU. »Damit es weiter aufwärtsgeht«, steht auf einer wehenden Deutschlandfahne. Ich trete dagegen und merke, wie perfekt es eigentlich ist, wie perfekt es sich biegen lässt, ohne zu brechen. Der ideale Belag für eine Miniramp.

Die nächste Stunde verbringe ich damit, Wahlplakate von Laternenmasten zu befreien und sie im Gebüsch hinter der Funbox zu verstauen. Leider sieht das der Grünen aus wie ein missratenes Schulprojekt von Achtklässlern einer Waldorfschule, die SPD wirbt mit den Hackfressen Scharping, Lafontaine und Schröder, inakzeptabel. Am Ende sammle ich nur Plakate der FDP ein, die ohne Kinkel, auf denen einfach nur steht »Die Kraft der Vernunft«.

40.

Die Tiefgarage der »Zehnscheuer« ist auch in diesem Kraut-fest-Aufguss wieder derart voll, dass man in einem Bus in Bombay bessere Chancen auf einen Sitzplatz hat. Und ich brauche zwei. Einen für mich und einen für meine Natja. Natja übernachtet heute bei mir, zum ersten Mal. Sie können sich ja vorstellen, wie aufgeregt ich den ganzen Tag schon bin. Eigentlich will ich gar nichts trinken, vor allem nicht zu viel, sondern sofort nach Hause. Meine Eier sind so dick wie die eines Matrosen auf Landgang.

Nach dem vierten Bier muss ich mir Annas Geheul über Björn anhören. Mittlerweile hat selbst sie eingesehen, dass der Schädler einen ernsthaften Heroin-Hunger kultiviert, trennen will sie sich dennoch nicht von ihm. Ich versuche ihr nett zu sagen, dass eine Heroinsucht nicht mit Mitgefühl behandelt werden kann, dass Björn ärztliche Hilfe braucht, am besten einen Therapieplatz. Davon will sie nichts hören. Irgendwann fällt mir nicht mehr ein, was ich noch sagen könnte, also versuche ich rauszufinden, wie das Heroin eigentlich nach Stetten kommt, wie aus dem schlimmsten Schläger der erste echte Junkie geworden ist. Annas Erklärung ist erstaunlich simpel: »Björn wollte immer der Härteste sein. Erst der, der am härtesten zuschlägt, dann der, der die härtesten Drogen als Erster nimmt.« Angeblich seien zwischen seinem ersten Joint und dem ersten Mal Heroin-Rauchen keine vier Wochen vergangen. Seither sei die Beziehung auch eher eine Therapiestunde. Wenn Björn prall ist, sei er süß wie nie, kuschelig, geradezu anhänglich, wenn er keinen Stoff habe, rastlos, rücksichtslos, Angst einflößend. Sex hätten sie schon seit einem halben Jahr keinen mehr gehabt. Das ist dein Stichwort, denke ich mir und gebe vor, noch ein Getränk zu holen. Irgendwie tut es mir wahnsinnig leid, Anna so hängenzulassen, gleichzeitig kann ich mir ihr Gerede nicht länger anhören.

Als Natja endlich vorschlägt, zu mir zu gehen, fällt mir ein, was ich den ganzen Tag vergessen habe: Kondome. Natürlich will ich sie nicht fragen, ob sie welche dabeihat, schließlich weiß ich gar nicht, ob und was mich heute Nacht erwartet. Anna zu fragen ist sinnlos, wie sie mir vorhin unmissverständlich erklärt hat. Also laufe ich los und quetsche mich durch die ganzen Besoffenen wie Koopa Troopa auf drei Turbo-Pilzen. Wo steckt nur Wolle, wenn man ihn wirklich braucht? Das hier ist nicht der Practice-, sondern der Survival-Mode.

Irgendwann finde ich Wolle. Er steht im Treppenhaus und unterhält sich mit Brownsen. Anscheinend ist Brownsen auf seiner Galeere auf den Geschmack gekommen. Ich höre, wie er zu Wolle sagt: »Kokain ist Gottes Art, dir zu zeigen, dass du zu viel Geld und zu wenig zu sagen hast.«

Ach ja, denke ich und überlege, wie ich Wolle fragen kann, ohne dass es gleich das ganze Krautfest mitbekommt. Vor allem nicht Michi, obwohl wir uns mittlerweile ausgesprochen haben und Michi mit seiner neuen Freundin recht glücklich wirkt. Seine Neue, die Brownsen und Enni nur die Amöbe nennen, ist zwar so spannend wie eine weiße Leinwand, aber vielleicht fühlt sich Michi in ihrer Nicht-Gegenwart lebendig.

Ich bitte Brownsen, mir eine Kippe zu schnorren, und nutze seine Abwesenheit dazu, Wolle zu fragen. Er hat zwei dabei, eines ist blau, das andere schmeckt nach Erdbeere. Beides bescheuert. Ich nehme das blaue.

Natja schlägt vor, einen Polnischen zu machen, bevor wir uns noch dumme Sprüche anhören müssen. Ich bin eh schon aufgeregt genug, so aufregend wie die Zeit vor dem ersten Mal kann Sex selbst eigentlich gar nicht sein.

Als wir bei mir im Zimmer ankommen, schalte ich das

Tape an, das ich gestern Nacht noch arrangiert habe, und die Lampe aus, es soll schließlich schön schummerig sein. Dummerweise ist es jetzt stockdunkel, weswegen ich den Deckenfluter, den ich nie benutze, anschalte. Auch zu hell, also werfe ich mein T-Shirt über die Lampe und ärgere mich, dass ich nicht an Kerzen gedacht habe.

»Lass das Licht und komm her«, höre ich Natja sagen, die sich schon unter die Bettdecke gekuschelt hat. Wenigstens hast du die Bettwäsche gewechselt, denke ich, bevor ich mich zu ihr lege. Natja zieht mich zu sich, erst jetzt merke ich, dass sie nackt ist. Vollkommen nackt! Wir küssen uns, streicheln uns, sagen uns, wie sehr wir uns mögen. Irgendwann fragt Natja, ob ich Kondome habe. Ich fische das blaue Briefchen aus meiner Hosentasche.

»Das ist aber hübsch«, lacht Natja und nimmt es mir aus der Hand, weil ich schon beim Versuch, die Packung aufzureißen, kläglich scheitere.

Bei Natja sieht es ziemlich einfach aus, wie sie den blauen Gummimoppel da rausholt. Gott sei Dank scheint sie zu wissen, wie man das Ding anlegt. Ich habe zwar auch schon mal versucht, ein Kondon überzustülpen, eine Trockenübung quasi, aber das ist schon mehr als ein Jahr her.

Natja prüft, in welche Richtung sie das Kondom abrollen kann, dann streichelt sie über meinen Penis, der mir plötzlich ungewohnt groß vorkommt. Sie setzt das Gummi an und streift es mir langsam über. Langsam und sanft. Zu sanft, denn gerade, als Natja fertig ist und ich mir das Ergebnis, meinen blauen Penis, ansehe, spüre ich, nein, wie ich komme. Viel zu früh. Wenigstens lacht Natja, als sie mit ihrem Finger in die pralle bläulich schimmernde Kondomspitze drückt.

»Nicht schlimm, Schmall«, sagt sie und zieht meinen Kopf zu sich, »gar nicht schlimm.« Sie schlägt vor, einen Joint zu rauchen und es dann einfach noch einmal zu versuchen. Was für eine tolle Frau!

Erst als wir auf dem Fensterbrett sitzend rauchen, fällt mir auf, dass ich Vollpfosten nur das eine Kondom habe. Und dass es nur einen Ort in diesem Haus gibt, wo noch welche sein könnten: in der Nachttischschublade meines Vaters.

Ich schleiche mich barfuß an. Mein Vater schnarcht wie ein besoffener Franzose, weswegen ich mir eigentlich gar nicht so viel Mühe machen müsste. Gerade als ich die Schublade aufziehen will, höre ich die Stimme meiner Mutter.

»Was machst denn du hier?«

»Ich hole ein Kondom.«

»Um diese Zeit? Kann das nicht bis morgen warten?«

»Nicht, wenn du nicht in neun Monaten Oma werden willst.«

Sie schaut mir einen Moment in die Augen. »Ach so. Dann nimm doch gleich zwei.«

Ich ziehe die Schublade auf, nehme umständlich zwei heraus und verlasse gebückt das Schlafzimmer meiner Eltern.

Beim zweiten Versuch schaffe ich es immerhin bis kurz nach dem dritten Refrain – wenn auch nur des ersten Liedes. Nie werde ich Kiedis Worte »Here I stay« vergessen, und trotzdem sollte es noch Jahre dauern, bis ich merkte, dass *Under The Bridge* kein Liebeslied, sondern eine Junkiehymne ist. Genau genommen ist das ja auch total egal. Besser wird's nicht. Ich schlafe sofort ein.

Wie lange ich schlafe, weiß ich nicht. Draußen ist es noch dunkel, als Natja mich weckt. Es rieche so merkwürdig im Zimmer, sagt sie, irgendwie angebrannt.

Jetzt rieche ich es auch. Und sehe sogar Rauch.

Der Deckenfluter.

Das verdammte T-Shirt.

Ich springe aus dem Bett und reiße es von der Lampe. An der Stelle, an der früher der Ripper von Powell Peralta seinen Totenschädel trug, klafft ein schwarzes Loch, das vor sich hin kokelt. Mein Lieblingsshirt ist hinüber. Ich schmeiße es weg, schalte den Deckenfluter aus und lege mich wieder zu Natja ins Bett.

Dort belieben wir auch den ganzen nächsten Tag liegen. Bevor ich Natja abends nach Hause begleite, essen wir noch eine Portion Filderkraut. Als wir bei Natja ankommen, laufen schon die ersten Hochrechnungen der Bundestagswahl: CDU/CSU liegen mit 41 Prozent vorne, Scharping und seine Proletenfreunde haben bewiesen, dass die SPD auch im Jahr sieben nach Brandt nichts reißen kann, nicht einmal einen angeschlagenen Kohl.

Ich verabschiede mich von Natja, als der Tagesschausprecher verkündet, dass der Saumagen aller Voraussicht nach im Amt bestätigt wird. Wie langweilig! Geht es nur mir so, oder ist Kohl schon immer Kanzler gewesen? Und wenn ja, warum gibt man das Geld für die Wahlen nicht sinnvoller aus?

Auf dem Heimweg höre ich Slime. Kurz vor Mitternacht sprühen Wolle und ich ACAB (Anmerkung des Lektorats: All Cops Are Bastards) an die Haltestelle in der Hirschstraße.

Warum auch nicht?

41.

Manchmal benehme ich mich wie ein zwölfjähriges Mädchen und höre ein Lied dreißigmal, vierzigmal, ein Mal zu oft jedenfalls, so lange, bis ich es totgehört habe. Leider ist das auch bei *Juicy* der Fall, weswegen ich Wolle bitte, Biggie aus dem Kassettendeck zu nehmen, als er auf die B27 einfädelt.

Seltsam, aber dies ist tatsächlich unser erster Besuch in Brownsens Personalzimmerhöhle. Während ich mich nach wie vor täglich durch sechs Schulstunden langweile, arbeitet mein alter Nebensitzer jetzt wie ein Erwachsener. Fünf Tage die Woche, elf Stunden am Tag, in einer stinkenden Großküche, in der morgens schon kollektiv mit Sekt gegen das traurige Dasein angetrunken wird. Nach dem Mittagsstress wird Bong geraucht, um den Abenddienst zu überstehen, und mies bezahlt wird das Elend auch. Auf die Stunde gerechnet, verdiene ich beim Austragen besser. Was für ein Trauerspiel.

Trotzdem spüre ich einen eigentümlichen Neid in mir aufsteigen, als ich bemerke, wie zufrieden Brownsen uns durch seine schöne neue Zombiewelt des »Schinderbuckels« führt. Oben die angesiffte Küche, das rustikale Restaurant, die verlassene Rezeption des angeschlossenen Hotels, unten die hauseigene Pizzeria, ein müder Versuch, ein wenig Bergdorfromantik nach Bonlanden zu holen, dafür aber »mit echtem Holzofen«, wie Brownsen immer wieder betont.

Hinter dem Holzofen geht es durch einen engen und düsteren Flur zu den Personalzimmern, zehn Quadratmeter große Löcher mit schmalen Betten, ausrangierten Hotelstühlen und abgelaufenem Teppichboden. Wenn man sich auf den Stuhl stellt, kann man durch das schmale Fenster beinahe Schuhe und Knöchel der Gäste auf dem Parkplatz hin und her stochern sehen. Das heißt: Man könnte es sehen, wenn Brownsen nicht die einzige Verbindung zur Oberwelt mit einer riesigen Bob-Marley-Flagge verhängt hätte, weswegen das Zimmer Tag wie Nacht gleich dunkel bleibt. Als wäre es losgelöst von Raum und Zeit.

Zur Feier des Abends füllt Brownsen neues Wasser in die riesige Glasbong, die er sich von seinem ersten Gehalt gekauft hat. Die zweite Investition ist ein Vierspieler-Adapter für das Super Nintendo, den Wolle und ich gleich eingehend untersuchen. Dreißig Minuten, zwei Köpfe und etliche Runden »Bomberman« später muss ich zugeben, dass Brownsens neues Lebensmodell sich gar nicht mehr so abwegig anfühlt, wie anfangs befürchtet. Wenn da nicht die Stinkfüße wären, die ebenso zum Kochberuf gehören wie der unausweichliche Berufsalkoholismus.

Kurz nach zwölf sind Wolle und ich leer gezockt und platt geraucht und müssen erkennen, dass Brownsen und seine Kochkollegen definitiv in einer anderen Liga spielen.

»Vielleicht sollte ich auch Koch werden«, überlegt Wolle laut, als wir uns im weißen Golf seiner Mutter wieder auf den Weg zurück unter die Lebenden machen.

»Du willst doch nicht ernsthaft in so einem Loch dahinvegetieren«, antworte ich.

»Keine Ahnung, was ich will«, sagt Wolle, nachdem er sich eine halbe Minute den Ziegenbart gekratzt hat, den er sich seit Neuestem stehen lässt. »Nach dem Abi erst einmal Zivi, ein Jahr bezahlter Absturz, feiern, tanzen, glücklich sein, dann kann ich mir immer noch einen Job als Hausmeister suchen.«

»Dann kannst du gleich Koch werden.«

»Viel zu anstrengend. Und außerdem: Hast du gerochen, wie ekelhaft Brownsens Füße stinken?«

»Ich dachte, das wäre dieser Ossi-Kollege von ihm, der so riecht.«

»Der, der aussieht, als bade er in Spülwasser?«

»Ist dir aufgefallen, wie bleich der Typ ist?«

»So würden wir auch aussehen nach drei Lehrjahren im Keller des Grauens. Außerdem sehen Ossis alle so aus.«

»Verstehe ich nicht.«

»Die sehen doch alle gleich aus: Glatze, Ohrring, schlechte Haut.«

»Ach ja?«

»Achte mal drauf. Vielleicht finde ich die Typen auch so bleich, weil ich als Kind immer dachte, die DDR wäre schwarzweiß gewesen.«

»Wieso das denn?«

»Weil die Fernsehbilder aus der Zone immer schwarz-weiß waren, darum.«

»Du kiffst zu viel.«

»Und du kannst nicht mitreden, weil ihr nie einen Fernseher hattet.«

Bevor wir heimfahren, halten wir kurz im »Jackies«. Der Laden ist so gut wie leer, die hintere Bar nicht besetzt, gerade mal an zwei der zwölf Tische sitzen Gäste, der große Stammtisch mit der Kuhglocke in der Mitte wirkt verlassen und abgeschoben wie ein Museumsstück. Wolle will von einem der Italiener, die seit Kurzem immer die Kicker belagern, ein paar Pillen kaufen. Nachdem ich ihm dreißig Sekunden zugeschaut habe, wie er nervös das lila Haarband aus Samt vom rechten zum linken Handgelenk und zurück jongliert, beschließe ich, die beiden Vögel alleine zu lassen und nach Hubi zu sehen.

Hubi steht nicht wie gewohnt an einem der Billardtische, er sitzt alleine in einer der Nischen. Vor ihm steht eine Cola, ohne Jack Daniel's, er trägt eine lächerlich kleine Lesebrille, die ich noch nie zuvor auf seiner Matschnase gesehen habe, und blättert hektisch in einem schwarzen Leitz-Ordner.

»Salve, Hubi, alles klar?«, frage ich und setze mich zu ihm an den Tisch.

»Nichts ist klar, Kleiner, gar nichts.«

»Was stimmt denn nicht?«, frage ich und versuche ihn mit einem lauen Scherz ein wenig aufzuheitern: »Hast du zehn Fässer Jackie zu viel im Keller und weißt nicht, wie du sie abschreiben sollst?«

»Nicht witzig.«

Ich warte, dass Hubi irgendetwas sagt.

»Hast du Ahnung von Buchhaltung?«

»Leider nicht.«

»Was bringen die euch eigentlich in der Schule bei?«, fragt Hubi, er kann den bitteren Klang in seiner Stimme nicht verbergen.

»Ich weiß nicht«, stammle ich, »minus mal minus ergibt plus.«

»Und nicht einmal das stimmt im echten Leben: Schulden mal Schulden ergeben noch viel mehr verdammte Schulden. Lass dir das gesagt sein.«

»Hmm«, mache ich. Plötzlich muss ich an Brownsen denken, an seine Horrorgeschichten vom Teildienst, an Pfannen schmeißende Chefs, zwölf Tage durcharbeiten, vor sich hinvegetieren in einer stickigen Kifferhöhle. Vielleicht ist der freie Wille nur eine Illusion.

42.

Das Freigängerhaus der JVA Schwäbisch Hall sieht lange nicht so einschüchternd aus, wie ich befürchtet hatte. Zumindest sieht es nicht aus wie in Stammheim, nicht einmal so schlimm wie in Githion. Ich höre Kickerschüsse aus einem Fenster im zweiten Stock knallen, während ich über den Hof geführt werde. »Das ist unser Neubau, der Fünf-Sterne-Trakt«, erklärt mir der Wärter mit dem grauen Gesicht auf dem Weg in den Besucherraum. So sieht er aus, denke ich, ein großer, weißer Betonkasten, wie er auch in einem heruntergekommenen französischen Skiort stehen könnte. Im winterlichen Sonnenlicht wirkt die JVA ziemlich okay, vom Hof aus kann man runter auf das beschauliche Schwäbisch Hall blicken, auf ein kleines Waldstück, brachliegende Felder, es ist fast schon idyllisch. Wären da nicht die Gitter vor den kleinen Fenstern und der abstrakt-geometrische Schatten, den der ziemlich hohe, ziemlich massive Zaun auf die frische Schneedecke wirft. Pünktlich zu meinem Geburtstag hat es geschneit, das schönste Geschenk hat mir die Gefängnisverwaltung gemacht: Ich darf den Schelm besuchen. Nur für eine Stunde, aber besser als nichts.

Innen empfangen mich Neonlicht, hellgraues Linoleum, ein weißer, langer Korridor und gelbe, fingerdicke Gitterstäbe, die die unterschiedlichen Abteilungen abriegeln. Der Schlüsselring des Wärters sieht aus wie in einem schlechten Hollywood-Film: Mehrere Dutzend Schlüssel, große, kleine, dünne, dicke, die ein Konzert veranstalten, wann immer er eine Türe auf-, eine andere zusperrt.

Der Besucherraum ist so kuschelig wie eine Leichenhalle, grell und steril. In mehreren Reihen stehen kleine, quadratische Tische, an jedem Tisch drei Stühle. Wenigstens keine Glasscheibe und keine Telefonhörer, stelle ich erleichtert fest, als mir der Wärter einen Platz zuweist. »Dann hole ich mal deinen Freund«, sagt er und lässt mich sitzen. Ich schaue mich um, beobachte die anderen Besucher, Eltern, Freunde, enttäuschte Ehefrauen, ein paar aufgedonnerte Tussis schreien hysterisch, andere sitzen stumm da. Eine ältere Frau mit Kopftuch zu meiner Linken schluchzt, während ihre Hand zwanghaft den ziemlich muskulösen Unterarm des jungen Mannes auf und ab streicht. Der Hüne, der ihr gegenübersitzt, vermutlich ihr Sohn, zieht seinen mächtigen Schädel zwischen die wuchtigen Schulterblätter und redet leise auf sie ein. Leider verstehe ich nicht, was da gesprochen wird.

Dann öffnet sich am hinteren Ende des Raumes eine schwere Metalltüre. Das Graugesicht tritt hindurch, dahinter sehe ich den Schelm, der ungewohnt breitbeinig auf mich zusteuert. Verglichen mit dem Graugesicht, sieht der Schelm aus, als käme er gerade von einer Kreuzfahrt in der Karibik und nicht aus einer nach Männerschweiß stinkenden Doppelzelle mit Metallklo und Stockbett.

»Alles Gute zum Geburtstag, mein Lieber.«

Als wir uns umarmen, drückt er mich so fest, dass es schmerzt.

»Ist ja gut, zerquetsch mich nicht«, sage ich und reibe mir die Schulter.

»Immer noch das mickrige Klappergestell«, lacht Martin, lehnt sich gegen den Tisch und setzt zu einer großmütigen Geste mit der rechten Hand an, wie sie sonst nur Politiker vor Fernsehkameras machen, wenn sie ein Waisenhaus in den Slums von Nairobi besuchen, dem sie ein neues Wellblechdach spendiert haben. »Willkommen im Ertüchtigungsheim Schwäbisch Hall.« Dann schiebt er seinen Pulli hoch und zeigt mir ein Sixpack, auf das Jean-Claude van Damme neidisch wäre.

»Stehst du jetzt auf Muskelkater und Männer in Stringtangas, oder warum siehst du so aus«, frage ich irritiert.

»Selbst du hättest in diesem Landschulheim eine echte Chance, die 55-Kilo-Marke zu durchbrechen. Morti und ich trainieren jeden Tag. Was sollen wir sonst machen?«

»Nicht durchs Abi fallen?«

»Bisher habe ich einen glatten Schitt.«

»Fünf Punkte?«

»Fünfzehn Punkte, fünfzehn, glatt. Wenigstens das bin ich meiner Mum schuldig«, sagt Martin und angelt sich den Stuhl. Auf einmal klingt er nicht mehr so cool, was mich irgendwie beruhigt. Als ich ihn frage, was er nach dem Abi, als freier Mann also, plant, grinst der Schelm. Ich kenne diesen Ausdruck auf seinen Lippen, kann ihn aber nicht deuten. Er lächelt so siegessicher, wischt jedoch meinen fragenden Blick mit einer Handbewegung fort.

Dann beginnt der Schelm zu erzählen: von der Hackordnung auf dem Hof, an deren Spitze Ali und seine Jungs stünden, von den armen Schweinen aus Afrika, die nicht einmal Klamotten hätten und ständig in Anstaltskluft rumlaufen müssten, von Tauschgeschäften mit den Wärtern, Schutzgeld in Form von Schokolade und Zigaretten, von einem kleinen Italiener, der Mortis Uhr während der U-Haft in Stammheim gezockt hatte und dafür von Ali einen Besenstiehl in den Arsch gesteckt bekam. Von einem Araber, der Morti immer nur »Brille« nennt, von dämlichen Glatzen, die in der Sporthalle aufmucken und regelmäßig von den Russen auf die Fresse kriegen. Immer wieder fällt der Name Ali. Ali, der Pate, Ali, der Beschützer, Ali, der Freund, der Mann jedenfalls, ohne den Morti und er hier nicht so locker überleben könnten. Anscheinend haben die Schelmereien meiner beiden Freunde nicht nur Kripo und Bild-Zeitung schwer beeindruckt, sondern auch Ali Etschegaray.

Gerade als der Schelm von diesem einen, diesem besonders hübschen Mädchen aus seiner Schule zu erzählen anfängt, holt mich das Graugesicht wieder ab. Der Besuch ist um, schneller noch als die verdammten drei Strophen von *Under The Bridge*.

43.

Das neue Jahr fängt schleppend an, zäh, wie ein alter Schokoladenriese von Storck. Am Neujahrstag verschalten sich die vergifteten Synapsen ständig, weswegen ich nicht einmal in der Lage bin, einen Nebensatz zu bilden, am zweiten Januar bekomme ich die Rechnung präsentiert: Der Endorphinhaushalt ist derart im Minus, dass ich den ganzen Tag einfach nur im Bett liegen bleibe und mich mies fühle. Dabei hatte das alte Jahr so vielversprechend geendet: Natja und ich haben uns an Silvester das erste Mal gesagt, dass wir uns lieben, der Schädler hat Anna versprochen, sich einen Therapieplatz zu suchen, selbst Michi und seine Amöbe waren gut drauf.

Wäre 1994 doch nie zu Ende gegangen.

Das Unheil setzt am dritten Tag des neuen Jahres ein, als Jiggy bei den Diederichs anruft und mit Lizzy Schluss macht. Einfach so. Einen wirklichen Grund nennt der Pfosten nicht, er besitzt nicht einmal den Anstand, eine einigermaßen akzeptable Ausrede vorzubringen. Da Enni und Brownsen nicht da sind, bin ich es, den Lizzy als Erstes anruft.

Ich frage, ob ich rüberkommen soll, ihr ein wenig Gesellschaft leisten, dämlich im Fernsehen rumzappen, eine Hühnersuppe kochen. Sie meint, es ginge schon, sie komme alleine zurecht. Also fahre ich erst einmal zu Natja und stoße mit ihren Eltern nachträglich auf das neue Jahr an.

Gerade als Natjas Vater, einst kurzweiliger Star der Neuen Deutschen Welle und laut Bravo »Deutschlands begehrtester Junggeselle«, die zweite Flasche Champagner entkorkt, klingelt das Telefon der Gerbers. Natja geht an den Apperat, sagt aber nichts, sondern reicht mir einfach nur den Hörer weiter. Auch ich kann nicht wirklich etwas verstehen, am anderen Ende der Leitung wimmert etwas, eindeutig eine Frau. »Hilfe«, höre ich die Stimme schwach sagen. Und: »Tabletten.« Ich starre auf die Nummer, die im Display angezeigt wird. Es ist die Nummer der Diederichs, die Nummer von Lizzy.

Ich versuche, Lizzy zu fragen, ob sie den Notarzt verständigt hat, bekomme aber keine Antwort. Also lege ich auf, wähle 112, weil ich keine andere Nummer im Kopf habe, und versuche der unfassbar drögen Dame zu erklären, dass sie sofort einen Arzt zum Assiblock schicken muss. Diederichs. Erdgeschoss. Tablettenvergiftung. Hilfe. Sofort.

Als die Trulla endlich kapiert hat, um was es geht, versuche ich, noch einmal bei den Diederichs anzurufen. Es klingelt, klingelt und klingelt, niemand nimmt ab. Erika ist auf irgendeiner Skihütte in Garmisch, und wo Enni steckt, weiß ich nicht. Natjas Vater bietet mir an, mich zu den Diederichs zu fahren, ich nehme das Angebot dankbar an.

Der Krankenwagen steht schon vor dem Assiblock, als Natjas Vater mich bei den Diederichs rauslässt. Die Haustüre ist angelehnt. Ich höre Stimmen im Wohnzimmer, als ich durch die Türe trete. Gott sei Dank auch die von Lizzy.

»Sind Sie sich sicher, dass Sie nicht ins Krankenhaus wollen«, fragt ein Sanitäter im weißen Kittel. Er sieht ziemlich jung aus.

»Nein, mir geht es gut«, antwortet Lizzy. Ihre Stimme klingt nicht so polternd laut wie sonst, sondern klein und dünn.

»Vielleicht wäre es besser, wenn wir Sie zur Beobachtung mitnehmen, eventuell müssen wir den Magen auspumpen.«

»Wozu soll das gut sein«, höre ich Lizzy sagen, die sich langsam aufrichtet, als sie bemerkt, dass ich im Zimmer stehe. »Ich hab mich dreimal übergeben, mein Magen ist leer.«

Der Weißkittel schaut nicht wirklich überzeugt.

Ich trete ein paar Schritte näher.

Der junge Sanitäter mustert mich eingehend, dann sagt er: »Und Sie sind?«

»Ein Freund«, antworte ich. Dann: »Vielen Dank, dass Sie so schnell gekommen sind.«

Lizzy muss unterschreiben, dass sie auf eigenes Risiko zu Hause bleibt, die Türe fällt ins Schloss, der Spuk ist vorüber.

Stille.

Ich betrachte Lizzy, die auf dem Sofa der Diederichs liegt.

»Und?«, frage ich.

»Nichts und.«

»Wir müssen nicht darüber reden.«

»Ist ja nichts passiert.«

Ich setze mich in den großen blauen Sessel und warte.

Lizzy starrt weiter an die Decke.

»Ich wollte mich nicht umbringen«, sagt sie plötzlich. »Ich wollte nur raus hier, nichts mehr spüren, keine Angst mehr haben.«

»Wegen Jiggy?«, frage ich.

»Wegen so einem Trottel nehme ich keine zehn Valium und trinke keine halbe Flasche Jägermeister.«

Lizzy richtet sich auf, setzt sich hin, vergräbt ihr Gesicht in den Händen.

»Nein, ich habe nur solche Angst, dass ich hier niemals rauskomme, dass ich mich immer so beschissen fühlen werde wie jetzt. Deshalb wollte ich Schluss machen.«

»Wer sagt denn, dass du hier nie rauskommst? In ein paar Wochen bekommst du den Bescheid vom Medizinertest, und am Tag nach dem Abi packst du deine Sachen und bist weg von hier. Für immer, wenn du magst.«

»Und wenn ich den Test verhauen habe, was ist dann? Wenn ich die einzige Chance, die mir bleibt, verzockt habe?«, fragt Lizzy und richtet ihren Blick zum ersten Mal auf mich. Ich schaue weg, zu Boden.

»Dann studierst du eben etwas anderes. Weg kannst du in jedem Fall.«

»Und wenn das Gefühl nicht weggeht, die Angst, die mich begleitet? Die Angst, die da ist, wenn ich aufwache, die da ist, wenn ich einschlafe? Was mache ich dann? Ich kann einfach nicht mehr so weiterleben, verstehst du das nicht?«

»Nein«, stammele ich und fühle mich wie ein Idiot. Aber Ja sagen ist auch keine Option. Oder ist nichts sagen besser, als das Falsche zu antworten? Ich beschließe, sie einfach reden zu lassen und zuzuhören.

»Ich fühle mich sogar in meinen Träumen wie eine hässliche Verliererin, selbst wenn ich schlafe, höre ich die Stimmen, wie sie über mich lachen. Es kann doch niemand von mir erwarten, dass ich diese Scheiße hier noch sechzig Jahre absitze.«

»Das verlangt auch keiner von dir.« Ich stehe auf und setze mich zu Lizzy, lege meinen Arm um sie.

»Natürlich ist das Leben hier scheiße, aber du wirst es nicht mehr lange aushalten müssen. Du nicht. Das kann ich dir versprechen.«

»Und warum bist du dir da so sicher?«

»Weil du die Klügste von uns allen bist. Wenn hier irgendjemand seine Chancen nutzen kann, nutzen wird, dann du. In sechs Monaten hast du dein Abi in der Tasche, dann kannst du machen, was du willst.«

»Und wenn ich nicht mehr die Kraft habe, sechs Monate durchzustehen?«

»Dann helfen wir, Lizzy, das verspreche ich dir.«

Später am Abend, ich beschließe heute so lange bei Lizzy zu bleiben, bis Enni wieder auftaucht, sitzen wir im »Zeus« und trinken Ouzo.

»Du glaubst gar nicht, wie peinlich mir das alles ist«, sagt Lizzy nach dem dritten Glas.

»Ich werde es niemandem erzählen, versprochen. Sei lieber froh, dass nichts passiert ist. Heißt es nicht immer, das Leben geht weiter?«

»Ich glaube nicht an diesen Satz: Man tut nur so, als ginge es weiter. In Wahrheit kreist es um sich selbst und den immer gleichen Moment. Meine Ausgangslage ist denkbar beschissen.«

»Das stimmt doch gar nicht, Lizzy. Deine Chancen sind besser als die der meisten, die wir kennen. Du bist intelligent und hast ein Ziel im Leben. Wer kann das schon von sich behaupten?«

»Trotzdem hänge ich hier fest.«

»Ja, aber die anderen sind dazu verdammt, in Schwabylon zu bleiben. Du nicht. Brownsen macht seine bescheuerte Lehre, Enni wird niemals das Abi bestehen, Wolle flüchtet in die Restrealität und tut so, als könne er so dem Rattenrennen entkommen, Anna wird niemals hier wegkommen, zumindest nicht solange sie mit diesem Junkie-Penner zusammen ist, und der Schelm sitzt im Knast und kann sich mit seiner Jugend-forscht-Auszeichnung den Arsch abwischen, Hubi ist pleite. Und ich habe keinen Plan, was ich später mal machen will. Selbst im Spiegel steht, wir seien die Generation, der die ganze Welt offensteht, die mehr Chancen hat als jemals eine Generation zuvor. Und was machen wir daraus? Nichts. Wir bescheißen uns selbst, flüchten vor Verantwortung und verbauen uns alles, bevor das Leben überhaupt richtig losgeht.«

»Siehst du das wirklich so?«, fragt mich Lizzy nun. »Macht dich das gar nicht fertig?«

»Ich weiß nicht«, antworte ich ausweichend, »irgendwie nicht. Wahrscheinlich kiffe ich genug, um es zu verdrängen.«

»Wie sehen denn deine Pläne aus«, fragt mich Lizzy, »du willst doch auch nicht hierbleiben.«

»Ich finde es hier eigentlich gar nicht so schlimm.«

»Aber was willst du machen, wenn die Schule vorüber ist?«

»Keine Ahnung, woher soll ich das denn wissen?«

»Wart ihr nie in diesem Berufsbildungszentrum mit der Klasse?«, bohrt Lizzy weiter.

Langsam nervt sie mich. Ich weiß doch auch keine Antworten auf ihre bescheuerten Fragen.

Ich antworte: »Schon.«

»Und?«

»Beim Test kam raus, dass ich Lehrer werden könnte. Geschichte und Erdkunde. Oder Anwalt.«

»Du wärst ein mieser Lehrer«, sagt Lizzy und lacht. »Aber Jura könnte dir liegen.«

»Warum das denn?«

»Streiten für Geld passt zu dir.«

»Den ganzen Tag in einem Zombieanzug rumrennen und dämliche Paragraphen auswendig lernen? Nein danke.«

»Hast du mit Natja mal darüber gesprochen?«

»Über was?«

»Über deine Zukunft, du Doof.«

»Nein, was hat die denn mit Natja zu tun?« Ich beende das Gespräch mit dem Satz: »Ist ja auch egal« und bestelle noch zwei Ouzo. Dann bringe ich Lizzy heim, Gott sei Dank ist Enni zu Hause. Natürlich verschweige ich Lizzys Selbstmordversuch, als wir zu dritt auf der Couch der Diederichs sitzen und gelangweilt zwischen Viva und MTV hin- und herschalte, schließlich habe ich es Lizzy versprochen.

Am nächsten Tag ruft Lizzy an und bedankt sich dafür, dass ich gestern für sie da war. Ich versuche sie abzuwimmeln, weil Natja oben in meinem Zimmer wartet. Außerdem will ich endlich in die neue Pulp reinhören. Das Cover allein schon war es wert, 24,90 Mark zu bezahlen.

44.

Da Natja ihre Oma in Berlin besucht, nutzen Wolle und ich die Gelegenheit, mal wieder zu zweit abzustürzen. Eigentlich möchte ich ins »Müsli«, lasse mich aber in der S8, im Tunnel zwischen den Haltestellen Universität Vaihingen und Schwabstraße, überreden, ins »Oz« zu gehen. Eine ganz besondere Nacht erwarte uns dort, meint Wolle.

Ich schlage vor, noch einen Kopf zu rauchen, bevor wir hinunter ins »Oz« gehen. Der Tunnel unter dem kleinen Schlossplatz ist der ideale Ort dafür, schon alleine deshalb, weil man dort höchstens auf ein paar Penner trifft, niemals aber auf Bullen. Den Rucksack mit der Bong verstecken wir anschließend im Fahrerhäuschen eines gigantischen Baggers, praktischerweise baut die Landesbank Baden-Württemberg gerade eine neue Filiale, eineinhalb Fußballfelder entfernt vom »Oz«.

Als wir schließlich kurz vor Mitternacht im Club ankommen, spielt DJ R.o.o.d.y. gerade *Wayfarer*, dann *Brainchild* von Nostrum. R.o.o.d.y. steht auf Hardtrance aus Antwerpen, *The House Of House* geht nahtlos über in *The Age Of Love*, dann wechselt er zu *Noom 9*. Wolle begrüßt ein paar Typen an der Bar, die aussehen, als seien sie aus dem Kuriositätenkabinett eines mittelalterlichen Jahrmarkts ausgebrochen.

Wolle fragt, ob ich eine Pille will. Eigentlich hatte ich Natja versprochen, keine Drogen mehr zu nehmen, zumindest keine in Pillenform. Was soll's, denke ich, als ich die Pille mit einem großen Schluck Wasser runterspüle.

Zwanzig Minuten später fängt es an zu summen in meinem Kopf, in meinem Bauch, im ganzen Körper. Meine Beine werden leicht und zappelig, ich fürchte, dass ich bald genauso bescheuert grinsen werde wie Wolle.

Commander Tom beginnt sein Set mit eigenen Hits: *Are Am Eye, Volume One* und dem Remix von *The First Rebirth*, der meiner Meinung nach viel schlechter ist als das Original. Das stört jedoch niemanden, vor allem nicht den Commander. Fasziniert beobachte ich, wie er sich selber feiert, wie er sich den Schweiß von der Stirn wischt, in hektischen, fahrigen Bewegungen. Er sieht ziemlich durch aus, der Herr Weyer. Nicht wirklich verwunderlich, denke ich, seit Längerem schon geht das Gerücht um, Commander Tom trete niemals an, ohne sicherheitshalber eine anständige Ration Kokain mit sich zu führen. Von zehn Gramm ist die Rede. Das Material bunkere er unter den Plattenspielern, für Notfälle, heißt es, egal, ob er wie heute im »Oz«, im »Nexus 6«, Schorndorf, oder in der »Störung« in Winnenden auflegt.

Mir kann das egal sein, solange Tom die richtigen Platten auflegt. Und das tut er. Die Pille schiebt ganz schön, ich hatte ganz vergessen, wie doll es summen kann im Körper. Meine Füße machen, was sie wollen. Sollen sie doch.

Neben mir tanzen ein paar LSD-Mädchen, die sich im Nichts zwischen den Stroposkopblitzen verlieren und in die Leere des schwarzen Kubus starren und nicht fassen können, was sie da sehen. Bässe werden zu Farben, Farben zu Rhythmen, Rhythmen zu Bildern. Was würde ich darum geben, die Bilder zu sehen, die die Droge gerade in ihre Köpfe malt.

Als ich an die Bar gehe, versuche ich der Unterhaltung ein paar hektischer Kokainisten zu folgen, doch ich kann ihre maschinengewehrartig abgefeuerten Halbsätze in keinen Zusammenhang stellen. Wortfetzen fliegen durch den Raum, gehen verloren, werden wieder aufgenommen, umgedreht, verarbeitet, zurückgespuckt. Das hier ist das Zentrum des Universums, des Rätsels Lösung, die Frage auf die Antwort, die da lautet: 42. Wir alle kennen die Frage, fühlen sie, leben sie. Dummerweise werden wir uns morgen nicht mehr an sie erinnern können.

Commander Tom spielt gerade Cybordelics als es auf einmal hell im schwarzen Loch wird. Unangenehm grell, taghell. Zuerst denke ich mir nichts dabei, vermutlich hat irgendjemand den falschen Knopf auf dem Lichtpult gedrückt, ich tanze weiter, doch dann hört die Musik auf. Einfach so. Und hell bleibt es trotzdem.

Ich schließe die Augen, öffne die Augen, es bleibt hell. Wolle steht direkt vor mir und wühlt ziemlich hektisch in seinen Taschen. Irgendetwas stimmt hier nicht, gar nicht, denke ich. Wo bleibt die Musik, und warum schaltet niemand das verdammte Licht aus? Ich drehe mich um und schaue Richtung DJ. Anstelle eines verschwitzten Commanders Tom stehen dort zwei Männer in schwarzer Uniform hinter dem Mischpult. Sie sehen aus wie Stormtrooper. Dann sehe ich Commander Tom, der sich hektisch gestikulierend mit einem

Stormtrooper unterhält. Sollten die Kerle nicht gerade in Bosnien sein, denke ich, was suchen die hier? Um diese Uhrzeit? Dann kapiere ich, was gerade passiert. »Die Bullen sind da«, sage ich zu Wolle, der noch immer in seinen Taschen kramt.

»Ach, nee«, antwortet Wolle schließlich. Aus dem Augenwinkel sehe ich, wie immer mehr Stormtrooper die Treppe herunterstürmen. Wolle zieht mich in die Ecke neben der Bar und hält mir zwei Pillen hin: »Entweder du frisst die jetzt, oder ich lasse sie fallen.« Ohne nachzudenken, nehme ich die rosafarbene Tablette und schlucke sie runter. Wolle nimmt die andere und grinst. »Das wird lustig«, raunt er mir zu, »komm, wir holen unsere Jacken.«

Auf dem Weg zur Garderobe sehe ich überall auf dem Boden Pillen, Trips und Tütchen liegen, in allen Größen und Farben. Mittlerweile sind mehr Stormtrooper im Raum als Gäste. Ein paar von ihnen filmen, andere führen Verdächtige ab, Wolle glaubt zu sehen, wie zwei Cops Commander Tom die Treppe hochzerren.

Die Bullen haben einen Kastenwagen vor den Eingang gestellt, in dem jeder gefilzt wird, heißt es auf der Treppe. Das ganze Areal sei umstellt, ausgeleuchtet mit Scheinwerfern, von vierhundert Polizisten ist die Rede, Scharfschützen lägen auf den umliegenden Dächern.

Es dauert ewig, bis wir schließlich oben ankommen. Wenigstens können wir jetzt sehen, was es mit der Schleuse auf sich hat: Jeder, der den Club verlässt, muss sich einer Leibesvisitation unterziehen, jeder. Anscheinend meinen es die Bullen diesmal wirklich ernst. Ich höre, wie hinter mir ein Witz erzählt wird:

»Ein Techno und ein Goa tanzen auf einer Party. Der Goa hat nur einen Schuh an. Sagt der Techno: He, du hast einen Schuh verloren. Antwortet der Goa: Nee, ich habe einen gefunden.«

Nicht witzig, gar nicht, denke ich. Die zweite Pille war wohl eine zu viel. Wolle hingegen kriegt sich gar nicht mehr ein. Wären wir bloß ins »Müsli« gegangen. Mein Gehirn brennt, ich fühle mich wie der kleine Bruder aus dem *Krieg der Knöpfe*: Wenn ich das gewusst hätte, wäre ich nicht mitgekommen.

Als wir endlich am VW-Bus ankommen, der den Ausgang blockiert, winken mich die Grünen durch, einfach so. Wolle muss seine Taschen leeren, aber außer einer leeren Kippenschachtel und zwei zusammengeknüllten Flyern finden sie nichts. Das Gras hat Wolle vorsorglich in die Unterhose gestopft, die Papers unten auf der Bar liegen lassen. Mehr als fünfzig Sondereinsatzkommando-Superbullen seien im Einsatz und dreißig Drogenspürhunde, behaupten ein paar Freunde von Wolle, die ich nicht kenne, dennoch setzen wir uns zu ihnen auf den Brunnenrand, um das Schauspiel aus sicherer Entfernung zu beobachten.

Die Cops haben es nicht auf normale Druffis abgesehen, heißt es, lediglich auf Drogen. Das »Oz« sei den Behören schon lange ein Dorn im Auge. Einer der wenigen, die in Handschellen rausgeführt wurden, sei der Commander gewesen, will ein Mädchen wissen.

Wir bleiben am Brunnen sitzen, wie lange, weiß ich nicht, lange genug jedenfalls, bis die erste S-Bahn fährt. Ginge es nach mir, würden wir in irgendeinen After-Hour-Laden verschwinden, abtauchen in ein dunkles Loch, die zweite Pille schiebt mächtig, noch immer summt es in meinem Körper. Wolle jedoch meint, es mache keinen Sinn mehr. Also fahren wir nach Hause.

Da meine Eltern übers Wochenende weggefahren sind, verbarrikadieren wir uns in meinem Zimmer. Über dem Schönbuch geht langsam die Sonne auf. Wolle macht Mischung, doch auch nach drei Köpfen ist an Schlaf nicht zu denken. Ich versuche, mich unter die Bettdecke zu flüchten, stelle mich tot, vergebens. Bevor meine Eltern heimkommen und wir wie zwei Duracell-Häschen durchs Haus trommeln, beschließen wir, dass es keinen Sinn macht, hier noch länger zu liegen und die Astlöcher in der Kiefernholzdecke zu zählen.

Wolle schlägt vor, nach Winnenden in die »Störung« zu fahren. Die Afterhour dort sei nicht abgesagt, meint er, Razzia hin, Razzia her, die »Störung« sei unser Rettungsring, und zwar den ganzen Sonntag lang.

Bevor wir losfahren, kramt Wolle ein weißes Briefchen aus seinem Rucksack. Erstklassiges Speed sei da drin, erklärt er, ich verziehe das Gesicht.

»Meinst du wirklich?«, frage ich ihn.

»Der Klügere legt nach«, antwortet Wolle und rollt einen Fünfmarkschein zusammen.

Als wir im weißen Golf sitzen, ein Mix von Sven Väth läuft, frage ich Wolle, ob er glücklich ist.

Zuerst schaut Wolle mich irritiert an, als hätte ich Johannes den Täufer gefragt, ob es Sinn macht, die Menschen zum Christentum zu konvertieren. Schließlich sagt er: »Wir werden niemals aufhören, so zu leben.«

Vielleicht hat er recht, denke ich und starre auf das Schuhband meiner weißen Half Cabs, und hoffe, dass es nicht so weit kommt.

45.

Heute hat der Sektenguru Shoko Asahara einen Giftgasanschlag auf die U-Bahn von Tokio verübt. Sein Vorhaben, der neue Kaiser von Japan zu werden, endet in einer Zelle, vielleicht auch am Galgen. In der großen Pause meint Enni, dass wir uns ein paar Kanister Sarin besorgen sollten, um das Lehrerzimmer auszuräuchern. Langsam wird Enni mir unheimlich.

Natja schlägt vor, abends ins Kino zu gehen. Sie will den *König der Löwen* sehen, ich *Forrest Gump*.

Wir steigen am Rotebühlplatz aus, obwohl Natja die Station ekelig findet. Am Rotebühlplatz hängen die Stuttgarter Junkies ab, und jeder Mensch mit klarem Blick, der durch die verlassene Zwischenetage will, wird von den umherstolpernden Gespenstern angeschnorrt. Ich muss zugeben, dass ich ganz gerne dort aussteige, weil ich das Bild der kaputten Junkies so faszinierend finde wie einen Autounfall.

Wir schaffen es fast bis zur Rolltreppe, als uns einer der Junkies anspricht. Er ist nicht so mager wie die anderen Kaputten, auch seine Klamotten sehen nicht ganz so fertig aus. Man ahnt, wie breit das Kreuz des Kerls einmal gewesen sein muss, früher, bevor er sich das erste Mal den Arm mit einem Gürtel abschnürte, damit die Venen in der Armbeuge deutlicher hervortreten.

»Hey, Schmall, wie läuft's?«, fragt er mich, die Augenlider fast geschlossen, seine Augäpfel weit zurückgezogen im Schädel. Ich zucke zusammen. Hat der Kerl gerade meinen Namen gesagt?

»Schmall, Alter, haste du vielleicht ein paar Mark für einen alten Freund?«, nuschelt er. »Wir kennen uns doch schon so lange.«

Jetzt erkenne ich das Gesicht, das tief im Schatten der weit heruntergezogenen Baseballmütze liegt.

Es ist der Schädler.

Ich bleibe stehen, geschockt, unfähig, etwas zu sagen, unfähig weiterzugehen.

»Erkennst du mich denn nicht?«, fragt er nun. Seine Stimme klingt nicht mehr hart, sondern ungewohnt weinerlich. Sie erinnert mich an eine Kinderstimme.

»Hallo, Björn«, stammel ich, schaue betreten zur Seite, immer noch geschockt, wie schlimm der Schädler aussieht, wie gebrochen und verloren er wirkt. Er, der Anführer der

Lost Boys, der Schrecken von Stetten, ein Zombie in einer Parallelwelt. Dass es so schlimm um ihn steht, hatte ich nicht geahnt. Wahrscheinlich war Anna deshalb so schweigsam in den letzten Wochen und Monaten. Sogleich schäme ich mich, dass ich sie nie anrufe, mich nie melde.

Der Schädler steht vor mir, rastlos, kratzend, ungeduldig wartend.

»Mach schon, Schmall, ein paar Mark kannst du mir doch leihen.«

Jetzt bist du wirklich ein Lost Boy, denke ich, während meine Finger in der Tasche hastig nach Kleingeld fischen.

»Kannst mir auch ’nen Schein geben, Schmall«, bettelt der Schädler, »ich gebe dir das Geld zurück, versprochen.« Die Ausbeute in meiner Hand ist mager: Ein Zweimarkstück, ein paar Zehnerle.

Nicht der Rede wert.

Ich gebe ihm die Münzen und hole einen Zehnmarkschein aus dem Portemonnaie. »Schon okay«, sage ich und reiche ihm den Schein. Ich spüre, wie Natja meine Hand loslässt und losgeht.

»Pass auf dich auf, Björn«, sage ich zum Abschied, bevor ich Natja eilig hinterherlaufe.

Forrest Gump ist ausverkauft. Wir entscheiden uns für *Leon – Der Profi*.

Ein paar Wochen später tritt das Schengener Abkommen in Kraft. Freie Fahrt für freie Kiffer.

Abends telefoniere ich mit Anna. Sie klingt verzweifelt. Björn habe am Wochenende das Tafelsilber der Familie eingepackt, außerdem noch den *Großen Brockhaus* und *Grzimeks Tierleben*. Ihre Eltern seien außer sich, und sie wisse einfach nicht weiter, sagt Anna. Björn ist nicht mehr er selbst, sagt sie, die Droge mache alles kaputt. Eine Viertelstunde schaffe ich es zuzuhören. Dann lege ich auf und fahre mit dem

Bus zu Natja. In meinem Diskman läuft *Niggaz 4 Life*. Eigentlich höre ich das Album ständig, seit Eazy-E gestorben ist. Eine Reunion von NWA wird es nicht geben, ihren Platz als »gefährlichste Band der Welt« nehmen jetzt wohl die Scorpions ein.

46.

Die Ergebnisse des Medizinertests lassen auf sich warten, Lizzy wird von Tag zu Tag ungeduldiger. Ich versuche, sie zu beruhigen, schließlich reicht ein Schnitt im Abitur von 1,3 für einen Studienplatz. »Aber nur im Osten«, befürchtet Lizzy.

Am frühen Abend bleibt Enni beim Zappen bei einer Gerichtsverhandlung hängen. Johnnie Cochran steht vor der Bank der Geschworenen und ruft: »If it doesn't fit, you must aquit!« Er wiederholt es mehrere Male, dabei wedelt er mit einem dunklen Lederhandschuh umher, an dem angeblich die DNA von O.J. Simpson, aber auch die von Brown und ihrem Lover Goldman gefunden wurde. Simpson hat jedoch sichtlich Probleme, den Handschuh überzustreifen, eine Tatsache, in die sich sein hoch bezahlter Anwalt Cochran nun wie ein Bullterier hineinbeißt. Wenn der Handschuh nicht passt, müsse man Simpson freisprechen, so einfach sei das, beschwört er den Saal. Dass O.J. einen Gummihandschuh trägt, als er in den Handschuh schlüpft, scheint niemand zu stören. Nachdem Cochran zum dritten Mal: »If it doesn't fit, you must aquit« wiederholt, stellen wir den Ton ab und hören stattdessen die neue Tupac. Der Blick der Kamera fängt immer wieder Dominick Dunne ein, den Star-Reporter der Vanity Fair. Später wird Dunne von einer Journalistin gefragt, ob er O.J. für schuldig halte, Dunne will jedoch keinen Kommentar abgeben, »it ain't easy«, sagt er abwehrend. Wir fragen uns, ob er weiß, dass Tupacs neue Single so heißt. Vielleicht hängt ja alles irgendwie zusammen.

Als wir beim »Jackies« ankommen, stehen wir vor verschlossener Türe. Die beiden Türgriffe sind mit einer wuchtigen Eisenkette verschlossen. Im rechten Bullauge darüber hängt ein Anschlag: »I'll Be Back! Hubi.«

Hubi ist pleite, heißt es an der Aral. Der Gerichtsvollzieher sei schon am Wochenende da gewesen, will einer wissen, er habe das Bargeld aus dem Tresor beschlagnahmt, Hubis Konten gespeert, sogar Fahrzeugschein und Schlüssel des schwarzen Trans Am seien konfisziert. Aber es kommt noch schlimmer: Die blonde Claudi sei direkt nach der Razzia am Sonntagabend abgehauen, ausgezogen, mit Tochter, Sack und Pack, nicht einmal einen Wasserkocher habe sie Hubi gelassen, nichts.

Aus gegebenem Anlass kaufe ich eine Flasche Jack Daniel's, Eis und ein paar Dosen Cola. Wir trinken auf Hubi, den Paten der Lokalhelden!

Was wäre ohne Hubi schon aus uns geworden? Teetrinkende Tocotronics? Selbst Enni, der seit mehr als einem Jahr Hausverbot hatte, ist am Boden zerstört. Schließlich war er es, der Brownsen und mich im »Jackies« eingeführt hat. Vergessen sind der Tritt in die Klöten, das Weekend-Heftchen, der kalte Schweiß.

Wolle fährt mit dem Golf seiner Mutter vor, aus den Boxen scheppert *I got 5 on it*, Wolles Lied des Jahres. Der Junge hat das Abitur tatsächlich mit der mathematisch möglichen Mindestpunktzahl bestanden, 5 Punkte in jedem angerechneten Kurs, eine 4,0 im Gesamtschnitt.

Als *Inner City Life* von Goldie anfängt, nervt Lizzy so lange, bis Wolle zurückspult. Brownsen will Oasis hören, Enni Jamiroquai. Mir ist es scheißegal, ich bin besoffen. Wir einigen uns auf *Smokers Delight* von Nightmares On Wax.

Irgendwann sind wir alle fürchterlich betrunken. Michi kotzt hinter die Tankstelle, wie früher, wir beschließen aufzubrechen, bevor irgendjemand von uns verlangt, Michis Lache wegzuwischen. Auf dem Heimweg rotzen Brownsen und Enni dem Besoffski aus alter Gewohnheit die Bomberjacke voll. Wir treten jede Lampe auf dem Weg ins Stangengebiet aus und ärgern uns, dass kein BMW am Straßenrand parkt, den wir anpissen können. Als ich mich an der Martin-Luther-Straße von Enni und Brownsen verabschiede, schnorre ich noch eine Magnum bei Enni.

Das »Jackies« bleibt bis auf Weiteres geschlossen, trotzdem gehen wir in den nächsten Wochen fast jeden Abend vorbei, voller Hoffnung, Hubi habe von irgendwoher noch ein paar Mark auftreiben können. Wäre Hollywood-Arnie ein loyaler Freund, würde er die Zeche zahlen. Doch das Gegenteil ist der Fall: Knapp einen Monat nachdem der Gerichtsvollzieher den Stecker des Terminator-Flippers aus der Steckdose gezogen hat und der silberne Totenschädel zum letzten Mal »Hasta La Vista, Baby« sagen konnte, stehen Lastwagen einer Stuttgarter Spedition auf dem Parkplatz, auf dem sonst immer der schwarze Trans Am parkte. Eines Abends sehen wir, wie einer der zehn Billardtische verladen wird. Das war's dann.

Als ich zu Hause ankomme, brennt in Ankes Zimmer noch Licht. Es ist weit nach Mitternacht, und Anke ist wach, irgendetwas stimmt hier nicht. Ist der Papst gestorben, überlege ich, als ich die Treppe in den ersten Stock hochgehe. Nein, der Pole ist nicht aus den ochsenblutfarbenen Mokassins gekippt. Noch nicht. Stattdessen erzählt mir Anke, dass sie nach Kanada auswandern will, um dort Theologie zu studieren. Warum nicht, sage ich und gehe in mein Zimmer. Im Radio berichten sie heute von serbischen Truppen, die ethnische Säuberungen in der Stadt Srebrenica durchführen, ein regelrechtes Massaker habe dort stattgefunden. Dabei galt Srebrenica als UN-Schutzzone.

Zum Einschlafen höre ich *Unfinished Sympathy*. Vielleicht schlafe ich deswegen unruhig, wahrscheinlich liegt es aber daran, dass ich mal wieder zu viel getrunken und zu wenig gegessen habe. Kurz bevor der Wecker klingelt, ändert sich das Szenario. Ich höre eine Melodie, sie ist mir vertraut. Natja und ich tanzen eng, eng und langsam. Ich kenne das Stück, zu dem wir tanzen, kann aber den Takt nicht halten. Natjas Finger streicheln behutsam meinen Nacken, was mich nur noch mehr aus dem Takt bringt. Eins, zwei, drei, vier. Eins, zwei drei, vier. Mein rechtes Bein ist zu langsam, analysiere ich. Außerdem quietscht die Sohle meiner Lederschuhe auf dem Parkett. Woher hast du eigentlich diese Schuhe, durchfährt es mich. Plötzlich klingelt der Wecker.

Eins.

Beep,

Zwei.

Beep.

Drei.

Beep.

Vier.

Beep.

Jetzt habe ich sogar die Schrittfolge vergessen. Tanzen ist etwas für Zombies, sage ich zu Natja.

Als ich wach bin rauche ich eine im Bett.

47.

Da ich keine Lust habe, mit Eva und Helmut in die Bretagne zu fahren, bleibe ich in den Sommerferien mal wieder zu Hause. Warum auch nicht? Eigentlich wollte ich einen Intensivkurs in Mathe belegen, doch nun, wo mich niemand zwingen kann aufzustehen, beschließe ich das Geld sinnvoller anzulegen. Und zwar in eine eigene Bong, eine aus Glas, eine mit einem Kugelbauch, in den ganz viel Wasser zur Kühlung passt.

Erst einmal einen Kopf rauchen, morgens um elf, schließlich sind Ferien. Dann Lizzy anrufen, um sicherzugehen, dass sie keine Dummheiten macht.

Ich erzähle ihr, wie geil die neue Pulp ist.

Lizzy ist nicht einmal ansatzweise beeindruckt. Es gebe viel spannendere Neuigkeiten, behauptet sie.

»Was denn?«, frage ich.

»In Bernhausen macht ein McDonald's auf.«

»Nicht wahr.«

»Doch.«

»Krass.«

»Total. Und das Beste: Die suchen händeringend nach Aushilfen.« Lizzy wäre nicht Lizzy, wenn sie nicht sofort angerufen und ein Vorstellungsgespräch vereinbart hätte. Klar, All You Can Eat auf Lohnsteuerkarte. Jackpot! Wer braucht da noch einen Medizinertest, wenn das Gesundheitszeugnis als Eintrittskarte ins Schlaraffenland zieht? Ob ich keine Lust hätte, fragt sie nun. Enni sei auch dabei. Der Stundenlohn liegt bei 11,72 Mark, und die Arbeitszeiten kann man sich aussuchen.

»Klingt nicht schlecht«, sage ich, bevor ich auflege, und frage mich, was Wolle wohl davon hält, wenn seine Freunde beim Klassenfeind anheuern. Ob mir der Eintrag ins Schwarzbuch der Globalisierung tatsächlich 11,72 Mark wert ist, kann ich mir auch später noch überlegen, beschließe ich, rufe Natja an, fahre zu ihr und lege mich noch einmal ins Bett.

Randnotiz: Heute bis zum vierten Lied durchgehalten.

48.

Am Tag, an dem Robbie bei Take That rausfliegt, bekommen Enni, Lizzy und ich unsere Uniformen. Von nun an werden wir jeden Donnerstag und jeden Sonntag von nachmittags um fünf bis abends um zehn Big Macs und Schoko-Shakes zubereiten und danach stinken, als wären wir und nicht die Chicken McNuggets in der Fritteuse gelandet.

Herrn Schneider, dem Filialleiter des neuen McDonald's, mangelt es zwar an Manieren und Allgemeinbildung, dafür hat er einen ziemlich guten Humor. Als ich ihn beim Einstellungsgespräch frage, wie viele Leute hier eigentlich arbeiten, antwortet er nur: »Die Hälfte.« Außerdem scheint Herr Schneider über eine erstaunliche Menschenkenntnis zu verfügen: Enni, den die ganze Kifferei von Woche zu Woche blöder macht, fängt in der Salatküche an, er ist der einzige Deutsche im gesamten Küchenbereich, auch wenn das per se nichts zu sagen hat. Lizzy, die aufgrund ihres Umfangs nicht gerade dem Idealbild eines ausgewogen ernährten Mit-teleuropäers entspricht, setzt Schneider an die Kasse des McDrive, wo die Kunden sie nicht sehen, wo es aber darum geht, schnell und höflich zu sein. Mir verpasst Schneider ein Headset, das ich zusätzlich zu dem bescheuerten Schiffchen tragen muss. Ich bin Runner und soll die Bestellungen der McDrive-Kunden, die die lauffaule Lizzy in die Kasse tippt, möglichst schnell zusammenpacken und den Kunden rausreichen. Es gibt drei verschiedene Tütengrößen, zu jeder Bestellung gehören zwei Servietten, kein Burger darf hochkant oder gar kopfüber verpackt werden, Pommes Frittes immer hochkant. Am Ende müssen die Tüten zweimal zwei Fingerbreit in Richtung des Logos gefaltet übergeben werden. Dazu sage ich dann immer noch mein Sprüchlein auf: »Vielen Dank für Ihre Bestellung. Guten Appetit. Einen schönen Tag noch.«

Es ist wirklich erstaunlich, wie heterogen die Kundschaft bei McDonald's ist. Irgendwann beißt jeder mal in einen Big Mac. Hier und nur hier wird die klassenlose Gesellschaft, von der Marx träumte, für die Dauer eines Cheeseburgers Wirklichkeit.

Eines Donnerstags renne ich den Bestellungen hinterher, höre über Funk Lizzys quäkende Stimme, die besonders erfreut nach oben ausschlägt, wenn sie acht Eistüten mit Schokoladensauce eintippen darf, weil sie genau weiß, wie sehr ich es hasse, die Softeis fotogerecht aufzutürmen.

Gerade als ich das achte Eis mit Schokosauce verziere, taucht plötzlich Lizzy an der Eismaschine auf. Sie hält einen Brief in den Händen.

»Ist es das, was ich denke?«, frage ich nur, während ich mir die klebrige Schokosauce von den Fingern wische.

»Yep«, antwortet Liz. Wieso kann sie nicht einfach mit dem Ergebnis rausrücken, ärgere ich mich.

»Und?«, frage ich nach, eine Spur zu laut, zu genervt.

»Zweitbeste.«

»Verstehe ich nicht.«

»Zweitbeste.«

»Zweitbeste von Stuttgart, Baden-Württemberg, Zweitbeste deines Jahres, jetzt sag schon.« Auf dem Monitor sehe ich schon das nächste Auto anrollen.

» Zweitbeste von Deutschland!«

»Das ist krass. Glückwunsch, das ist der absolute Hammer.« Ohne zu überlegen, umarme ich Lizzy.

»Du stinkst«, ist alles, was sie sagt, bevor sie in ihre Kassenzelle zurückläuft.

»Du auch!«, rufe ich ihr hinterher.

Zweitbeste von Deutschland ist sie, unsere fette Lizzy. Wenigstens eine schafft es hier raus.

Über Funk frage ich Lizzy später, ob sie sich schon für einen Studienort entschieden habe. »Ich geh nach Tübingen«, krächzt es zurück in meinen Kopfhörer.

»Warum das denn?«, will ich wissen. »Das ergibt doch gar keinen Sinn. Du wolltest doch weg aus Schwabylon, schon vergessen?«

»Doch tut es«, antwortet sie, »Jiggy stand gestern Abend mit hundert Rosen vor der Türe und hat mich angefleht, ihm noch eine Chance zu geben. Das werde ich, er sah so süß aus, wie er da stand. Außerdem brauche ich einen Nebenjob.«

Enni scheint das unfassbar gute Resultat seiner Schwester wenig zu beeindrucken. Als er mir zwei Chef-Salate bringt und ich ihn darauf anspreche, antwortet er nur lakonisch: »Sie war auch die Zweitfetteste.«

Leider wahr.

49.

Am letzten Tag der Sommerferien spüre ich eine merkwürdige Traurigkeit in mir aufsteigen. Sie ist mir peinlich, weil ich mich wie ein Verräter fühle, wie ein Zombie. Noch ein Jahr Schule, noch ein Jahr absitzen. Das war's dann.

Abends stehe ich wieder am McDrive. Herr Schneider setzt sich ebenfalls ein Headset auf, um mir durch die sonntägliche Burger-Rushhour zu helfen. Er kümmert sich um Getränke, Pommes, Servietten und Soßen, ich renne, renne und renne und stopfe Fisch Macs neben Big Macs, McRibs neben Chicken McNuggets.

Jede neue Bestellung leuchtet in grüner Schrift auf einem Monitor auf, der über dem McDrive-Schalter hängt, maximal sechs Bestellungen können gleichzeitig verwaltet werden. Immer wenn eine fertig gepackte Tüte rausgeht, wird die Bestellung weggedrückt, damit die nächste auf dem Bildschirm Platz findet. Unten rechts zählt ein digitales Zählwerk die Anzahl der abgeschlossenen Bestellung, alle sechzig Minuten wird automatisch auf Null zurückgestellt.

Minute 58.

Bestellung 100. Drei Cheeseburger.

Bestellung 101. Schoko-Shake.

Bestellung 102. Drei Junior-Tüten, zwei mit Hamburger, eine mit 4er Chicken, zwei Big Mac, eine Pommes, ein Feldsalat mit Haus-Dressing.

Bestellung 103. Acht Fisch Mac.

Während ich ungeduldig auf die Fisch Mac warte, sehe ich, wie Herr Schneider in sein Büro sprintet. Als die Fisch Mac endlich da sind, kommt auch Herr Schneider zurück. Warum schaut der so komisch, frage ich mich.

Minute 59.

»Noch eine Bestellung, dann haben wir den Deutschland-Rekord«, ruft er mir über das Piepen der Pommes-Fritteuse hinweg zu.

Bestellung 104. 9er Chicken mit süß-saurer Soße, einer Barbecue-Soße.

Ich werfe drei Soßen extra rein, falte die Tüte zweimal in Richtung des gelben Ms, reiche sie aus dem Fenster und drehe mich um.

Herr Schneider packt mich am Oberarm. Er sieht irgendwie merkwürdig aus, seine Gesichtszüge entgleiten. Ist er sauer?, frage ich mich für einen Moment, dann erkenne ich es als Freude an, was da gerade in seinem Gesicht abgeht.

Er ruft: »104 Bestellungen in 60 Minuten. Deutschland-Rekord.«

»Das gibt 'ne Prämie, so viel ist sicher«, sagt er und verschwindet in seinem Kabuff.

Endlich mal etwas, was ich in meinen Lebenslauf schreiben kann.

Von den 200 Mark kaufe ich mir ein neues Brett, Jasons Lees Stereo, dazu ein paar Achsen von Independent.

50.

In der dritten Schulwoche fängt Anna mich ab, gerade als ich in die Raucherecke gehen will. Sie fragt, ob ich einen Moment Zeit für sie habe. »Klar doch«, antworte ich. Anna will nicht zu den anderen in die Raucherecke, stattdessen verlassen wir die Schule durch den Nordeingang und setzen uns an die mittlerweile stillgelegte Haltestelle der Linie 6.

Ich starre die Grashalme an, die zwischen den Schienen wachsen, jetzt, wo keine Straßenbahn mehr fährt.

Anna schweigt beharrlich, ich wundere mich ein wenig,

schließich war es ihr Wunsch, hierherzukommen. Ich zünde mir eine Zigarette an und versuche vergeblich, immer kleiner werdende Rauchkringel durch ihre größeren Brüder zu pusten.

Anna schaut mir eine Weile zu, dann lehnt sie sich an meine Schulter. Ich schnipse die Zigarette ins Kiesbett und lege meinen Arm um sie. Es fühlt sich gut an.

Seit wir die Schule verlassen haben, haben wir kein Wort gesprochen. Dann platzt es aus Anna raus: Gestern Abend habe sie Björn dabei erwischt, wie er sich einen Schuss setzte. Natürlich wisse sie, dass Björn Heroin nehme, dass er seit fast einem Jahr an der Nadel hänge, doch das Wissen darum sei nicht annähernd so schmerzvoll gewesen wie der Anblick, der sich ihr gestern Nacht bot.

Sie habe unten in der Küche gesessen und für die Matheklausur gelernt, die übermorgen ansteht. Sie habe nicht einmal die Ableitung der e-Funktion hinbekommen, also sei sie hochgegangen in ihr Zimmer, viel früher als geplant. Björn habe sicher nicht damit gerechnet, dass sie schon kommt, sonst hätte er sich den Schuss im Badezimmer gesetzt, glaubt Anna.

Jedenfalls kam sie ins Zimmer, als Björn mit ein paar Kerzen neben dem Bett saß und sich gerade den Oberarm mit seinem Gürtel abband. Neben der Kerze lag ein Löffel, die Watte aus einem abgebrochenen Zigarettenfilter, ein zu einem Briefchen gefaltetes Stück Papier mit einem Rest bräunlichem Pulver darauf. Björn habe nicht bemerkt, dass sie ins Zimmer gekommen war. Er habe die Watte fest zusammengedrückt, sie in den Löffel gelegt, in dem er vorher das Heroin mit einem Spritzer Zitronensaft aufgekocht hatte, die Nadel hineingestochen und die Spritze behutsam aufgezogen.

Björn sei so in sein Ritual versunken gewesen, dass er nicht einmal gemerkt habe, dass sie seit Minuten im Raum stand und ihn beobachtete. Sie sei schockiert gewesen, unfähig, sich zu bewegen, geschweige denn, etwas zu sagen. Dann habe er die Spritze auf eine Vene in seiner Armbeuge gerichtet und hineingestochen. Anna meint, sie habe ein flüchtiges Lächeln auf seinen Lippen gesehen. Dann habe er den Kolben der Spritze durchgedrückt.

Ich beobachte meine Finger, zwischen denen eine neue Kippe glüht. Sie zittern. Ich weiß nicht, was ich sagen soll.

Anna vergräbt ihr Gesicht in meinem Kaputzenpulli.

Ich versuche ihr zu sagen, dass sie nichts dafür kann, dass es nicht ihre Schuld sei. Dass Björn zwar ein Junkie ist, der Hilfe braucht, aber dass es noch nicht zu spät dafür ist.

Anna fängt leise an zu weinen. Sie wisse nicht mehr weiter, sagt sie. Sie könne Björn doch nicht alleine lassen. Nicht jetzt. Niemals.

Vier Tage später, es ist der Sonntagmorgen nach dem Krautfest, wache ich auf, weil das schnurlose Telefon neben meinem Kopf nicht aufhört zu klingeln. Eva und Helmut sind entweder taub oder nicht da, fluche ich, ansonsten würden sie das gottverdammte Klingeln unterbinden. Mein Rachen ist staubtrocken. Natja liegt neben mir und grunzt verärgert, bevor sie sich wegdreht. Ich räuspere mich, vergeblich, und verliere mich für einen kurzen Moment im Anblick von Natjas nackten Schulterblättern, ein Leberfleck, wenige Zentimeter neben der Wirbelsäule, hat es mir besonders angetan. Dann klingelt es wieder und wieder und wieder, unbarmherzig wie ein T-1000, ich zwinge mich, den Blick vom Leberfleck zu lösen, dann nehme ich das Gespräch an.

»Alter, wird auch langsam Zeit, dass du rangehst.«

Es ist mein Nachbar.

»Was willst du?«, frage ich und drehe mich in Natjas Richtung. »Du warst raven, hast mal wieder maßlos übertrieben und kannst jetzt nicht schlafen, oder?«

»Nein, also ja. Aber deswegen rufe ich nicht an.«

»Weswegen dann?«, frage ich und versuche mein Becken näher an Natjas Hintern heranzuschieben. »Wenn du was zu kiffen willst, musst du Enni fragen, ich hab nichts da«, blaffe ich ihn an, anscheinend eine Spur zu laut für Natjas Empfinden, jedenfalls stößt sie mir ihren Hintern in den Unterleib und dreht sich auf den Bauch. Weg von mir und dem Telefon.

»Also, ich stehe ziemlich verschallert im ›Trance‹, als so eine Alte auf mich zukommt. Eine ziemlich hübsche Alte. Totales Beuteschema.«

»Und?«, frage ich, um das Gespräch zu beschleunigen, weil ich weiß, wie lange und zäh Wolles Runter-komm-Monologe werden können. Schlimmer noch als die Geschichten von Enni, wenn er besoffen zum achtzehnten Mal davon erzählt, wie er dabei war, es mit eigenen Augen gesehen, es miterlebt hat, wie der VfB 1994 Deutscher Fußballmeister wurde. Was ich ihm im Übrigen nicht abnehme, aber das tut an dieser Stelle nichts zur Sache.

»Jedenfalls steuert sie direkt auf mich zu, bleibt vor mir stehen und drückt mir einen fetten Zungenkuss rein.«

»Das ist toll, Wolle, wirklich toll.«

»Nachdem sie mir ihre Zunge in den Hals gesteckt hat, fragt sie mich, ob ich noch was habe.«

»Lass mich raten: Du hattest noch was.«

»Ich gebe ihr eine halbe Pille, sie spült die mit einem Jägermeister runter, dann knutschen wir wieder. Irgendwann knabbert sie an meinem Ohr rum und sagt: Andi, es tut mir wirklich leid, das mit deiner Freundin. Ich so: Nicht so schlimm, und küsse sie wieder, weil ich keine Lust habe, dass sie merkt, das ich nicht Andi bin, und beschließe, von jetzt an einfach Andi zu sein.«

»Wolle ist Andi.«

»Ganz genau. Und zwar so überzeugend, dass ich zwei Stunden später auf ihr liege und wie ein Irrer rödel, weil mich ihr ständiges ›Andi, uhhhnn, Andi, hhmmmm‹ in den Wahnsinn treibt.«

»Aha.«

»Wie soll man auch kommen, wenn die Alte ständig den Namen eines anderen Mannes schreit?«

»Du bist also nicht gekommen.«

»Doch, nach einer halben Ewigkeit. Ich war so verblasen und druff, dass ich immer an Brownsen denken musste.«

»Wie bitte?«, frage ich und richte mich im Bett auf. Jetzt scheint es langsam spannend zu werden, »du musstest beim Ficken an Brownsen denken?«

»Nur an seinen Namen, du Idiot. Aber jetzt weiß ich, wie es sich anfühlt, wenn Brownsen auf einer Alten liegt. Ziemlich scheiße. Andi lässt sich nicht gut stöhnen. Das wollte ich dem Penner auch sagen, aber ich erreiche ihn nicht. In der Küche ist er nicht, und in diesen Personalzimmern gibt es ja kein Telefon.«

»Dann musst du es ihm eben später erzählen«, sage ich, es rutscht mir ein wenig zu entnervt raus, was mir sofort leidtut.

»Musst ja nicht gleich ausrasten. Ich dachte halt, du findest die Geschichte lustig.«

»Finde ich auch«, antworte ich, »ziemlich lustig, zum Totlachen, wirklich.«

»Du klingst aber nicht so.«

»Das könnte daran liegen, dass du Spacken mich gerade geweckt hast.«

»Ist ja auch egal«, sagt nun Wolle.

Ich verabschiede mich von Andi, drehe mich nach rechts und versuche, Natjas Hand von ihrem Oberschenkel zu lösen, was mir nicht gelingt. Gerade als ich wegdämmere, fängt das Telefon wieder an zu klingeln. Das kann nur Wolle sein, dieser Vollidiot, was will er noch, frage ich mich. Ich sollte einfach den Akku rausnehmen.

Entnervt drücke ich auf den grünen Annahmeknopf.

»Was denn?«

Nichts.

Nichts außer statischem Rauschen.

Dann höre ich eine Stimme, es ist die Stimme einer Frau, sie klingt leise, belegt, weit weg, verletzt, angeschossen.

Die Stimme fragt: »Schmall?«

»Ja«, antworte ich.

»Er ist tot.«

Jetzt erkenne ich sie.

Es ist Annas Stimme.

»Björn ist tot«, kreischt sie, »er ist tot! Er liegt tot in meinem Bett!« Bevor ich etwas sagen kann, legt Anna auf. Ich versuche, sie zurückzurufen. Doch niemand nimmt ab. Ich versuche es drei Minuten lang, doch nie nimmt jemand ab. Anna muss das Telefon ausgesteckt haben.

Bevor ich darüber nachdenken kann, stehe ich schon und suche meine Klamotten zusammen. Carhartt-Hose, die weißen Stan Smith. Natja lege ich einen Zettel hin, dann renne ich die Treppe runter und suche vergeblich nach Helmut, von dem ich gehofft hatte, er könne mich nach Stetten fahren. Es bleibt also nur der Bus. Ich renne los, vor an die Haltestelle Hirschstraße, erst dort fällt mir ein, dass die Busse wegen des Krautfests nicht fahren.

Also jogge ich los. An der Haltestelle am Ortsausgang von Echterdingen warten bereits mehr Menschen, als dass sie in irgendeinen Bus passen könnten. Anna wohnt am Ortseingang von Stetten, was eigentlich nicht sehr weit von hier ist. Zwei Kilometer, höchstens drei, rechne ich und laufe los.

Ein Krankenwagen kommt mir entgegen, als ich fluchend und keuchend das Ortsschild von Stetten erreiche. Eine kurze Pause muss sein, beschließe ich und zünde mir eine Kippe an. Die Zigarette schmeckt wie schon einmal geraucht, ich schnipse sie auf die Straße. Ekelhaft. Außerdem spüre ich ein mieses Seitenstechen.

Kurze Zeit später klingle ich bei der Familie Fahl. Die Fahls wohnen in einem ziemlich schicken Haus. Zumindest für diese Gegend. Wohnzimmer und Esszimmer des minimalistischen Bungalows sind aus Stahl, Beton und Glas.

Es scheint, als sei niemand zu Hause, jedenfalls dauert es eine Ewigkeit, bis etwas passiert. Irgendwann drückt jemand schließlich doch auf den Türöffner, ich trete in den Flur und warte darauf, dass jemand kommt.

Fehlanzeige.

Also gehe ich die Treppe hoch, leise und langsam, hoch zu Annas Zimmer. Die Türe ist verschlossen. Ein Kreuz aus gelbem Klebeband soll Eindringlinge davon abhalten, das Zimmer zu betreten. Die Tür ist mit einem roten Siegel verschlossen, anscheinend war die Spurensicherung schon am Werk.

»Was willst du hier, du Mistkerl«, höre ich plötzlich in meinem Nacken.

Ich drehe mich um.

Annas Vater steht direkt vor mir. Seine Nase ist keine fünf Zentimeter von meiner entfernt.

»Was willst du hier?«, fragt er mich. Seine Stimme klingt wie die einer viertausend Jahre alten Mumie.

»Anna hat mich angerufen.«

»Anna ist nicht da.«

Dann höre ich die Stimme von Annas Mutter.

»Jürgen, lass den Jungen in Ruhe, den kenne ich. Das ist der Schmall, er ist kein Junkiefreund von Björn.«

»Hallo«, sage ich.

Der Vater von Anna weicht ein paar Zentimeter zurück.

»Anna ist mit auf die Wache gefahren«, erklärt mir die Mutter nun. Björn habe heute Morgen regungslos dagelegen, erzählt sie mir, anfangs habe Anna gar nicht bemerkt, dass etwas nicht stimmt.

Sie sei sogar noch duschen gegangen, bevor sie die Spritze in seinem Arm entdeckt habe.

Mir wird schwindelig, ich muss mich hinsetzen.

»Der Hurensohn ist tot, und das ist alles, worauf es ankommt«, presst Annas Vater zwischen den Zähnen hervor. Als er an mir vorübergeht, schiebt er noch ein »endlich« nach.

Bei den Fahls zu warten macht wenig Sinn. Schließlich weiß keiner, wie lange die Beamten Anna befragen werden. Ich nehme das Angebot von Annas Mutter, mich nach Echterdingen zu fahren, dankbar an.

Bevor sie mich vor dem Haus in der Hirschstraße rauslässt, räuspert sie sich. Dann drückt sie mich ziemlich heftig an sich, ein wenig zu heftig, wie ich finde. Als ich aussteige, sehe ich, wie sie sich eine Träne wegwischt. Sie bittet mich, in den nächsten Tagen und Wochen für Anna da zu sein.

»Das werde ich«, verspreche ich und lasse die Tür behutsam ins Schloss gleiten.

Natja ist schon weg, mein Bett ist kalt und leer, als ich mich hineinlege.

51.

Wie es sich anfühlt zu sterben, das habe der Schädler nicht mehr mitbekommen, meinen die Ärzte, er sei total high ins Jenseits geflogen. Das Heroin sei wohl ungewöhnlich rein gewesen.

Obwohl der Direktor Anna anbietet, ein paar Tage dem Unterricht fernzubleiben, geht Anna Tag für Tag in die Schule. Wir alle wundern uns, woher sie die Kraft dazu nimmt.

Selbst als einen Freitag später die Beerdigung stattfindet, bricht Anna nicht zusammen. Erst als sie eine rote Rose am Grab niederlegt, verweigern ihre Knie den Dienst. Annas

Vater und ich stützen sie auf dem Weg zum Auto. Der Himmel über Echterdingen ist wolkenfrei. Als würde sich die Sonne darüber freuen, den Schädler endlich los zu sein.

Die nächsten drei Wochen verbringe ich Tag und Nacht mit Anna. Wenn wir abends bei ihr sind, bittet sie mich, bei ihr zu übernachten, sind wir bei mir, bleibt sie einfach auf dem Sofa liegen, wenn ich ins Bett gehe.

Zwei Wochen später arbeite ich zum ersten Mal wieder bei McDo, eigentlich nur, weil mein Konto derart am Limit ist, dass ich Angst habe, die Bank könne meine Karte eines Tages einziehen.

Während ich die Burger in die Tüten packe, ertappe ich mich dabei, wie ich mich darüber wundere, wie nahe mir Schädlers Tod doch geht. Der Kerl war schließlich der Zerberus meiner Jugend, ein dreiköpfiger Höllenhund.

Die einzige Ablenkung bietet Enni, der erzählt, er habe Hubi heute Morgen in einem Tiefkühllaster von »Eismann« sitzen sehen.

Angeblich sei Hubi jetzt mit Christel zusammen, will Enni vergangene Nacht an der Aral gehört haben, einer ziemlich verlebten Alten, die Hubi seit Jahren hinterherrennt und nebenbei, wenn sie nicht im »Jackies« sitzt und Hubi anhimmelt, die Familienvideothek in Echterdingen betreibt.

Dort wolle Hubi nun ganz groß einsteigen, er, der Business-Terminator der Fildern, behauptet Enni. Echterdingen sei reif für eine anständige Pornoabteilung, Lederdildos, Gleitcreme, Handschellen, das ganze Programm. Zumindest habe Hubi ihm das so erzählt. Anscheinend hat wenigstens Hubi seinen unabdingbaren Glauben an den amerikanischen Traum noch nicht beerdigt.

Ich übernachte wieder bei Anna. Doch anstelle von zwei Bettdecken gibt es heute nur eine. Anna meint, die andere sei in der Wäsche. Ich schlüpfe zu ihr unter die Decke und bin ziemlich eingeschüchtert, als ich feststelle, dass Anna splitternackt unter dem Laken liegt. Bevor ich angemessen reagieren kann, drückt sie sich an mich. Ich küsse ihren Nacken, ihren Hals, die Schulter. Anna stöhnt, meine Hand fährt die Innenseite ihres Schenkels hoch. Anna nimmt meine Hand und führt sie in ihren Schritt. Sie ist feucht. Und rasiert. Schließlich holt Anna meinen Schwanz aus den Boxershorts, ihre Zungenspitze leckt kreisend meine Eichel, dann nimmt sie meinen Schwanz und führt ihn in einer geschickten Bewegung bei sich ein. Wir küssen uns langsam und zärtlich, so zärtlich, wie ich noch nie eine Frau geküsst habe. Unsere Beckenknochen reiben gegeneinander. Anna zieht mit ihren Händen meine Pobacken noch näher an sich ran, weil sie meinen Schwanz noch tiefer in sich spüren will.

Ich komme zuerst, dann lecke ich Anna so lange, bis sie auch kommt.

Als wir am nächsten Morgen aufwachen, schlafen wir noch einmal miteinander. Diesmal komme nur ich. Anna fängt an zu weinen, als ich sie lecke. Ich höre auf und nehme sie in den Arm.

»Wir dürfen das nicht, Schmall«, sagt sie.

Später begleitet mich Anna zur Haltestelle. Es nieselt und ist ekelhaft grau. Als der Bus kommt, versuche ich, sie noch einmal zu küssen, doch Anna weicht aus, wendet ihr Gesicht ab. Ich küsse sie auf die Stirn und steige in den Bus. Wohlwissend, dass dies meine einzige Nacht mit Anna gewesen sein wird.

52.

Bis heute habe ich Natja nicht gestanden, was in jener Nacht im November passiert ist. Ich gebe zu, dass ich mich deswegen schlecht fühle, aber was würde ein Geständnis schon groß ändern?

Auch Wolle ahnt nichts von der Nacht mit Anna, zumindest hoffe ich das. Seit Schädlers Tod telefonieren Wolle und Anna wieder öfter, was mich zugegebenermaßen ein wenig nervös macht.

Das spitzt sich noch zu, als wir eines Nachts auf unserer Bank am Totenwegle sitzen und rauchen und Wolle anfängt zu erzählen, wie sehr er sich noch zu Anna hingezogen fühlt, dass er in der Tat bereit wäre, seine Finger von den Drogen zu lassen, sollte sie ihm noch eine Chance geben.

Mir ist das Thema unangenehm, also wechsle ich es schnell, vielleicht zu schnell. Ich erzähle Wolle von meinen jüngsten Erkenntnissen aus der Welt der Verschwörungstheorien, von der RAND Corporation, Freimaurern und bayerischen Illuminaten, von Adam Weishaupt, Aleister Crowley und Robert Anton Wilsons *Illuminatus Trilogie.*

Wolle steigt jedoch kein bisschen darauf ein. Er will lieber über Anna reden, die *Protokolle der Weisen von Zion* interessieren ihn ebenso wenig wie mein geradezu faustischer Wille, herausfinden zu wollen, was die Welt im Innersten zusammenhält.

Nachdem wir uns etliche Minuten angeschwiegen haben, beschließe ich, dass es keinen Sinn macht, Wolle die Sache mit Anna zu verheimlichen. Als es ausgesprochen ist, ausgekotzt auf den Latten der Bank zwischen uns liegt, sagt mein Nachbar erst einmal gar nichts.

Ich auch nicht.

Jedes Wort wäre eines zu viel.

Irgendwann steht Wolle auf und geht. Einfach so. Wortlos. Ich folge ihm in gebührendem Abstand.

Als wir an der Hirschstraße ankommen, bleibt Wolle stehen.

Jetzt haut er mir auf die Fresse, denke ich, als nur noch wenige Meter zwischen uns liegen. Trotzdem gehe ich weiter.

Doch anstatt mir eine reinzuhauen, nimmt Wolle mich in den Arm. Wir verharren ein paar Sekunden, bleiben regungslos stehen, einfach so.

Schließlich löse ich mich aus der Umarmung, Wolle lässt es zu, lässt mich gehen. Bevor ich den Schlüssel aus meiner Tasche fischen kann, höre ich seine Stimme.

»Mach dir keinen Kopf, Schmall. Anna hat dich gebraucht, und du warst für sie da.«

Ohne eine Antwort abzuwarten, geht Wolle davon. Ich schaue ihm nach, wie er über das Mäuerchen springt, das meine Welt von seiner trennt.

Ich spüre die Erleichterung, als ich am nächsten Abend Wolles Stimme durch das Headset quäken höre. Wie immer bestellt er eine kleine Cola, den Rest, das Mackie-D-Deluxe-Packet, stelle ich hektisch zusammen. Er bekommt sogar ein Eis, so mies fühle ich mich.

Das Auto nach Wolle bestellt drei Fisch Mac und zwei McRib, ein weiterer Strich auf der Typologie der Kundenwünsche. Seit mehr als einem Jahr sammle ich nun schon verlässliche Daten darüber, welche Kundentypen welche Burger mögen. Menschen, die Fisch Mac mögen, bestellen auch McRib. Big-Mac-Fans stehen auch auf Cheeseburger, McNuggets-Typen sind Einzelgänger.

Da Natja morgen eine Klausur in Chemie schreibt, nehme ich mir den Abend nach meiner Schicht frei. Wolle will uns seine Zivildienst-Baracke zeigen, dort könne man in Ruhe lunten, meint er, außerdem stehe nebenan bei der Suchtberatung ein Kicker.

Wie zu erwarten war, haben Wolle, Brownsen, Enni und Richard keinen Hunger mehr, als ich schließlich aus der Umkleide komme. Sowohl im goldenen Passat als auch im weißen Golf stapeln sich die alten Burger auf der Ablage.

Als wir an der Kreuzung anhalten, die aus dem Industriegebiet von Bernhausen Richtung Echterdingen führt, sehe ich, wie Richard und Brownsen im goldenen Passat plötzlich losgackern. Dann geht alles ziemlich schnell: Ein Cheeseburger landet auf dem Beifahrerfenster, der Big Mac verfehlt knapp die Windschutzscheibe, was alleine daran liegt, dass Wolle einfach bei Rot losfährt.

Rache mag kalt am besten schmecken, aber so lange können wir mit der Vergeltung nicht warten. Ich prüfe die Burger-Bestände und wähle den Fisch Mac als probates Mittel des Gegenschlags. Da wir mit siebzig Stundenkilometern auf der Landstraße fahren, kurbele ich das Dachfenster auf.

Höhe plus Fahrtgeschwindigkeit mal Fisch Mac.

Bämmm.

Volltreffer.

Im Rückspiegel sehen wir, wie Brownsen hektisch mit Scheibenwischer und Spritzwasser gegen den Fisch-Mac-Matsch auf seiner Windschutzscheibe kämpft. Teile des Fischstäbchens hängen an den Scheibenwischern, Reste des Brötchens klumpen am Rand der Scheibe, die Remoulade wurde vom Fahrtwind schön gleichmäßig über Lüftungsschlitze und Scheibenwischerblätter verteilt. Brownsen findet es gar nicht lustig. Wir umso mehr.

Zur Entschädigung flocke ich auf. Wolle fischt eine Acrylbong aus einer der Schreibtischschubladen, während er sie mit Wasser füllt, klärt er uns darüber auf, dass diese Bong schon seit Zivi-Generationen weitervererbt wird. So riecht sie auch, denke ich, als ich den ersten Topf stopfe.

Egal.

Zwei Stunden und drei Kippenmischungen später flätzen wir faul auf den Sofas der Drogenberatung und streiten, ob es der, die oder das Bong heißt.

Wolle und ich sind fest davon überzeugt, dass es die Bong heißt. Heißen muss.

Das Bong steht überhaupt nicht zur Diskussion. »Das Bong sagen nur Leute, die auch der Gummi sagen«, behauptet Wolle. »Und der Bong klingt schwul, als würde man jemandem einen blasen, wenn man einen Topf zieht.«

Damit wäre auch dieses Thema geklärt. Aus Langeweile fängt Enni mal wieder an, dämliche Witze zu erzählen, über die nur Kiffer lachen können.

»Laufen zwei Jogger durch den Wald. Sie kommen an einem Pilz vorbei. Sagt der eine Jogger zum anderen: Schau mal, ein Pilz. Sagt der Pilz: Na und?«

»Ein Kuckuck fliegt über den Ozean, da sieht er einen Hai unter sich. Er fliegt näher ran und ruft: Hi! Antwortet der Hai: Kuckuck.«

Schließlich entdeckt Brownsen die lustigen Broschüren von Wolles Kollegen. Vor Ectasy wird insbesondere gewarnt, ebenso vor Mischkonsum. Anscheinend bringt Enni das auf eine Idee. Er habe irgendwo noch ein Fläschchen Poppers, verkündet er, ob außer ihm jemand Lust habe auf Poppersbong, fragt er in die Runde.

Wir verneinen.

Poppers ziehen ist noch dämlicher als Sahnepatronen inhalieren, zumindest bilde ich mir das ein. Und selbst von Sahnepatronen habe ich mich seit dem FCKW-Ritt durch den Hyperraum am Seenachtsfest ferngehalten.

Leider kann Enni nie genug bekommen. Aus einer Bong werden zwei, drei, fünf. Es ist wirklich kein Wunder, dass Enni mittlerweile einen Fuffi pro Woche wegraucht. Alleine. Man merkt es ihm auch an: Nach dem dritten Topf fängt Enni an, sich nur noch in Primatenlauten zu artikulieren, nach dem fünften sitzt er in sich zusammengesunken da, unfähig, sich zu bewegen, unfähig, seinen eigenen Namen auszusprechen. Mehr als ein »Schnäää« und ein »Määähhh« ist dann nicht mehr aus ihm herauszuholen. Eigentlich fehlt nur noch, dass Enni sich in diesem desolaten Zustand selber ansabbert.

Irgendwann wird es Wolle zu viel. Als Enni gerade wieder nüchtern genug ist, um sich ein Töpfchen zu genehmigen, steht Wolle auf und nimmt ihm die Bong weg, die vor Enni auf dem Tisch steht.

»Alter, was soll der Scheiß?«, fragt Enni in verwunderlich klarer Aussprache.

»Du hast schon genug gekifft. Mach mal 'ne Pause, Alter«, meint Wolle.

»Du bist nicht meine Mama.«

»Und du hast nie was zu kiffen und schnorrst dich Abend für Abend bei uns durch.«

Leider hat Wolle damit nicht unrecht.

»Komm schon«, quengelt Enni, »eine noch.«

»Nur wenn du davor einen Schluck Bongwasser trinkst«, entgegnet Wolle.

Das ist selbst für Enni zu hart, zumindest hoffe ich es. Selbst aus zwei Meter Abstand rieche ich das modrige, dunkelbraune Wasser, in dem Tabakreste und Asche munter umherschwimmen.

Enni scheint Ruhe zu geben, jedenfalls lehnt er sich zurück im Sofa und schmollt.

Auf einmal, Brownsen und ich spielen gerade eine Partie Kicker, sehe ich aus den Augenwinkeln, wie Enni die Bong hochnimmt, sie prüfend mustert, kurz daran riecht, die Nase rümpft und sie wieder abstellt.

Dann passiert es, das Unvermeidliche: Enni greift ein zweites Mal nach der Bong, diesmal deutlich entschlossener.

Er setzt an.

Ich sehe, wie die braune Suppe immer näher kommt. Näher an Ennis Lippen heranschwappt, die tatsächlich am Ende des Halses dieser ekelhaften Zivi-Wanderpokal-Bong saugen.

Dann erreicht die braune Soße Ennis Mund.

Ich sehe, wie er würgt – und trotzdem schluckt.

»So war das nicht gemeint«, sagt Wolle ungläubig.

Zu spät.

Enni hustet, schluckt, spuckt. Dann kotzt er einen bräunlich gelben Strahl auf den abgewetzten Teppich der Drogenberatungsstelle.

Doch anstatt es für heute gut sein zu lassen, nimmt Enni das Folterinstrument erneut hoch und hält es Wolle triumphierend hin.

Kommentarlos reicht Wolle ihm die Mischungsschale.

Bevor wir aufbrechen, bemerkt Enni, dass er sich seine Zeit als Zivi hier zwischen stinkender Acrylbong und Tischkicker eigentlich recht gut vorstellen könnte. Lediglich der Fahrdienst, die Hauptaufgabe der Zivis, bereitet ihm ein wenig Kummer.

»Hast du überhaupt schon verweigert?«, fragt Wolle. Keine schlechte Frage. Im Gegensatz zu mir war Enni schon bei der Musterung.

»Klar, was denkst du denn«, antwortet Enni zu meinem Erstaunen.

»Wie hast du deine Verweigerung begründet?«

»Eigentlich wollte ich den Pfarrer bitten, dass er mir hilft. Ich war schließlich Ministrant«, erzählt Enni. Er habe den Pfarrer jedoch nicht rechtzeitig erreicht, also habe er sich am Abend vor dem Ablaufen der Frist hingesetzt und seine Verweigerung eigenhändig niedergeschrieben. Den Brief habe er am nächsten Tag persönlich auf das Kreiswehrersatzamt gebracht, damit niemand behaupten könne, er, Enrico Diederich, kümmere sich nicht um seine Angelegenheiten.

»Und was stand in dem Brief?«, frage ich.

»Das war einfach«, erklärt Enni, »ich hab geschrieben, dass ich regelmäßig in die Kirche gehe, dass ich kiffe, und außerdem noch, dass ich schwul bin. In dieser Reihenfolge.«

»Und das haben sie akzeptiert?«, fragen Wolle und Brownsen ungläubig, die beide seitenlange Begründungen zu den Bundeswehrheinis geschickt hatten.

»Klar, warum nicht?«

53.

Heute ist ein ziemlich deprimierender Brief von Morti angekommen. Im Gegensatz zum Schelm, der sich anscheinend in Schwäbisch Hall so gut eingelebt hat, dass man meinen könnte, er sei im Landschulheim, klingt Morti verzweifelt. Ihm geht es genauso wie mir: Was soll nach dem Abi aus uns werden? Die Welt steht uns offen, sagt mein Vater immer, er hatte nur die Wahl, Ingenieur oder Ingenieur zu werden. Von den Kindern der goldenen Neunziger wird nicht weniger verlangt, als die Welt zu erobern.

Aber was passiert, wenn wir das gar nicht wollen?

Wenn wir stattdessen einfach hinter der Aral sitzen bleiben und noch ein Sixpack killen.

Morti schreibt, der Schelm wolle eine Firma gründen.

Woher das Geld nehmen, frage ich mich.

Michi will an die Berufsakademie, da wird man wenigstens bezahlt. Ich hätte Lust, nach dem Abi erst einmal abzuhauen. Raus aus Schwabylon, den ganzen Scheiß einfach hinter mir lassen.

Es dauert ewig, bis Enni abnimmt. Seine Stimme klingt gehetzt.

»Alter, stör ich beim Wichsen?«, frage ich.

»Bei was denn sonst?«

»Hast du die Gurke vorher angewärmt?«

»Leck mich.«

Dann fragt er: »Was willst du?«

»Ich dachte, wir könnten mal wieder die Kellerkinder im ›Zeus‹ besuchen.«

»Holst du mich ab?«, fragt Enni.

»Bin in zehn Minuten da.«

Ich lege auf und frage Eva, ob sie mir zwanzig Mark leiht.

Jiggy und Lizzy kommen mit ins »Zeus«. Wasi wirkt heute noch bleicher als sonst, Jiggy dafür umso fitter. Außerdem werden seine T-Shirts immer enger.

Im Gegensatz zu uns weiß Jiggy, was er nach der Lehre mit seinem Leben anfangen soll: »Ich werde Bulle«, sagt er ganz ungeniert. Lizzy findet es anscheinend nicht so lächerlich wie Enni und ich, sie sitzt da und tätschelt zufrieden den Unterarm ihres Provinz-Popeyes.

»Das ist echt die dämlichste Idee, die ich seit Langem gehört habe«, sagt Enni.

»Außerdem nehmen die Bullen sicher keinen G wie dich«, gebe ich zu bedenken, »was soll aus der Hood werden, wenn Homies nicht mehr an den corners stehen und das game tight halten?«

»Stop hating, Vato, Jiggys skills sind unendlich, und rappen kann ich auch als Bulle. Im Gym pumpt immer so ein Jabo neben mir, der bei den Cops ist«, erklärt Jiggy, »mit dem bin ich total down, und der hat die Idee gedroppt.«

»Aha«, sagen Enni und ich.

»Yo, der ist echt total korrekt. Hört Hip-Hop und so. Eigentlich will er auch Beats bauen, dabei kann ich ihm ja helfen, wenn er mich bei den Cops uphookt.«

»Hast du mal gefragt, woher er die Steroide bekommt, die er dir zuschiebe?«, fragt Enni.

»Die zweigt er aus der Asservatenkammer ab«, erklärt Jiggy.

»Irgendeiner muss sie ja nehmen, bevor sie schlecht werden.«

Das Kreiswehrersatzamt an der Heilbronner Straße in Stuttgart sieht aus, wie man sich die Bundeswehr vorstellt: dröge, funktional, einfältig.

Ich muss an Brownsen denken, der bereits vor ein paar Wochen angetreten ist. Er hatte erst interessiert getan, erklärt, er wolle unbedingt Kampfjets fliegen, Deutschlands Feinde aus der Luft bombardieren und für die Freiheit seiner Kinder kämpfen. Zuerst habe die Empfangsdame ein wenig gestutzt, dann hat sie ihn jedoch freudig bei der Bundeswehr begrüßt. Material wie ihn sehe man hier gerne, hatte sie ihm versichert. Brownsen absolvierte alle Tests mit großem Eifer und zur vollsten Zufriedenheit, ließ sich an die Eier fassen, den Blutdruck messen.

Er spielte perfekt seine Rolle, so lange, bis er zu dem netten Onkel ins Zimmer gebeten wurde, hinter dessen Schreibtisch die Deutschlandfahne stramm gezogen hängt. Auch dort gab er den Musterkadetten, doch dann, gerade als der nette Onkel zufrieden alle Kreuze auf Brownsens Bewertungsbogen gemacht hatte, stand er plötzlich auf. Der nette Onkel gebot ihm, sich wieder zu setzen. Brownsen jedoch marschierte um den großen Schreibtisch herum, nahm dessen Radio, steckte es aus und stellte es hinter den Schreibtisch auf den Boden. Dann setzte er sich wieder ruhig auf seinen Platz vor dem Schreibtisch, als wäre nichts gewesen. Verständlicherweise fragte der nette Onkel, warum er das eben getan, ob er ein Problem mit Radios habe, woraufhin Brownsen kurz und trocken, wie es so seine Art ist, antwortete: »Nein, eigentlich nicht. Aber Ihr Radio hat mich so feindselig angeschaut.«

Eine glatte T5. Untauglich.

Natürlich hoffe ich auch, als T5 hier rauszulaufen. Einmal im Leben müssen meine Krüppelaugen doch zu etwas gut sein, denke ich. Das Attest meines Augenarztes liest sich jedenfalls derart niederschmetternd, dass ich mich nach dem ersten Lesen ernsthaft gefragt habe, warum ich nicht längst auf Behindertenparkplätzen parken darf.

In Zimmer S06 soll ich mich anmelden, steht auf dem Musterungsbescheid. Ich trete ein und bekomme einen Zettel mit einer Zahlenreihe ausgehändigt. Ich bin jetzt eine Nummer, dabei bin ich nicht einmal Teil der Truppe, denke ich, als ich auf die Zahlenreihe starre. So läuft das hier also. Es ist sicher einfacher, wenn nicht der Gefreite Kaiser im Dienste des Vaterlands stirbt, sondern die 1011710B. »Sie sind hiermit ordnungsgemäß erfasst«, sagt die Dame schließlich und schickt mich weiter in den Warteraum S033, wo ich darauf warten soll, dass ich zur Personalaufnahme in Zimmer S014 darf. Während ich in der S014 abgefragt werde, wo ich wohne, wann ich geboren bin, welcher Tätigkeit ich derzeit nachgehe, blabla, überlege ich, ob dies der passende Augenblick ist, mein Attest vorzuzeigen, entscheide mich aber dagegen, schließlich ist das mein einziger Trumpf.

Nach der Personalaufnahme sitzte ich eine Weile in S033 und langweile mich, bis eine Frauenstimme mich in Zimmer S024 bittet. Dort werde ich vermessen, gewogen, geteert und gefedert. Die Schwester fragt, ob ich rauche oder trinke, Drogen nehme oder unter irgendwelchen psychologischen Auffälligkeiten leide.

Ich verneine.

Es geht weiter mit lustigen Hörtests und schließlich einem Sehtest. Die Schwester baut vor mir eine Tafel auf, auf der zwölf Kreise sind. Jeder Kreis ist in vier Viertel unterteilt, von denen jeweils ein Kuchenstück heraussticht. Natürlich glaubt sie mir nicht, als ich angebe, keine Unterschiede zwischen den Kuchenstücken zu erkennen, was nicht einmal gelogen ist. Ehrlich gesagt, wünschte ich, ich könnte wenigstens beim ersten Kreis irgendetwas erkennen, das ist jedoch nicht der Fall.

Nachdem die Schwester zweimal nachgefragt und mir die Konsequenzen erläutert hat für den Fall, dass ich hier den Blinden spiele und ihre Arbeit mutwillig sabotiere, beschließe ich, dass genau jetzt der Moment gekommen ist, mein Attest zu zücken.

»Aha«, ist alles, was die Schwester zu dem Schreiben meines Arzts zu sagen hat. Dann ruft sie die Ärztin, die eigentlich ein Zimmer weiter damit beschäftigt ist, jungen Männern an die Hoden zu greifen. Die Ärztin liest ebenfalls das Attest durch, schaut nach jedem Absatz zu mir rüber, ich spüre, wie ihre Blicke von Absatz zu Absatz mitleidiger werden. »Hier steht, dass Sie eigentlich gar nicht räumlich sehen können.«

»Ja, das stimmt.«

»Und ist das denn nicht merkwürdig?«, fragt mich die Ärztin.

»Aus Ihrer Sicht bestimmt, ich bin es nicht anders gewohnt.«

Die beiden Damen schütteln den Kopf. Ich weiß ganz genau, welcher Film gerade in ihren Kurzhaarfrisurköpfen abläuft.

Dann schauen sie mich mit einer Mischung aus Mitleid und Warum-haben-Sie-das-nicht-gleich-gesagt-Blick an. Ich zucke mit den Schultern. Ich kenne diesen Blick nur zu gut. Nein, ganz so behindert bin ich nicht. Ja, so war es immer.

Anscheinend hat der Trick funktioniert, jedenfalls bittet mich die Ärztin, in Zimmer S033 zurückzugehen und darauf zu warten, bis ich erneut aufgerufen werde. Meine Eier interessieren sie nicht mehr.

Zehn Minuten später werde ich in das Zimmer mit der Deutschlandfahne gerufen. An den Wänden hängen die Bundespräsidenten und ein paar hochdekorierte Lamettageneräle, der Schreibtisch ist noch größer als erwartet, der Silberrücken dahinter jedoch viel kleiner. In der Ecke am Fenster sehe ich das Radio.

Der Silberrücken räuspert sich, als ich mich setze. Er beginnt seine Rede mit: »Mein Sohn, es tut mir schrecklich leid.« Dann teilt er mir mit, dass ich aufgrund meines Augenleidens untauglich für den Dienst an der Waffe bin. Ich versuche meine Freude zu verbergen. Schließlich hätte er auch sagen können: Sie sind zwar ein Krüppel, aber davon gibt es hier einige.

Bevor ich gehen darf, fragt der Soldat, was ich anstelle des Wehrdienstes zu tun gedenke.

Ich schüttle den Kopf. Jetzt nervt schon ein Bundeswehrler. Langsam sollte ich mir wirklich mal Gedanken machen, was aus mir werden könnte. »Vielleicht studieren«, antworte ich zögerlich.

»Mein Sohn, ich hoffe, Sie erweisen Ihrem Vaterland auf diese Weise einen Dienst«, sagt er. Dann steht der Silberrücken auf und reicht mir die Hand. Sein Händedruck ist fest, wie man es von einem Mann, der zu töten gelernt hat, erwartet.

54.

Es ist kurz nach acht, als mein Wecker klingelt. Mittwochs muss ich erst zur dritten Stunde ran. Obwohl ich mehr als acht Stunden geschlafen und gestern nicht gekifft habe, spüre ich eine komische Schwere, eine merkwürdige Trägheit, die mich niederstreckt, mich zwingt, einfach liegen zu bleiben. Zu onanieren habe ich nicht wirklich Lust. Heute ist der 20. März 1996. Noch drei Tage regulären Unterricht, die letzten drei Tage, rechne ich aus. Dann sind Osterferien, und danach wird es ernst, richtig ernst. Seltsam, wie schnell auf einmal alles geht. Nach den Ferien schreiben wir das Abitur. Erst Deutsch, dann Mathe, dann Englisch. Bumm, Bumm, Bumm. Drei Fächer in drei Tagen. Dann ist es vorbei. Einfach so.

Als ich mir beim Bäcker an der Haltestelle eine Brezel hole, treffe ich Wolle, der gerade auf dem Weg zu seinen Behinderten ist. »Alter, versteck dich lieber!«, ruft er mir zu.

Was will der Kerl jetzt schon wieder?

»Hast du es noch nicht gehört?«

»Wovon redest du?«, frage ich ihn.

»Der Kinderficker aus Belgien ist freigekommen.«

»Und was hat das mit mir zu tun?«

»Angeblich steht Dutroux auf kleine Jungs.«

»Sehr witzig.«

Ich lasse Wolle einfach neben seinem VW-Bus stehen und laufe weiter. Was für ein Spast!

Als wir nach der Pause die Treppe Richtung Klassenzimmer hochgehen, treffe ich Anna.

»Hast du es auch schon gehört?«, fragt sie mich.

Kein Hallo, kein Wie geht's.

»Die Sache mit dem Kinderficker?«

»Nein, die Sache mit Hubi.«

Wir bleiben stehen. Anna muss zum Bio-LK, ich zur vorletzten Doppelfolterstunde Englisch.

»Was soll mit Hubi sein?«, frage ich.

»Das Videostudio ist pleite, Christel hat gestern Insolvenz beantragt.«

»Lederdildos gehen wohl doch nicht so gut wie Disney-Filme.«

»Anscheinend nicht.«

Wir verabreden uns, am frühen Abend zu telefonieren.

Anna schlägt vor, in den Ferien gemeinsam fürs Abi zu lernen. Eigentlich keine schlechte Idee, denke ich. Dann fällt mir ein, dass Anna von nichts anderem mehr redet. Abitur. Abitur. Abitur. Punkte. Punkte. Punkte. Auf einmal spüre ich eine ekelhafte Angst in mir aufsteigen.

Trotzdem sage ich meine Schichten beim McDo nicht ab. Nichts ist entspannender, als Burger in Tüten zu verpacken. Hier muss ich wenigstens nicht darüber nachdenken, welche Formel ich wählen würde, um eine Kurvendiskussion voranzutreiben, ob eine Ableitung stimmt und warum Jay Gatsby ständig das grüne Licht auf der anderen Seeseite anstarrt oder was es bedeutet, wenn Anton Stiller nicht mehr Stiller sein will.

Netterweise bietet mir in der zweiten Ferienwoche Michi an, noch einmal ein paar Matheaufgaben gemeinsam durchzugehen. Ausgerechnet Michi. Seit der Sache mit Natja hat unsere Freundschaft ganz schön gelitten, denke ich bei mir, als ich zum ersten Mal seit über einem Jahr die verrauchte Wohnung betrete. Obwohl ich zugeben muss, dass ich wegen Natja nie ein schlechtes Gewissen hatte und auch jetzt nicht habe. Gott sei Dank ist Michi mit seiner Amöbe glücklich. Zwischen zwei Aufgaben gehen wir auf den Balkon und rauchen eine. Im Radio läuft *Killing Me Softly*. Michi erzählt, dass er eine Zusage für die Berufsakademie bekommen hat, inklusive dem dazugehörigen Ausbildungsplatz. Ich gratuliere ihm, umarme ihn sogar. Und ich meine es auch so.

Er fragt, ob ich auch schon Pläne hätte.

Ich verneine.

Am Abend vor der ersten schriftlichen Prüfung sitze ich mit Wolle auf unserer Bank am Totenwegle. Er findet es lustig, dass ich mir Sorgen mache. Vielleicht hätte ich doch mehr vorbereiten sollen als nur eines der vier Sternchenthemen.

»Ich hole dich um halb acht ab, wir kiffen einen, dann läuft das schon«, sagt er.

»Super Idee.«

»Mach dir keinen Kopf, durchfallen kannst du eh nicht.«

»Theoretisch schon«, antworte ich.

»Wenn du dreimal null Punkte schreibst, dann vielleicht.«

»Du hast leicht reden.«

»Alter, was soll schon passieren?«

Eigentlich hat er recht, denke ich und nehme ihm die Tüte aus der Hand. Ein Zug kann nicht schaden, ein Zug gegen das schlechte Gewissen, gegen das Flattern im Bauch.

Der Joint schmeckt gut.

Da es keinen Sinn macht, mich weiter über meine Faulheit zu ärgern, frage ich Wolle, wie es Andi der Feigwarze geht. Die hat er von dieser Frau aus dem »Trance« mitgenommen, hat er mit letztens erzählt.

»Andi has left the building. Der Arzt hat Andi und die anderen Warzen mit einem Laser beschossen.«

»Und war es so schlimm, wie du gedacht hattest?«

»Das Ärgerlichste an der ganzen Sache war, dass ich nach der OP kaum gehen konnte und einen Beutel Gras und die Papers im Auto vergessen habe.«

»Na und?«, frage ich.

»Nichts und! Peter ist ausgerastet, als meine Mutter ihm das Gras auf dem Abendbrotteller serviert hat.«

»Sei froh, dass es keine Pillen waren.«

»Das kapiert Peter nicht! Haschisch oder Heroin, alles dasselbe. In seiner Welt spritzt man Hasch.«

»Und jetzt?«, frage ich.

»Soll ich eine Therapie machen.«

»Das ist lächerlich.«

»Ich weiß.«

»Totaler Bullshit.«

»Peter will jetzt in eine Elterngruppe gehen, einmal die

Woche, für Eltern, deren Kinder Drogenprobleme haben.«

»Du verarschst mich.«

»Kein Scheiß.«

Wir rauchen noch eine, dann fährt Wolle mich nach Hause. Als ich mich verabschiede, beginnt gerade *ATliens* von Outkast. Ich bleibe sitzen, bis das Lied zu Ende ist. Was für ein Hit!

Bevor ich ins Bett gehe und noch einmal lustlos durch *Stiller* blättere, telefoniere ich mit Natja. Sie wünscht mir viel Glück und gutes Gelingen. »Wird schon«, antworte ich und versuche gelassen zu klingen. Obwohl ich weiß, dass ich damit nur sie, leider aber nicht mich täuschen kann.

Nachdem ich ein letztes Mal das Nachwort von Stillers Anwalt überflogen habe, stelle ich den Wecker und lösche das Licht.

55.

Ich wache drei Minuten vor dem Wecker auf, dessen Sklave ich dreizehn lange Jahre war. Die Kippe schmeckt scheußlich, mein Mund ist trocken, der Kopf schwer. Selten habe mich mich so fertig gefühlt wie heute. Fertig in doppelter Hinsicht. In neun Stunden werde ich den Stift niederlegen, den letzten Aufsatz meines Lebens abgeben, mich ein für alle Mal vom Deutschunterrricht freigeschrieben haben. Während ich daliege und darüber nachdenke, dass heute, egal, was mir in neunzig Minuten das Aufgabenblatt diktiert, der erste Vorhang fällt. Ob ich will oder nicht.

Die Guten-Morgen-Kippe klebt mittlerweile an meiner Unterlippe fest. Ich reiße sie los und spüre, wie sich ein nicht zu kleiner Teil Unterlippenhaut löst. Ich hasse es, wenn das passiert. Immerhin bin ich jetzt wach. Ob ich bereit bin, steht auf einem anderen Blatt.

Eva hat mir ein Laugenwecken mit Salami in den Ofen geschoben, das ich hastig herunterschlinge. Selbst mein Vater steht in der Halle und wünscht mir alles Gute, als ich das Haus viel zu früh verlasse. Das ist nicht mehr passiert seit meinem ersten Schultag vor dreizehn Jahren, damals, als ich mit Brille, blauer Kordhose und viel zu großer Schultüte eingeschult wurde.

Anna, Michi und ich haben uns auf halb acht in der Raucherecke verabredet. Ich komme zehn Minuten zu früh, setze mich ein letztes Mal auf die Stufen vor der Aula, an jenen Platz, an dem ich neun Jahre lang so gerne gesessen habe. Bloß nicht sentimental werden, Schmall, rede ich mir selbst gut zu, jetzt ist nicht die Zeit dafür, jetzt nicht. Als Michi und Anna endlich kommen, teilen wir uns eine letzte Kippe, dann gehen wir hoch in die Klassenzimmer. Anna und Michi müssen vier Stunden Grundkurs durchhalten, ich sechs Stunden.

Wie in den vergangenen Jahren warten wir am Geländer auf unsere Lehrer. Der graue Bürstenhaarschnitt des Deutschlehrers erscheint als Erstes, Anna und Michi nehmen mich kurz in den Arm, dann laufe ich los. »The game is on«, würde Jiggy jetzt wohl sagen, denke ich, als ich mich an meinen Platz in der dritten Reihe setze und der Dinge harre, die da kommen mögen.

Verglichen mit der Deutschprüfung, läuft Mathe erstaunlich gut. Unfassbar eigentlich. Während ich in Deutsch nach sechs vollen Stunden gerade mal die ersten fünf Seiten meines Konzepts in elf Seiten Reinschrift ausformulieren kann und damit sang- und klanglos untergehe, bin ich in Mathe nach drei von vier Stunden mit allen Teilenaufgaben durch, wohlwissend, dass ich alles richtig gelöst habe.

Meine letzte schriftliche Prüfung läuft ebenfalls besser erwartet. Vielleicht reicht es tatsächlich aus, *The Great Gatsby* mehrfach auf Video anzusehen, um das Abi zu bestehen. Nach dreieinhalb Stunden gebe ich die letzte Klausur meines Lebens ab.

Als mich Helmut am Abend nach meiner letzten Prüfung fragt, wie es gelaufen ist, bleibe ich eine Antwort schuldig. Ich druckse ein wenig rum, lange genug jedenfalls, dass er mir eine Belohnung in Aussicht stellt: Wenn ich das Abi bestehe, spendiert er mir zwei Monate London. Er habe bereits mit Bob und Kath telefoniert, alten Freunden der Familie, sie würden sich freuen, wenn ich eine Zeit lang das Gästezimmer des Hauses in East Finchley belagere.

Da Richard und ich zu den Ersten gehören, die alle schriftlichen Prüfungen hinter uns lassen, beschließen wir am Freitag, eine Stunde nachdem Richard seine Französischklausur abgegeben hat, in den Benz zu steigen und nach Amsterdam zu fahren. Auf dem Weg lese ich Ritchie meine Lieblingspassagen aus *Fear and Loathing* vor.

We were somewhere around Barstow on the edge of the desert when the drugs began to take hold…

56.

Das mündliche Abitur ist nicht der Rede wert. Wenn Peter wüsste, dass ich vor der Geschichtsprüfung aus Langeweile einen Kopf geraucht habe, würde er wahrscheinlich gegen die 13 Punkte, die ich ziemlich stoned und ohne große Not zusammenquatsche, höchstpersönlich beim Kultusministerium Beschwerde einlegen. Doch dafür ist Peter zu angeschlagen dieser Tage. Die Therapiesitzung sei eine totale Katastrophe gewesen, erzählt mir Wolle, ein klassisches Eigentor. Peter sei hoch motiviert im Therapiezimmer erschienen, in seinem bestem Anzug, den blank polierten Schuhen von Alden …

»… und dann?«, frage ich.

»… haben sie ihn ausgelacht«, antwortet Wolle.

»Ausgelacht?«

»Als er erzählt, wie er mein Gras gefunden hat, fingen die anderen Eltern an, ihn anzupöbeln. Richtig ausfällig sind sie geworden. Er soll sie nicht mit seinen Kindergartenproblemen belästigen, haben sie gesagt.«

Daraufhin sei Peter aufgestanden und laut geworden, bis ihm eine Frau erklärt habe, dass ihre sechzehnjährige Tochter seit zwei Jahren an der Nadel hänge und die Sucht damit finanziere, Männern wie dem Peter nach Feierabend im Familienwagen einen zu blasen.

Da habe Peter den Schwanz eingezogen und sei wortlos aus der Sitzung gegangen, berichtet Wolle.

Woher er all das weiß, frage ich ihn.

»Der Gruppenleiter arbeitet in der Suchtberatung, mit denen wir uns das Büro teilen.«

Gerade als wir Richtung S-Bahn aufbrechen, wir wollen in die 16-Uhr-Vorstellung von *Trainspotting*, kommt Enni den

Fahrradweg entlanggefahren. Er sieht uns, fährt aber weiter.

»Was ist denn mit dem los?«, fragt Wolle.

»Warum fragst du mich das?«, antworte ich.

Brownsen hat heute frei und will mit ins Kino.

»Hoffentlich hat sich Brownsen die Füße gewaschen. Wenn nicht, räuchert er den ganzen Kinosaal aus.« Wenn Wolle nichts zu motzen hat, ist ein Tag einfach nichts wert, denke ich, während wir die letzten fünfzig Meter die Straße entlang auf das schlichte Mehrfamilienhaus der Brauns zugehen. Steht da nicht Ennis Fahrrad, fragt mich Wolle, als wir vor der Tür ankommen.

Drei Stockwerke höher sitzt Enni auch schon. Irgendetwas stimmt mit ihm nicht, wie er dasitzt, Brownsens Bong zwischen den Knien, die gierigen Finger in der Mischungsschale. Er könnte sich wirklich mal wieder rasieren.

»Hey, Enni, lässt du dir jetzt einen Pelz wachsen?«, frage ich ihn, doch Enni schaut nicht einmal auf zu mir.

»Wahrscheinlich will er in Kunst punkten«, sagt Wolle.

»Lass ihn doch mal«, sagt Brownsen.

»Ist heute der Mongos-dürfen-harzen-Tag«, fragt Wolle.

Enni und Brownsen schweigen. Die Pause wird zu lang, irgendetwas ist passiert, irgendetwas stimmt nicht.

»Die Arschlöcher haben mich rausgeworfen«, sagt Enni plötzlich in die Stille hinein, gerade als ich mich an die Ruhe gewöhnt hatte, sie eigentlich ganz gut fand.

»Wer hat dich rausgeworfen?«

»Die Arschgeigen in der Schule.«

»Wie soll das denn gehen?«, frage ich irritiert. »Ihr bekommt doch eure Zeugnisse erst in vier Wochen.«

»Los, Enni«, fordert Wolle.

Enni zieht jedoch in aller Ruhe die Bong durch, die er in den vergangenen Minuten so akribisch vorbereitet hat. Der Meerschaumkopf ist bis zum Rand voll, bemerke ich, als das

Feuerzeug kurz über den Tabak-Haschisch-Mischung aufflammt. Ich beobachte die Glut, wie sie zuerst langsam im Topf nach unten gesaugt wird und schließlich glühende Reste unten aus dem Chillum herausschießen. Enni öffnet das Kickloch. Der dichte, fast schon gelbliche Rauch pfeift nach oben in Ennis Lunge. Als Enni die Bong absetzt, ist nicht einmal mehr ein Schleier Restrauch zu sehen.

»Der Geier hat Enni in der zweiten großen Pause in der Raucherecke abgeholt, total stasimäßig, und zum Rektor gebracht«, erzählt Brownsen. Der habe Enni dann mitgeteilt, dass sein bisheriger Notenschnitt derart katastrophal sei, dass er das Abitur rein rechnerisch nicht mehr bestehen könne.

»Was für eine totale Scheiße.«

»Der Mega-Fuck-up.«

»Dabei hat selbst Wolle das Abi bekommen.«

Wir beschließen, morgen in *Trainspotting* zu gehen. So cool können Schotten gar nicht sein, dass man nicht noch einen weiteren Tag ohne sie überstehen würde. Auch wenn Lizzy seit zwei Wochen den Soundtrack total abfeiert.

Am Abend sieht die Welt schon wieder ganz anders aus. Enni könne bereits im August bei der Arbeiterwohlfahrt seinen Zivildienst beginnen, zumindest wurde ihm das heute Nachmittag telefonisch zugesagt. Irgendwie schaut Enni ganz zufrieden, fällt mir auf, als ich ihn über den Tisch hinweg für einen Moment beobachte. Was natürlich auch an den eineinhalb Flaschen Ouzo und dem chalben Duzend Chalbe liegen mag.

57.

Drei Tage bevor wir das Abiturzeugnis überreicht bekommen, überschlagen sich die Ereignisse: Natja droht, die Pille abzusetzen, wenn ich wirklich für acht Wochen nach London verschwinde. Ich verstehe zwar nicht genau, was sie mit dieser Maßnahme bezwecken will, zeige mich jedoch beeindruckt und beschließe, bis auf Weiteres nicht mehr mit ihr zu schlafen. In unserer Beziehung scheinen zwei Währungen zu gelten: Zeit und Aufmerksamkeit. Und minus acht Wochen scheint ein ganz beschissener Kurs zu sein. Außerdem: Englische Wissenschaftler haben mit Dolly das erste Säugetier der Welt geklont, ein mindestens ebenso bahnbrechendes Ereignis wie die Veröffentlichung von *Entroducing*, von DJ Shadow. Brownsen beeindruckt Shadow nicht wirklich. Stattdessen beschließt er, Monat für Monat ein paar Mark seines Lehrlingsgehalts auf die Seite zu legen, um bereit zu sein für den Tag X, an dem Wissenschaftler die von ihm seit Jahren vergötterte Pamela Anderson als identische Kopie für den hemmungslosen Heimbedarf zur Bestellung freigeben.

Die Abiturrede unseres Direktors ist dermaßen langweilig, dass mein rechtes Knie einschläft. Vielleicht hätte ich nicht vorher auf dem Klo eine letzte Bong rauchen sollen. Wir sind die Elite von morgen, betont er immer wieder, blabla, die Kinder der goldenen Neunziger Jahre. Keine Generation zuvor habe derartige Chancen geboten bekommen, blabla, die ganze Welt stehe uns offen. Aus uns könne alles werden: Nobelpreisträger, Astronauten, Richter und Henker. Mit dem Satz: »Einer von Ihnen wird eines Tages Bundeskanzler werden«, schließt er seine Laudatio.

Dann bekommen wir unsere Zeugnisse. War ich längst ein Zombie geworden, weil ich das Zeugnis annehme, oder nehme ich es an, um ein Zombie zu werden? Und was ändert das schon, überlege ich in der Schlange wartend, bis mein Name aufgerufen wird. Der Direktor schaut mich komplett anteilslos an, als ich die drei Stufen zu ihm hochtrete.

Das Papier fühlt sich erstaunlich dünn an, als ich es schließlich in den Händen halte. Zumindest wenn man bedenkt, dass wir deshalb dreizehn Jahre lang jeden Morgen um sieben aufgestanden sind. Sie haben mir den Geschichtspreis zugesprochen, erklärt der Direktor, ich sei jetzt Ehrenmitglied im Geschichtsverein der Stadt. Der Geschichtspreis ist ein weiteres dünnes Blatt Papier mit Goldrand, der Eilantrag zur Einreise ins Zombie.

Unten, im Aufenthaltsraum der Schule, einem kargen, menschenfeindlichen Nicht-Raum, stoßen wir mit Sekt an. Das war's dann wohl, denke ich und leere mein Glas.

Keine weiteren Fragen, Euer Ehren.

Die Abiparty auf der Spielwiese schwänze ich. Heute Abend um sechs werden Morti und der Schelm entlassen. Frau Moser, mit der ich gestern kurz sprach, klang sehr aufgeregt am Telefon: Anscheinend hat der Schelm es tatsächlich geschafft – eine glatte 1,0 im Abi.

Im letzten Brief habe ich mich mit »Stuttgarts gefährlichstem Rauschgifthändler« für heute Abend, halb zehn, in der »Radio Bar« im ersten Stock des zum Abriss freigegebenen »Radio Barth«-Gebäudes am Rotebühlplatz verabredet. Da niemand genau weiß, wann der Betonklotz wirklich plattgemacht wird, haben ihn ein paar schlaue Jungs kurzerhand besetzt: Im Keller betreibt Dirk den Skateshop »Firma Bonn«, nebenan, im »Soundshop«, verkauft DJ Emilio Battle-Mixer, Nadeln und seine Lieblingsplatten. Oben, in den Stockwerken über der »Radio Bar«, hat sich das Stuttgarter Hip-Hop-Kollektiv »Kolchose« eingenistet.

Morti ist schon da, als ich mit Wolle um kurz nach halb zehn in die »Radio Bar« einlaufe. Der Laden ist total überfüllt, doch Morti hat es irgendwie geschafft, einen der wenigen Sitzplätze zu ergattern. Als wir zu ihm an den Tisch kommen, sitzen dort auch Wasi, Schowi und Ju, Rapper, die sich »Massive Töne« nennen.

»Die Platte der Jungs ist ziemlich gut«, raune ich Wolle zu, bevor wir uns setzen.

»Ach ja?«, fragt Wolle.

»Ja.«

»Und sind die die Typen cool?«

»Ich glaube, sie werden es mal.«

Wenige Minten später steht der Schelm vor mir. Seit meinem letzten Besuch in Schwäbisch Hall ist er noch ein Stück breiter geworden. Wir umarmen uns, als wäre er gerade aus der Kriegsgefangenschaft heimgekehrt. Wir reden über die letzten Tag im Knast, ihre Abschiedsparty im Freigängerhaus, die Abiprüfungen, darüber, wie sie es nicht mehr erwarten konnten, endlich wieder ungestört wichsen zu können. Dann erzählen Morti und er, wie alles wirklich war. Vom ersten Deal, den sie noch mit Falschgeld bezahlten, von den Fahrten nach Holland, davon, wie die Bestellungen größer und größer, die Gewinnspanne immer verlockender wurde. »Noch einen Deal, dann hätten wir die Million geknackt«, sagt der Schelm, jetzt klingt er wirklich wie mein Opa, wenn er vom Krieg erzählt. Da wir beim Thema sind, frage ich ihn, was eigentlich mit dem Geld passiert ist.

Der Schelm schaut kurz rüber zu Morti, der sich gerade mit Schowi unterhält. Dann flüstert er mir ins Ohr: »Das haben wir versteckt. Wir warten noch ein paar Wochen, dann holen wir es. Wenn du irgendjemandem etwas davon erzählst, ertränke ich dich in Salzsäure.«

»Warum warten?«, frage ich.

»Weil man nie wissen kann, ob nicht die Bullen uns beschatten.«

»Klingt vernünftig«, sage ich. Was Besseres fällt mir auf die Schnelle nicht ein. Die nächsten Biere gehen jedenfalls auf seine Rechnung.

Sechs Halbe später fragt mich der Schelm, was ich geplant habe, was im Sommer ansteht, ob ich schon einen Ziviplatz hätte. Ich erzähl ihm vor der Musterung, davon, dass ich nicht einmal bedingt abwehrbereit sei, schließlich von Helmuts großzügiger London-Offerte und wie eingeschnappt Natja deswegen sei.

Daran ändert sich auch nichts, als ich mich nachts, kurz nach drei, zu Natja ins Bett kuschele. »Du stinkst«, ist das Erste, was sie zu mir sagt. Dann dreht sie mir den Rücken zu. Kein Glückwunsch zum Abi, kein Kuss, nicht einmal ein Lächeln.

Sie tut so, als sei sie sauer, weil ich jetzt erst komme, mitten in der Nacht. Aber ich weiß, dass sie eigentlich sauer ist, weil ich in weniger als sechsunddreißig Stunden nach London fliege. Und erst in acht Wochen, pünktlich zum Krautfest, zurückkomme.

Natja wirft mir vor, egoistisch zu sein, sie sagt, dass ich sie im Stich lasse. So sei meine Generation, sagt sie. Was für ein Schwachsinn, denke ich, sehe jedoch keinen Sinn darin, ihr zu erklären, dass sie auch nur ein Jahr jünger ist und dass sich dieses eine Jahr Unterschied wohl kaum als Generationengrenze qualifizieren würde.

Irgendwann stehe ich noch einmal auf, um den blöden Fernseher auszuschalten, wie es mir stinkt, immer in diesem Keller zu liegen, fernzusehen und zu kiffen.

»Was soll aus uns werden?«, fragt Natja mich irgendwann, »wie stellst du dir das eigentlich vor?«

»Keine Ahnung«, antworte ich.

»Dann klappt es eh nicht«, sagt sie.

Dann ist Ruhe, Eiszeit. Wir liegen nebeneinander, beide auf dem Rücken, und spielen das Spiel, so lange wie möglich nichts zu sagen und so zu tun, als sei man bereits eingeschlafen.

Irgendwann wird es mir zu blöd. Ich stehe auf, ziehe mich an und gehe. Es ist kurz nach halb fünf, als ich schließlich zu Hause ankomme. Bei Wolle brennt noch Licht. Fünf Minuten später sitzen wir auf dem Randstein in der Hirschstraße.

Ich erzähle Wolle, wie überzogen Natja auf meine London-Pläne reagiert.

»Total lächerlich«, findet er.

»Irgendwie klang es so, als wäre es das jetzt mit uns gewesen«, sage ich, weil ich wissen möchte, wie ich mich fühle, wenn ich es ausspreche.

»Wäre schade«, meint Wolle.

»Vielleicht muss es so sein, vielleicht brauche ich einen harten Schnitt.«

»Als ob Abi und London nicht genügen.«

Damit hatte Wolle auch wieder recht.

»Schon merkwürdig«, sage ich.

»Was ist merkwürdig?«

»Man kann sich nach dem Abi total neu erfinden, sein Leben designen.«

»Ja, und?«, fragt Wolle. »Als was willst du dich denn neu erfinden?«

»Das weiß ich nicht«, antworte ich. »Ich meine es auch eher generell: Wir leben in einer Zeit, in der man sich jederzeit ein neues Image, ein neues Haus, ein neues Auto, einen neuen Job maßschneidern kann, design your life, instant everything sozusagen.«

»Schon möglich.«

»Man kann sogar sein Geschlecht wechseln, wenn einem danach ist.«

»Und worauf willst du hinaus?«

»Dass wir alles jederzeit verfügbar haben und alles, was uns stört, in kürzester Zeit ändern können, konsumieren, kaufen, leasen, stehlen, stunden, schulden, wie auch immer.«

»Und?«

»Nur bei Beziehungen geht das Instant-Prinzip nicht auf.«

»Und wie hilft diese Einsicht jetzt dir und Natja weiter?«

»Keine Ahnung.«

»Trotzdem ganz gute Theorie.«

»Irgendwie auch abgefuckt.«

58.

Ich weigere mich, die Augen zu öffnen, obwohl ich weiß, dass der Trick nicht funktioniert. Ich werde nicht mehr zurückkönnen, zurück in meinen Traum, die Uhr zurückdrehen wie in *Prince of Persia*.

Als ich schließlich die Augen aufschlage, sehe ich das Datum neben der Uhrzeit blinken. Heute ist der 21. Oktober 1996.

Die Zeit in London ist schneller vergangen, als mir lieb ist. Ich liege in meinem alten Bett, in meinem alten Leben, zu Hause in Echterdingen. Immer noch. Schon wieder.

Gestern war Krautfest.

Natja hat Schluss gemacht.

Aber es ist noch etwas passiert. Etwas, das mein Leben für immer verändern wird. Ich merke, wie meine Augen feucht werden. Sofort ist es wieder da, dieses Stechen im Unterleib, das sich anfühlt, als würden ein paar Würmer in meinen Eingeweiden eine wilde Elektroschock-Party feiern. Mir wird heiß und kalt, mein Magen zieht sich zusammen wie eine Schnecke, über der man Bier auskippt.

Ich weiß nicht, wie ich es erklären soll. Für das, was gestern Nacht passiert ist, fehlen mir die Worte.

Es ist kurz nach Mitternacht. Das Krautfest war noch beschissener als befürchtet. Wie verabredet, treffen Morti, der Schelm und ich uns in der »Radio Bar«. Wir trinken so schnell, dass die Bedienung nicht hinterherkommt. Es ist schließlich unser erstes Treffen seit meiner Rückkehr, das zweite überhaupt seit Schwäbisch Hall. Ein paar Wodka-Red-Bull später, kurz nach drei ist es wohl, bemerke ich, wie der Schelm ungewohnt ernst auf Morti einredet. Dies sei die Nacht, höre ich ihn sagen. Morti nickt, dann weihen sie mich ein. Zwei Monate hätten sie sich nicht in die Nähe des Geldes gewagt, nicht einmal in die Straße oben am Killesberg seien sie gefahren. Aus Angst, die Bullen könnten sie noch immer observieren. Ich ahne, worauf sie hinauswollen. Der Schelm steht auf, zieht Morti und mich zu sich und verkündet: »Meine Herren, es ist an der Zeit, das Schmerzensgeld einzusammeln.« Seine Stimme klingt fest, bestimmt, bestimmt feierlich.

Ich starre zu Boden. Irgendwie schäme ich mich, schließlich habe ich die beiden von Anfang an hängenlassen. Nicht einmal ihr Falschgeld wollte ich, wer war ich schon, welches Recht steht mir überhaupt zu?

Bevor ich etwas sagen kann, redet der Schelm weiter: »In einer halben Stunde wird nichts mehr sein, wie es war. Etwas mehr als 800 000 Mark in kleinen Scheinen warten auf uns. Abholbereit. Luftdicht verpackt.«

Ich starre weiter auf mein Schuhband. Was soll ich auch sagen? Es ist also wahr, das Gerücht vom Schulhof. Meine beiden Freunde haben tatsächlich achthunderttausend Mark gebunkert. ACHTHUNDERTTAUSEND MARK! Ein One-Way-Ticket raus aus Schwabylon, der goldene Zeppelin, der uns erhaben übers Zombieland geleiten wird, ein Turbo-Pilz für den Start ins Rattenrennen.

Die Getränke lassen wir stehen. Zur Feier des Tages besteigen wir ein Taxi. Ich fühle mich wie auf meiner ersten Pille. Mein Körper summt, ich spüre ein Kribbeln, das von meiner Wirbelsäule aus langsam den Körper hochklettert wie eine Horde Ameisen auf MDMA. Auf dem Weg den Killesberg hoch überbieten sich der Schelm und Morti darin, in welches Haus wir ziehen werden, schwadronieren darüber, welches angemessen sei, groß genug für uns, die Könige von Stuttgart.

Die ganze Fahrt über kaue ich auf meiner Unterlippe. Ich weiß nicht, wohin mit meinen Händen. Mein Kopf pocht, als würde er gleich implodieren. Wo zum Teufel hat der Schelm das Geld versteckt? Hat er es vergraben? Es bei jemandem gebunkert? Oder irgendwo im Höhenpark deponiert? Auf einmal verstehe ich, warum es ihm so leichtgefallen ist, die Zeit in Schwäbisch Hall abzusitzen. »Auf einer Arschbacke«, hatte er in seinem letzten Brief geschrieben.

Auf halbem Weg zur Messe bittet der Schelm den Fahrer, er möge den Wagen anhalten. Wir steigen aus. Auf einmal merke ich, dass ich die kleine Seitenstraße kenne: Früher haben die Mosers hier irgendwo gewohnt, bevor sie hoch auf die Fildern gezogen sind, lange bevor ich den Schelm kannte.

Die Straße endet auf einer Wendeplatte, links steht das Haus, in dem die Mosers früher einmal wohnten. Gerade als ich überlege, ob der Schelm tatsächlich so dreist ist, das Drogengeld in seinem Garten aus Kindheitstagen zu vergraben, höre ich einen Ausruf, den ich mein Lebtag nicht vergessen werde.

»Das kann nicht sein!«, schreit der Schelm neben mir.

Ein gequältes »Nein«, ist alles, was Morti herauspresst, bevor seine Knie nachgeben.

»Verdammte Scheiße!«, rufe ich, obwohl ich nicht einmal genau weiß, was passiert ist.

Ohne auf Morti zu warten, rennt der Schelm los. Ich hinterher.

Jetzt sehe ich auch, was er meint: Gegenüber vom alten Haus der Mosers steht ein Rohbau samt Baugerüst. Auf der Tafel davor werden luxuriöse Neubauwohnungen in bester Lage zum Kauf angeboten.

Ich weiß noch immer nicht, was genau passiert ist. Wir klettern über die Absperrungen, umrunden das Haus. Im Garten hinter dem Haus bleibt der Schelm auf einmal stehen und zeigt auf eine Terrasse, die vom Erdgeschoss in den Garten führt.

»Unser Geld«, stammelt er, bevor er in die Knie geht.

»Wo denn?«, frage ich und lasse mich ebenfalls fallen.

Der Schelm starrt zu der unfertigen Terrasse, die wie ein Steg in den Rasen sticht. Ich sehe Tränen, die dem Schelm über die Wangen rollen.

Er steht auf und fängt an, mit bloßen Händen in einem Hügel Bauschutt und nasser Erde zu wühlen. Der Schelm sieht mich an und schreit: »Los, hilf mir! Das ist unsere einzige Chance.«

Ich helfe ihm dabei, die feuchten Erdbrocken zu durchwühlen.

»Hier war früher ein Swimmingpool, ohne Wasser, wir haben das Geld im Abfluss versteckt«, erklärt Morti, als wir den halben Erdhügel umgegraben haben. »Wir dachten, das Geld wäre hier sicher. Das Haus stand fünfzehn Jahre zum Verkauf, und keine Sau hat sich dafür interessiert.«

Die nächsten drei Stunden heulen, graben und fluchen wir weiter. Natürlich fühle auch ich mich von der Welt betrogen, doch kein Vergleich zu dem, wie sich Morti und der Schelm fühlen müssen. Mit jeder Hand Erde, die wir hinter uns werfen, spüre ich, wie die beiden die Kraft verlässt, wie Hoffnung und Zuversicht, die sie zwei Jahre durch die Haft getragen haben, verglühen, wie die Realität dem »Lord und dem Butler« mit Vollgas in die Fresse haut.

Irgendwann läuft Morti einfach davon, lässt uns im grauen

Licht des Morgens zurück, wortlos, fertig. Der Schelm und ich suchen noch ein wenig weiter, getrieben von einer Verzweiflung, wie ich sie bisher nie erleben musste.

Gerade als ich wieder einschlafe, steht Eva an meinem Bett. Zwei Polizisten warten unten vor der Tür, sagt sie, die Herren wollen mit mir sprechen. Eva schaut ganz verstört, ich bin noch zu betrunken, um mir wirklich Sorgen zu machen.

Auf dem Weg nach unten versuche ich, die letzten Stunden der vergangenen Nacht zu rekonstruieren. Krautfest, »Radio Bar«, Taxi, Baustelle, Morti und der Schelm am Rande des Nervenzusammenbruchs, Tränen auf dem Heimweg. War es möglich, dass die Bullen uns beschattet hatten? Hatten sie die achthunderttausend Mark längst sichergestellt? Galt ich gar als Komplize, als Mitwisser, als Butler des Butlers?

Bevor ich durch Evas dicken Kälteschutzvorhang trete, ziehe ich noch einmal die Kordel meines Bademantels fest.

»Guten Morgen, die Herren«, sage ich, »wie kann ich Ihnen behilflich sein.« Ich versuche, meiner Stimme einen festen Klang zu geben.

»Da ist er ja endlich«, sagt der Ältere der beiden Beamten. Wahrscheinlich muss er immer den Part des bösen Bullen spielen, ich mustere den jüngeren Kollegen, der ständig in seinen Schuhen vor- und zurückwippt. Er hat eine auffällig verbeulte Nase, ein Kampfsportler, denke ich, leicht abstehende Ohren und einen ziemlich forschen Blick. Ein hässlicher Kerl, dieser Wipper. Ich entscheide, mich nur mit dem älteren Bullen zu unterhalten. Der sieht wenigstens aus, wie man es von einem Bullen erwartet: kaum Haare auf dem Kopf, dafür einen wild wuchernden Schnäuzer. Insgesamt wirkt sein Kopf ziemlich klein auf dem unförmigen Körper, eigentlich sieht er aus wie eine Bierflasche, denke ich, bevor ich sage: »Guten Morgen.«

»Kennen Sie einen Mann namens Enrico Diederich?«, will der Wipper wissen.

»Das kommt darauf an, wie Sie kennen definieren«, gebe ich zurück. Eigentlich ziemlich dämlich in Anbetracht der Tatsache, dass ich hier im Bademantel rumstehe. Dennoch fühle ich mich unangreifbar: Die Bullen wissen nichts von den achthunderttausend Mark. Ich versuche, meine schmutzigen Hände in den Taschen zu vergraben.

»Haben Sie Herrn Diederich gestern Abend gesehen?«, fragt die Bierflasche.

»Gestern war Krautfest. Ja, dort habe ich Enni gesehen. Wir haben sogar ein paar Halbe zusammen getrunken.«

»Um wie viel Uhr haben Sie Enrico Diederich zuletzt gesehen?«, will der Schnäuzer wissen.

»Irgendwann vor Mitternacht.«

»Sind Sie sich da ganz sicher?«

»Ja«, antworte ich, »ich bin mit der letzten S-Bahn nach Stuttgart gefahren, und was Enni danach gemacht hat, entzieht sich meiner Kenntnis.«

Die Bullen schauen sich an. Ich nutze die Gelegenheit, um zu fragen, um was es hier eigentlich geht.

»Das dürfen wir Ihnen nicht sagen, die Ermittlungen sind noch nicht abgeschlossen«, erklärt der Wipper.

»Können Sie beweisen, dass Sie heute Nacht in Stuttgart waren?«, will die Bierflasche wissen.

Ich zeige ihm den Stempel auf der Innenseite des Handgelenks, den Stempel der »Radio Bar«. »Genügt der?«, frage ich und beeile mich, die schmutzige Hand wieder in der Tasche des Morgenmantels verschwinden zu lassen, bevor die Bullen auf die Idee kommen zu fragen, warum ich aussehe, als hätte ich im Alleingang den guten Lössboden der Fildern umgegraben.

In diesem Moment tritt mein Vater durch den Vorhang. Wahrscheinlich stand er schon die ganze Zeit dahinter und hat gelauscht, was ich ihm nicht einmal verdenken kann.

»Ich habe gehört, wie er heute Früh nach Hause gekommen ist. Das war um kurz nach sieben.«

Die Bullen schauen sich noch einmal an, ich glaube ein leichtes Nicken beim Älteren zu bemerken. »Ist schon gut«, sagt er an meinen Vater gerichtet, »Ihr Sohn wird in der Sache nicht verdächtigt. Wir versuchen lediglich, den genauen Tathergang zu rekonstruieren, das ist alles. Der Hauptverdächtige sitzt bereits in U-Haft.«

»Und der Hauptverdächtige soll Enni sein?«, höre ich mich sagen. Was um Himmels willen hatte der Kerl angestellt?

»So sieht es nach dem aktuellen Stand der Ermittlungen aus, ja«, antwortet der Wipper und tritt einen Schritt zurück.

»Das war's dann auch schon«, sagt die Bierflasche, »wir haben keine weiteren Fragen. Entschuldigen Sie die Störung.« Dann drehen sich die Grünen um und laufen los, Richtung Gartentor, wahrscheinlich steht ihr Streifenwagen dort.

Ich prüfe noch einmal den Sitz meiner Bademantelkordel und laufe hinterher.

»Entschuldigung!«, rufe ich, bevor der Wipper durch das kleine weiße Tor treten kann, »da Sie mir ohnehin schon verraten haben, dass mein Freund in U-Haft sitzt, wäre es da nicht möglich, mir zu sagen, was Sie ihm vorwerfen?«

Die Augen des Wippers suchen die der Bierflasche. Für einen kurzen Moment sehen sie aus wie ein Liebespaar. »Na gut«, entscheidet schließlich die Bierflasche, »Ihrem Bekannten wird schwere Brandstiftung vorgeworfen.«

»Brandstiftung?« Ich versuche mir nichts anmerken zu lassen und frage: »Was soll er denn angezündet haben?«

»Die Schule«, sagt der Wipper und macht einen merkwürdigen Zischlaut, den man seinen blassen Wurstlippen gar nicht zutrauen würde.

»Sie meinen das Gymnasium?«

»Richtig. Das Gymnasium.«

Mehr wollen die Polizisten nicht rauslassen. Ich trabe zurück zum Haus und beschließe, sofort Brownsen und Wolle anzurufen.

Wolle ist nicht zu Hause, als ich bei ihm anrufe. Brownsen hingegen schon. Auch er wurde von den Bullen geweckt. Anscheinend waren die Beamten bei ihm gesprächiger. »Und woher wollen die Bullen wissen, dass Enni tatsächlich der Brandstifter ist?«, frage ich Brownsen.

»Angeblich konnte die Spurensicherung keine Fingerabdrücke am Tatort finden, lediglich einen Zigarettenfilter, einen Filter der Marke Magnum.«

»Du verarschst mich.«

»Nein, so haben sie es mir erzählt«, sagt Brownsen.

»Und weiter?«

»Die Polizisten haben den Rektor verständigt, und der gab ihnen den entscheidenden Tipp, es bei Enni zu versuchen.«

»Das kann doch nicht dein Ernst sein.«

»Doch, so blöd ist der Rektor nicht. Außer Enni raucht kein Mensch Magnum.«

Zehn Minuten später treffen wir uns am Goldie. Während wir den Fahrradweg entlanglaufen, erzählt mir Brownsen, was er herausgefunden hat: »Als die Bullen bei den Diederichs eingelaufen sind, lag Enni schnarchend und noch ziemlich besoffen im Bett. Die Bullen mussten ihn nur wecken, Enni hat sofort gestanden. Er beteuerte immer wieder, dass er das alles nicht geplant habe. Er hätte nur ein wenig gezündelt, mehr nicht.«

»Außerdem kann dieser Betonklotz gar nicht abfackeln«, werfe ich ein.

»Das«, sagt Brownsen, »hat Enni auch zu seiner Verteidigung gesagt.«

Der Aufenthaltsraum des »Filder-KZ« ist ein schmuckloser, fast quadratischer Raum, groß, leer und hässlich, mit wenigen

Tischen, ein paar Stühlen und einer Küche, in der das Mittagessen für die armen Seelen in den Ofen geschoben wird, die mittags nicht nach Hause dürfen. Ausgeleuchtet wird das Elend von unverkleideten Neonröhren, die nicht einmal in die Decke aus Fichtenholzlamellen eingelassen wurden. Die Längsseite des Raums bildet eine Glasfront, durch die man einen Teil des Schulhofs, die Raucherecke und den Eingang zum Fahrradkeller sehen kann. Der vordere Teil, etwa ein Viertel des Raums, ist durch eine weitere, ebenso hässliche wie nutzlose Glaswand abgetrennt. In diesem schlauchartigen Glaskasten, in dem man sich wie ein einsamer Fisch in einem pflanzenlosen Aquarium vorkommt, ist die Schulbibliothek untergebracht, zumindest heißt der Glaskasten so, auch wenn Anzahl, Zustand und Auswahl der Bücher eher einem ranzigen Flohmarktstand als einer Bücherei gleichkommen. In meinen neun Jahren auf der Schule habe ich dort keine zehn Minuten verbracht, obwohl das Aquarium der einzige Ort im gesamten Gebäude ist, der einen Teppichboden aufweist.

Doch vom Teppichboden, dem grobmaschigen und ebenso schmuddeligen Gittervorhang, der die Fensterfront auf dieser Seite des Aufenhaltraums zierte, und den Fichtenholzlamellen ist nicht allzu viel übrig geblieben. Enni hat ganze Arbeit geleistet. Es riecht sogar ein wenig verbrannt am Tatort. Man kann deutlich sehen, von wo aus der Brand losgegangen ist. Eines der Fenster ist gesprungen, der Rahmen ist nach außen gekippt, hier hat Enni das Feuer gelegt.

Das Feuerzeug hat kurz aufgeflammt.

Der dürre Faden des milbenbrütenden Siebziger-Jahre-Vorhangs nahm das Angebot dankbar an. Zu lange schon hatte er hier gehangen.

Ebenso altersmüde die Fichtenholzlamellen.

Die erste Lampe brennt.

Peng.

Kurzschluss.
Die Bücher fangen Feuer.
Feuer, zieh mit mir.

Die Decke des Aquariums, wie die des Aufenthaltsraums auch, sieht angekokelt aus, ein paar Fenster an der langen Seite hin zur Raucherecke sind mit Ruß bedeckt.

Ich muss zugeben, dass selbst dieses nach Nudelplatte Osteria stinkende Loch von einem Aufenthaltsraum schon mal bessere Tage gesehen hat. Wenigstens hatte er, dank Enni, jetzt eine Daseinsberechtigung, eine Geschichte.

Und hier, an diesem verdammten Fenster, hier hatte alles angefangen.

2,3 Promille.
Ein Weekend-Heftchen.
Die glühende Magnum, die auf dem Boden landet.
Zu viel Jägermeister.
Anzünden.
Abfackeln.
Umdrehen.
Weiterlaufen.

Aufgrund der massiven Bauweise des »Filder-KZ« konnte das Feuer jedoch nicht auf andere Teile der Schule übergreifen, drei Meter dicke Betonwände sind augenscheinlich doch für irgendetwas gut.

Brownsen und ich stehen sprachlos vor der Absperrung, die die Polizei errichtet hat. Das ist es also, das Vermächtnis des Enni Diederich. Ein letzter Gruß, der in all seiner Dämlichkeit tatsächlich die Handschrift unseres Freundes trägt. Wahrscheinlich ist Enni auf dem Heimweg von der Aral volltrunken über den Schulhof gewackelt und hat das offene Fenster bemerkt, mutmaßt Brownsen.

»Er hat sicher keine drei Sekunden gezögert.«

»Was für ein Vollidiot!«

Ich muss an die zehnte Klasse denken. An die Tischplatte, in die Enni damals »Hurra, hurra, die Schule brennt« ritzte. Daran, wie stolz er darauf war. Und an die ausgeräucherte Telefonzelle vor dem Assiblock. Eigentlich hatte alles so kommen müssen.

»Schöne Scheiße«, sage ich zu Brownsen und gehe ein paar Schritte weiter, rüber in die Raucherecke. Aus alter Gewohnheit stecke ich mir eine Zigarette an. Was hatte Enni sich nur dabei gedacht? Ist das der Moment, der früher und morgen trennt? Das Ende vom Anfang? Genau so sinn- und hoffnungslos wie die Aktion letzte Nacht?

Am Frühstückstisch lese ich die Stuttgarter Zeitung. Ich fühle mich leer, ausgebrannt wie der Aufenthaltsraum, alle. Ennis Großtat war der Redaktion gerade mal eine Randnotiz wert. Von 225 000 Mark Schaden ist die Rede und von der Rache eines ehemaligen Schülers. Totaler Schwachsinn, wenn man mich fragt. Der Kerl war einfach nur betrunken. Ein betrunkener, gelangweilter Pyromane, der viel zu oft *Twin Peaks* gesehen hat: »*Fire Walk With Me*«.

Ich reiße die Meldung raus und lege die Zeitung beiseite.

Bob und Kath haben mir angeboten, noch bis Weihnachten in London zu bleiben, was ich dankbar annehme. Einen anderen Plan habe ich ohnehin nicht.

Wolle, Anna, Richard und der Schelm bringen mich zum Flughafen. Natja habe ich nicht mehr angerufen, wozu auch? Bevor ich durch die Passkontrolle laufe, erzählt mir der Schelm noch, dass er sich bei den Wirtschaftswissenschaftlern einschreiben lässt und so reich damit werden wird, dass er das verdammte Haus am Killesberg kaufen kann – und dass er es notfalls in die Luft sprengt, wenn das Geld nicht irgendwo im Garten vergraben liegt.

Der Discman spielt *Mutterstadt* von den Massiven Tönen, als das Flugzeug abhebt. Ich schlafe ein, ohne darauf zu achten, ob wir nach Osten oder Westen hin starten.

In welche Richtung es von nun an geht, ist egal.

Hauptsache, weg von hier.

Raus aus Schwabylon.

An einem Montagmittag in Echterdingen.

PIPER

Jakob Hein

Herr Jensen steigt aus

Roman. 144 Seiten. Piper Taschenbuch

Sie sind komisch. Sie sind tragisch. Wir erkennen uns in ihnen wieder und betrachten fortan das Alltägliche mit anderen Augen: Von Gregor Samsa bis Garp bevölkern Sonderlinge die Literatur. Herr Jensen ist einer von ihnen. Herr Jensen arbeitet bei der Post. Sorgfältig, beinahe liebevoll pflegt er seine Zustellungen in die Schlitze der Briefkästen zu schieben. Arbeitet Herr Jensen nicht, denkt er über geheime Jagdgründe für Frauen nach oder über die Schwerkraft. Für ihn hätte es immer so weitergehen können. Eines Tages allerdings wird Herr Jensen freigestellt, um Freistellungen vermeiden zu können, wie man ihm erklärt. Bald darauf stellt er fest, daß man einen Wecker, der nicht mehr wecken muß, eigentlich Uhr nennen sollte. Immer seltener verläßt er seine Wohnung. Denn nun ist er einer ganz großen Sache auf der Spur, nur entdecken darf ihn dabei keiner – dafür hat Herr Jensen gesorgt.

»Ein wunderbares Buch. Das müssen Sie lesen!«
Hape Kerkeling in »Lesen!«

»Komisch, leicht, lustig und irgendwie auch gruselig zu lesen.«
Elke Heidenreich

01/1538/03/R

PIPER

Ferdinand von Schirach

Verbrechen

Stories. 208 Seiten. Gebunden

Ein angesehener, freundlicher Herr, Doktor der Medizin, erschlägt nach vierzig Ehejahren seine Frau mit einer Axt. Er zerlegt sie förmlich, bevor er schließlich die Polizei informiert. Sein Geständnis ist ebenso außergewöhnlich wie seine Strafe. Ein Mann raubt eine Bank aus, und so unglaublich das klingt: er hat seine Gründe. Gegen jede Wahrscheinlichkeit wird er von der deutschen Justiz an Leib und Seele gerettet. Eine junge Frau tötet ihren Bruder. Aus Liebe. Lauter unglaubliche Geschichten, doch sie sind wahr. Ferdinand von Schirach hat es in seinem Beruf alltäglich mit Menschen zu tun, die Extremes getan oder erlebt haben. Das Ungeheuerliche ist bei ihm der Normalfall. Er vertritt Unschuldige, die mit dem Gesetz in Konflikt geraten, ebenso wie Schwerstkriminelle. Deren Geschichten erzählt er – lakonisch wie ein Raymond Carver und gerade deswegen mit unfassbarer Wucht.

01/1833/01/R

PIPER

Annette Pehnt

Man kann sich auch wortlos aneinander gewöhnen das muss gar nicht lange dauern

Erzählungen. 192 Seiten. Gebunden

Da ist die vermeintlich glückliche junge Frau, die von der Feststellung einer alten Chinesin verblüfft wird: »Ihre Schönheit schlummert in Ihrem Gesicht. Sie haben nur vergessen, wo sie ist.« Da ist die verzweifelt fantasievolle Zugbegleiterin, die sich wünscht, neben ihren Reisenden einzuschlafen. Oder die Verzagtheit zweier Kinder, deren Mutter eines Tages einfach ins Krankenhaus verschwindet. Ob alles wieder gut wird? Ob sie wieder zu sich zurück finden? – Trauer, Liebe, Schmerz und Nähe: Tiefenscharf und mit großer Empathie leuchtet Annette Pehnt unseren Alltag aus und entdeckt den Ausnahmezustand im Normalen. Jede ihrer Erzählungen sucht Worte für unsere Sprachlosigkeit und erzählt von den Momenten unseres Lebens, die uns zu Menschen machen.

»Annette Pehnt kann schlichte Sätze von großer Wahrhaftigkeit schreiben.«
Der Spiegel

01/1877/01/R